少年绘

少年文艺范 青春正能量

II

我亲爱的法医小姐

Light

（全二册）

酒暖春深·著

文化发展出版社
Cultural Development Press

图书在版编目（CIP）数据

我亲爱的法医小姐：全二册 / 酒暖春深著. —
北京：文化发展出版社，2021.2（2023.3 重印）
ISBN 978-7-5142-3304-9

Ⅰ. ①我… Ⅱ. ①酒… Ⅲ. ①长篇小说－中国－当代
Ⅳ. ①I247.5

中国版本图书馆CIP数据核字(2021)第018824号

我亲爱的法医小姐 ：全二册

酒暖春深 著

责任编辑：周　蕾　　责任校对：岳智勇
责任印制：杨　骏　　责任设计：郭　阳
版式设计：李宗男　　特约策划：紫　总　贝　贝
封面绘制：锐　思　　封面设计：何嘉莹

出版发行：文化发展出版社（北京市翠微路 2 号　邮编：100036）
网　　址：www.wenhuafazhan.com
经　　销：各地新华书店
印　　刷：嘉业印刷（天津）有限公司
开　　本：710mm×1000mm　1/16
字　　数：609千字
印　　张：36
版　　次：2021年5月第 1 版
印　　次：2023年3月第6次印刷
定　　价：69.80元（全二册）
I S B N：978-7-5142-3304-9

目录

目录

目录

第 39 章　再见

“你带手机了吗？”下山的路走到一半，眼看着就要到约定的集合地点了，宋余杭突然想起一件事提了一嘴。

林厌警觉起来，把落在自己肩上的手拂开，挣扎着一瘸一拐地往前走去。

“没带。”

宋余杭没让她得逞，圈着她的腰的手没松，又把人带了回来，右手从上到下一摸，绕过腰际从右侧裤兜里翻出了她的手机。

林厌牙都要咬碎了：“宋余杭！”

她劈手去夺手机，那人却又轻飘飘地退后了一步：“为了防止你再失联，我觉得我们还是存一下彼此的电话号码比较好。”

也不知道当时是谁说没必要的。

林厌真的想问问她：您这脸打得疼不疼？

但宋余杭没想那么多，当时两人没深交，她觉得林厌性格嚣张跋扈极其讨人厌，可是日子久了，发现偶尔林厌还挺可爱的，就比如现在明知抢不到手机还要过来抢的倔劲。

两个人又过了几招，林厌被卡得死死的，喘着粗气：“谁要存你的电话号码，还给我！”

看着她近在咫尺的一张脸，气得眼角发红，宋余杭也不知为何起了点儿狎戏的心思，把手机举过头顶，嘴角含着笑意。

“自己来拿，拿到就是你的。”

“我……”林厌被她激得气血上涌，想也未想就扑了上去，却没想到脚踝一阵剧痛，还没离地起跳就摔了下来。

宋余杭手疾眼快地一把把人扶住了，林厌跌进她怀里，两个人后退几步撞到一棵树上停住。

树叶纷纷落下，林厌扒着宋余杭的肩膀，这回是真的疼得够呛，小脸惨白。

宋余杭把她垂落到耳边的一缕发丝撩了上去：“没事吧？”

林厌抬头，一脸愤恨的表情，隐隐还有些委屈，嘴角撇了下去，又有一点儿虎落平阳被犬欺的无奈。

宋余杭看笑了，还没等她得意太久，掌风破空袭来，她没想躲，下意识地闭上了眼睛。

那近在咫尺的巴掌却又停了，林厌咬了咬唇，看一眼她青肿的额头与脸上被树枝划出来的伤痕，怎么也扇不下去了。

林厌收回手，头也不回地往前走去：“幼稚！”

宋余杭捡起掉在地上的衣物也抬脚跟了上去：“哎——等等我啊，手机不要了？”

林厌在林子里大喊：“滚！不要了！老娘多得是！”

话是这么说，在到达集合地点的时候，宋余杭还是把手机还给了林厌。林厌的手机是全新的，号也是新开的，通讯录上只有宋余杭一个人的名字。

为这小小的细节，宋余杭的嘴角微微翘了起来：“你以后找我直接按‘#’号键就可以了。”

林厌翻了个白眼，将手机夺过来：“谁要找你了？我告诉你，你也别找我，没那个闲工夫搭理你，回去我就删了。”

宋余杭不在乎，一本正经地说：“没事，我记得住。”

坐在前排的司机悄悄拉下了墨镜，从后视镜里用余光观察着她们。

林厌额角青筋暴跳：“宋余杭，你这聪明劲儿能用在别的地方吗？！还有，你为什么要坐我的车，给我滚下去！”

宋余杭眨了眨眼睛，有些无辜：“现在是凌晨两点半，荒郊野岭的，我打不到车——”

林厌即将脱口说出“我给你打车”的时候，宋余杭又微微笑了笑，露出虎牙，一脸无害地道：“友情提示，再不走派出所民警已经在来的路上了。”

司机踩下油门挂挡出发，林厌仍挣扎着道：“我让你开车了吗？！让你开车了吗？！把她给我从车上扔下去！”

话音刚落，她就被人一把摁回了座椅上，“啪嗒”一声安全带落锁，把人禁锢得死死的。

宋余杭一手扶着她的安全带，微笑道：“坐好，开车途中不要站起来。”

要不是车玻璃都做过隔音处理，林法医的国骂声能震飞枝头停歇着的小鸟。

车一路开回了疗养院，在山脚下与呼啸而来的警车擦肩而过。

宋余杭不着痕迹地松了口气，清点着两个人的随身物品。

提取好的检材，在。

林厌的工具箱，在。

水果刀，在。

她的外套，在。

绳子……

她心里咯噔了一下，完了，两个人下来的时候都没戴手套，皮肤与纤维摩擦一定会留下痕迹的。

林厌懒懒地倚在椅背上看她一眼，嘴角挑起讽笑：“你以为我会只安排一个人接应吗？”

宋余杭一怔。林厌虽然冲动但确实也算计划周全，先是断电让整个厂区陷入瘫痪，又用万能电子密码器破解了气密门锁的钥匙，先后安排两拨人接应，确实算是有勇有谋。

唯一的变数是自己。

仿佛知道她在想什么似的，林厌偏过头去，看着疗养院外的白墙道：“不过，要是没有你，我还真的不知道该怎么从三楼上下来，可能已经……”

“小姐，到了。”司机踩下刹车，稳稳地将车子停靠在路边。

宋余杭还不知道省城内有这样的地方，藏在深山里的疗养院，依山傍水，进出只有一条弯弯曲曲的羊肠小道，白墙青瓦，古朴的檐角藏在苍翠欲滴的参天大树后，铁门竟然是需要指纹和虹膜双重验证才能打开的，复古与现代的元素在这里结合得天衣无缝。

几个穿着白大褂的医生跑了出来，没有臂章、没有胸牌，为首的是林厌的管家，把人从车里迎了出来。

林厌现在的状况已不适合再下地走路，管家扶着人轻轻坐进了轮椅里。

宋余杭也下了车，看着林厌，知道分别的时候到了。自己的禁闭期已满，明天她必须回江城报到，林厌的身体则需要好好静养，起码得休息两三个月。

轮椅突然停了，林厌在苍翠的山林间转过身来，眉眼间仿佛笼罩着一层雾气。

她说：“既然来了，进去做个检查吧。”

二层楼高的房子，麻雀虽小五脏俱全，宋余杭一踏进去就闻到了一股消毒水的味道，透过几扇洞开的门望进去，医疗设施不比大城市的正规医院少。

走廊上安安静静的，在宋余杭没有来之前整座医院只有林厌一个病人。

林厌从机器上下来，片子已经出来了，踝骨扭伤，差一点儿骨头就裂了，又是需要好好卧床静养的病。

医生替她打着弹力绷带按“8”字法包扎着，林厌手撑在病床上，胳膊微微颤抖着，咬牙出了一脑门细汗，硬是没哼一声。

轮到宋余杭，她伤的是后背，必须拍个片子看看脊柱有没有损伤，向来大方的人却有些扭扭捏捏起来。

“我、我就不用了吧。”

林厌抬起头，奇怪地看了她一眼：“为什么不用？你不是都吐血了吗？”

“那是血痰……咳出来就好了，我皮糙肉厚，经摔。”

“怎么，还讳疾忌医啊？”林厌穿上衣服，由管家扶着下了床。

宋余杭本来想扶她一把，见有人扶又将手收了回来，摸了摸鼻子，在众人审视的目光下不情不愿地脱了外套，准备走上机器的时候，被医生叫住了。

“女士，不行，您穿的内衣有钢圈，会影响机器扫描结果。”

宋余杭一下子涨红了脸，要在这么多人面前换衣服，她委实做不到。

“刚刚林厌都……”

戴眼镜的医生无情地扶了扶镜框：“小姐伤的是脚，您伤的是后背。”

林厌同情地看着她，一摊手表示自己也没辙：“这人哪，进了医院就是躺在砧板上的肉，任人宰割。”

她一瘸一拐地蹦跶到宋余杭身边，看着她发红的面皮，顿时啧啧称奇：“该不会——”

话还未说完，宋余杭恶狠狠的目光看了过去：“闭嘴、出去。”

不知道为什么，看宋余杭发火林厌就是很开心：“哎哟，还不让人说。有人哪，一大把年纪了，连在人前换个衣服做检查都扭扭捏捏的。”

话音刚落，她就被人一把推出了门，恰好被管家扶住。

林厌暴跳如雷：“宋余杭！老娘就不该让你进来！！”

扶着她的管家微微一笑，立马被林厌捕捉到了：“你笑什么？笑什么？有什么好笑的？！”

管家扶着她往病房走去。他五十多岁了，几乎是看着林厌长大的，有些话别人不能说，他能。

林厌追问不休，他便老老实实地答：“小姐和宋小姐在一起的时候，鲜活很多。”

这个鲜活是各种意义上的，不光是眼神、表情、肢体动作，那种由内心生出的愤怒或喜悦他都能感受到。

幼年时的林厌谨小慎微，生怕行差踏错丢掉性命。

她六岁时就已经懂得怎么保护自己。

少年时的林厌开始习武，仗着身手与家世飞扬跋扈，不停地转校，每一次都是因为动手打人而被记过，沦为江城市各大学校有名的“插班生”，直到遇见了陈初南。

从初中到高中，那六年应该是林厌最开心的日子。

成年后的林厌则戴上了一张虚伪、浪荡、不近人情、尖酸刻薄的面具。她惯常用各种各样的假笑来伪装自己，能真正让她感到愤怒的事很少，而真正能让她从心底感到开心的人几乎没有。

可是刚刚那位宋警官答应进来的时候，他分明看见小姐的脸上流露出会心一笑，就连两个人吵架聊天的时候，小姐的脸上也是丝毫不加掩饰的嬉笑怒骂神色，整个人都鲜活生动起来。

小姐这样就很好，看着就让人心里开心。小姐身边也是很久没这么热闹过了。

林厌怔了怔，有些郁闷地摸上了自己的脸：“我有吗？我明明没有——”

管家微微抿唇笑起来，却不敢再说：您是没有，您的情绪都写在脸上了。

就在宋余杭做着身体检查的时候，江城市一个昏暗的小房间里也在做另一场尸体检查。

男人用刀把面前躺着的人从头划到尾，血水涌了出来，顺着停尸床滴滴答答地往下淌，片刻之后，他用手捧出一颗血淋淋的器官端详着。

他着迷地看着掌中这人体器官的一部分，神色几乎是欣喜若狂到有些癫狂。

然而不过片刻，那血就凉了。

男人嘴角的笑慢慢消失，他似仍沉浸在一场美好的梦里不愿醒来，仔细扒拉着那器官，捧着它视若珍宝般揣进了怀里，四下找着能装它的工具，一个不留神，滑腻的东西掉下来，落在尘土里滚了一遭。

“啊啊啊！”男人咆哮着，想要将其捧起却发现它已经脏了，彻底冷掉了。

男人那双眼睛瞬间变得血红。

门口传来“砰砰砰”的拍门声，在这个寂静的雨夜里显得尤为瘆人。

女人闯进来的时候，正好看见男人高高举起刀朝着停尸床上砍去，嘴里念念有词：“没用的东西，去死，去死，去死。”

一块黏腻的内脏碎片正好掉在她的脚边，女人失声尖叫起来，一屁股跌坐在地上。

男人拿着刀回过头来，嘴角泛起了阴森的笑容：“你来得正好。”

宋余杭一边做着检查，一边端详着这屋里的陈设，比起现代医院她觉得这里更像是个类似秘密基地的战地医院。

进门时的戒备森严且不说，就是这门窗都是防弹的，她在心里疑惑地想着：这是什么地方？怎么地图上都没有标注的？一板一眼的医生关了机器，写着检查报告：“病人的身体并无大碍，只是软组织挫伤加皮下瘀血，右手被玻璃划出的口子问题不大，建议清创缝合加止血就好，出门左拐。”

话音落下的同时医生递给了她一张单子，单子上没有任何标志，只有医生龙飞凤舞的字。

宋余杭知道，没有林厌的首肯，这里的人大概不会回答自己的任何问题。

她穿上外套拿着单子往外走时，恰好林厌的管家送完林厌回病房后也走了过来。

“宋小姐，去清创室吗？这边请。”管家特意停下来为她引路。

宋余杭看一眼老人掺杂着银丝的头发，在林家别墅的那个雨夜里她也曾见过他。

管家微微一笑，仿佛知晓她在想什么：“还没自我介绍，我姓林，从小跟在小姐身边看着她长大的，您可以叫我林管家。这里是 03 号秘密基地，小姐的私人疗养院，很高兴迎来它的第一位客人。”

宋余杭怔了怔，关注重点落在了“私人”两个字上。管家则带着她继续往前走，对林家的内斗不能说太多，只是又重复了一遍：“是的，私人。”

这也就意味着这里是林厌的私人产业，不和林家搭边，不承袭父荫。

林厌防着林又元，也防着其他对她不怀好意的人。

她才三十二岁，这个基地的安保、工作人员、建筑已经成形，她又是在多少年前就开始做这件事的呢？这只是03号而已，还有没有04、05、06……甚至更多基地呢？究竟是怎样的安全感缺失才会让她变成今天这个样子呢？再想到自己每次出现在林厌身边的时候，只要不是正面接近，林厌出手必定是杀招，宋余杭心里越发不是滋味了。

这三十二年，林厌一定过得很辛苦吧。

很快到了清创室，宋余杭冲着管家微微鞠了一躬，拿着单子自己走了进去：“谢谢您。”

这一夜林厌睡得很沉。她向来有失眠的毛病，所以药里加了助眠的东西，再加上伤病的缘故，身体分外疲乏。

等她醒来的时候，宋余杭已经走了，她不知道的是宋余杭走之前来看过她。

高大英气的警官沐浴在清晨的日光里，隔着一扇门小心翼翼地趴在玻璃上，看着自己静静躺在床上安睡的战友与同事，在心底道：林厌，再见，等你回来。

第 40 章　疑惑

“宋队，回来了啊。”

“宋队，身体好点儿了吗？”

“宋队……”

“宋队……”

宋余杭一一点头，跟沿途向她问好的同事打过招呼，拎着包走进了办公室。

数月未见，她和林厌二人缠斗四名犯罪分子的事迹虽然并未登报，却在公安系统内广为流传，也不知是谁起的头。

“全体都有，稍息，立正，敬礼！”

正在忙碌的刑警齐刷刷地停下了手中的活转过身来，把手高高地举到了太阳穴边。

宋余杭怔了怔，旋即嘴角泛起柔和的弧度，也回了一个标准的军礼。看着面前一张张熟悉的脸，她想，活着真好。

“礼毕！”

办公室里众人又忙碌起来，宋余杭放下包，走到前面的公告栏边，最下面病休那一栏里贴着她和林厌的名牌。

照片上的人穿着警服，剑眉星目，烈焰红唇，微仰起的下巴透出几分桀骜之意。

指尖状若无意地拂过那张照片，宋余杭轻轻撕下了自己的名牌，将其贴到上方值班人员处，转身投入了忙碌的刑侦工作里。

没等她忙太久，冯建国就派人来叫。宋余杭放下手里的活，跑过去轻轻敲了敲门："报告，冯局，您找我？"

冯建国正戴着老花镜浏览法制报，也没让她坐："昨天我让段城去接你，你跑哪儿去了？"

宋余杭面不改色心不跳地道："报告，有点儿私事，去处理了。"

冯建国将手里的报纸"哗啦"地翻过一页，冷哼了一声道："私事？什么私事能让你扔下同事转身就跑？我还以为你今天不回来了呢！"

宋余杭一脸正气，大义凛然地道："报告，不敢，刑警未按规定时间到岗报到不仅是旷工，也是违法行为！"

冯建国合上手里的报纸，镜片下反射出了犀利的目光，看着站得笔直的宋余杭道："你知道就好……"

放在桌上的报纸一角刊登了一则滨海省殡仪馆被盗的消息，宋余杭瞥到了，平静地挪回目光："那要是没有别的什么事，我就回去工作了。"

冯建国端起茶杯抿了一口，状若无意地提起："不急，最近没什么大案子，你正好歇一歇，我问你，身体怎么样了？"

"有劳市局、省厅各位领导挂念，已无大碍，可以正常投入工作。"

好歹也在官场浸淫了这么多年，宋余杭还是会说几句场面话的。

冯建国撇着茶杯里的浮沫，把茶叶吹开："那手又是怎么回事？你还年轻，可不要落下什么伤残问题才是。"

宋余杭垂眸看了一眼自己被纱布包裹住的右手，有些欲言又止。

冯建国眼神未变，看似慈祥，实则毫不放过地盯着她的每一个微表情。

"这、这是我自己打沙袋打的。"

约莫有半分钟的工夫，谁都没有吭气，在这沉默的时间里，宋余杭难免想到了昨晚睡前跟林厌的聊天。

林厌躺在床上挂点滴，宋余杭坐在她对面的病床上看着她。

林厌偏了偏头："你的手……"

宋余杭看看自己被纱布包裹得严严实实的手掌，笑了："没事，冯局要是问起来，我就说是我自己打沙袋打的，以前也经常这样。"

"他会不会让你——"

宋余杭斩钉截铁地道："不会，他要是让我当面拆开纱布验伤，那才是在彼此心里深深地埋下怀疑的种子。你不要小看冯局，他是个聪明人，不会这么干。"

果不其然，冯建国皱了皱眉，放下茶杯："伤还没好透彻，打什么沙袋，我说你们年轻人精力未免忒旺盛了。"

宋余杭笑了笑："还不是关禁闭闲的。"

"行了、行了，这事你也别愤愤不平，虽然情有可原，但纪律就是纪律。"冯建国说着，又戴上老花镜继续看报，"对了，昨晚你到底干吗去了？段城找你半宿，你也不知道给人家回个消息。"

果然来了，昨晚宋余杭也曾和林厌谈到这个问题，有些苦恼地道："我在省城还有几个老同学，要不……"

她还未说完，就被林厌否决了："靠谱吗？你确定威逼利诱下他们都不会泄露你的行踪吗？"

宋余杭沉默，林厌却眼眸一亮，嘴角露出狡黠的笑容："我倒是有个主意，就是得牺牲一下宋队的清誉了……"

宋余杭照着林厌的说辞，有些腼腆地笑了："真要说啊？"

冯建国瞥她一眼，神色严肃地看着她："难不成你还有什么难言之隐？"

宋余杭脸色微红，照本宣科道："约、约会去了。"

冯建国一口茶水没咽下去，全数喷在了报纸上，万万没想到她会说出这么个答案来，看着她的神色有几分复杂。

宋余杭见他被呛着，有心上前几步要替他拿走手里的杯子，冯建国直摆手，示意不用了。

"是和那个相亲对象吧？"

宋余杭难得有些扭捏地摸了摸鼻子，不好意思地点了点头："嗯。"

冯建国脸上的神色更复杂了，有一丝吾家有女初长成的欣慰，又有一丝好白菜都被猪拱了的不甘。

至于谁是白菜谁是猪，他一时半会儿也说不清楚。

"行了、行了，下去吧。"

宋余杭转身欲走，却又被叫住了："我警告你啊，工作是工作，家庭是家庭，你少和林厌掺和在一块！她要是有什么风吹草动，你记得及时上报组织，听到了吗？！"

宋余杭转过身去，立正站好，敬了个礼道："是，局长！"

走出办公室的宋余杭从兜里摸出手机，发了一条短信。

收到宋余杭短信的时候，林厌正挽着袖子让医生抽血。医生还是那个眼镜男，拿了一份检查报告在照本宣科：“小姐，您的身体的各项指标偏低，新药有一定的效果，还是得坚持服用，尽量避免非病损伤，这会让您的免疫力大幅下降……”

林厌的手机亮了起来，“搞定”两个字跃入眼帘，她一只手拿起手机就要回复，眼镜男停了。

她好似这才回过神来：“啊？你说什么？”

“您的免疫力已不适合再负伤，尤其是出血类损伤。”

林厌咂着这句话，片刻后回过味来，有些怅然地又把手机扔下了：“行，我知道了，你出去吧。”

在林厌养伤的这段日子里，宋余杭也没闲着，虽然辖区内太平了不少，鲜少有大案、要案发生，但小偷小摸的鸡鸣狗盗之事还是层出不穷。

她白天穿梭在江城市的大街小巷中抓小偷、逮流氓，入了夜有需要蹲点的情况就凑合着在车上窝一宿，难得的休息日偶尔和林舸出去吃个饭。本来这是做戏，一来二去的二人竟也成了难得的朋友。

余下的时间宋余杭则专心捣鼓林厌的那根机械棍。宋余杭按着老同学教的方法，先找钢厂熔了材料，过了三天交还到她手里的是三截完好无损的航空铝管，她就照着图纸开始自己打磨、修复与焊接。在警校时她也曾拆装过枪械，但哪里弄过这玩意儿，一开始磨得指尖都是水泡，满手伤痕，到最后竟也让她琢磨出了点儿门路，越来越上手。

一切都步入正轨，包括林厌的身体也在慢慢恢复，她按时服药，脚上的伤拆了绷带后开始复健。她会和巴西柔术教练对打，在健身房挥汗如雨，也会穿上白袍安静地在病理实验室坐一整天。

光阴缓慢地流淌过去，又下了几场雨后，山里冷得更快，树叶慢慢变黄，夏天要结束了。

宋余杭在市局门口停好她的小电驴，甩着钥匙往里走时，正好看见有人来市局门口送花，一大捧娇艳欲滴的玫瑰径直被塞进了女警的怀里。

“七夕快乐。”

她这才惊觉，哦，原来时间已经过去这么久了呀。

看到玫瑰，她又想起了林厌以及那句话：“给点儿颜色就开染坊，知道玫瑰带刺了吗？”

她们很少联系，林厌真的做到了“我不会找你，你也别找我”的境界，但几乎每天，宋余杭路过公告栏的时候，都会往林厌的照片瞅一眼，同时在心底悄悄地问：你今天好点儿了吗？

她不曾把这句话发出去，林厌也没回复她一开始的那条短信。宋余杭掏出手机，打算说点儿什么的时候，背后张金海走了过来。

“哟，宋队，上班啊。”

宋余杭只好把手机收了起来，和他一起往里走：“对，张队，早。”

中午休息的时候，几个有对象的刑警小声说着晚上的安排，单身的人也纷纷呼朋引伴说要去玩。宋余杭孑然一身地坐在办公椅里。她这个位置和年龄有些尴尬，年纪大导致她和二十多岁的小刑警说不到一块去，又是女领导，大家请她喝酒吃饭也得掂量掂量是不是在别人眼里有巴结之嫌。

宋余杭一向很识趣，从不参加下属们的各种聚会。

她在想另一件事，要是明天休假的话，赶在夏天的尾巴，她想再去看一看林厌。

没等她考虑太久，下午下班的时候，林舸来了，将车停在大门口等她，手里捧了一束鲜花。

他到底是个体贴又细心的男人，知道宋余杭不喜奢华排场，开的车低调，穿得也低调，拿着的花也是简简单单的向日葵、雏菊与满天星，还有其他的几种点缀的花，不过宋余杭叫不上名字。

男人见她走过来，把花递给她道：“七夕快乐，晚上有空吗？一起吃个饭？”

正是下班时间，市局门口人来人往的，冯局的司机刚替冯局打开车门，老局长却又停住了脚步，往那边望去，司机也跟着瞅了过去。

哟！好家伙！宋队也有人追了！啧啧啧，了不得，看来不光是冯局，就连赵厅都能了却一桩心事。

宋余杭脸上没有任何羞赧之色，仿佛只是接过一个朋友递来的礼物般神色坦荡。

“谢谢，也祝你七夕快乐。”

眼看着那辆车载上宋余杭彻底滑出市局大门，冯建国才收回视线，坐回车里吩咐司机开车。

和林舸的约会不算沉闷，不管是在中高端餐厅吃，还是在人满为患的大排档吃，宋余杭坚持不让他付账，于是 AA 或者这次你请下次我请。

吃完饭后若是她不忙，时间充足，两人会去玩一玩保龄球、射箭、乒乓球之类的体育运动，寻常情侣之间看电影啊买衣服之类的活动，倒是一次都没有过。

也不知道是不是因为这样，宋余杭越发觉得，林舸好是好，两人相处得舒服是舒服，可是始终欠了点儿什么，至于是什么，她也说不上来。

让一个感情经历为空白的人去思考这些问题太难了，还不如让她进行负重五公里越野跑来得轻松。

宋余杭抬手，狠狠一箭正中靶心，林舸则喘着粗气坐了下来："我不行了，歇一歇、歇一歇。"

"好。"

"给，擦擦汗。"

随着矿泉水一起递过来的还有手帕，他倒真的是个十分体贴的人。

"谢谢。"

瓶盖已经被拧松了，宋余杭接过瓶子喝了一口，又拿帕子擦了汗。

她把手帕折好还给他后，看了看表："不早了，我得回家了。"

林舸起身道："行，我送你吧。"

"不用、不用，我自己打车就好。"

"我开着车呢，你还花那个钱干吗？走、走、走，反正也没几步路。"

盛情难却，他几乎做到了一个男人能做到的最好程度，彬彬有礼，幽默识趣，不卖弄知识谈吐，不炫耀家世，不狂妄自大，低调谦和，尊重女士和一切弱势群体。

他把宋余杭送到巷口，亲自替她打开车门，宋余杭动了动唇似想说什么，他已笑了笑开了口："宋小姐别想太多，于情于理你都是林厌的朋友和同事，你救了她，我们一家都很感激你，我对你示好有想感谢你的因素，也有私人感情在里面。"

他顿了顿，又道："宋小姐很特别。"

若是平常面对这么斯文俊秀的一个帅哥表白早就面红耳赤了，但宋余杭还没理清楚感情究竟是怎么一回事，似摸到了一些门道又似还远在天边。

她只知道当林舸对她说这些话的时候，她的内心很平静，没有一丝波澜。

林舸看她表情平静，也不再多说："今天只是在这个有些特殊的日子里，和特别谈得来的朋友一起吃了个饭，宋小姐不要放在心上，原谅我的唐突。"

宋余杭笑了笑，跟他道别："不会，多亏你，不然这会儿我还在值班，正式交往的事我会考虑，谢谢。"

林舸笑起来又是那种宋余杭熟悉的爽朗笑容："好，我也会继续加油的。"

告别林舸之后宋余杭一个人往家走，余光瞥见路边还蹲着一个卖花的小女孩，面前的篓子里插着几枝光秃秃的玫瑰，无人问津。

“卖花咯，卖花咯，两块钱一枝……”女孩子见有人走过来，喊的声音大了点儿，沙哑的声音被风吹得很远。

也不知道为什么，一看见玫瑰宋余杭就想起林厌。林厌就像这几枝玫瑰花一样，孤零零的，无人问津，残缺不全，又独自美丽。

等宋余杭回过神来的时候，已经蹲在卖花的小女孩面前：“这几枝我全要了。”

小女孩喜出望外，数了数，一共五枝，连个吉利数都凑不全。她有些不好意思，想要替宋余杭包起来。

宋余杭已经递过去十块钱：“不用了，我就这么拿着吧。”

她捏着这几根有刺的花枝往家走去，走了几步之后却又退回来，把包装精美的一束花放在了女孩面前：“这个也给你，赶快回家吧，太晚了路上不安全。”

十四五岁的小女孩完成了今天的任务，揣着一口袋零钱，还收获了一束鲜花，简直是意外之喜了。

“谢、谢谢。”

她的话音刚落，个子很高的女人已冲她挥了挥手，穿过路灯下昏暗的光线，没入黑暗里。

回到家宋余杭洗完澡后，找了个花瓶把那几枝玫瑰养起来，又修剪了一下花枝，左看右看觉得还行，掏出手机拍了张照留念。她也不知道发给谁，就这么滑着手机屏幕，直到刷到林厌这个名字的时候，指尖滑了一下。

宋余杭捂住了脸。

“叮咚——”放在桌上的手机响了一声。

林厌拧亮台灯，将手机摸了过来，是宋余杭的消息，只有一张图片，一束娇艳欲滴的玫瑰花。

林厌想要拨回去的时候，对方已撤回了这条消息。

与此同时，林舸的动态弹出了屏幕：“一个难忘的七夕。”

配图是一张餐桌，烛光晚餐，美酒佳肴，坐在对面的人虽然没露脸，但露出了半截手腕，林厌认得腕表是谁的。

林厌放下手机，熄灭台灯，翻了个身继续睡觉。

久久没有等到回应的宋余杭松了口气，倒了一杯白开水往自己的房间走去，关上门继续捣鼓她那根机械棍。

第41章　比武

林厌的巴西柔术教练师承柔术开山鼻祖格雷西，地地道道的巴西人，两个人喂招自然不会手下留情，林厌弱在力量但胜在灵巧和战术思维上。

巴西柔术没有固定的对练套路，打就是实战，在赛场上就是输或赢，遇上敌人就是生或死。

她拿出了十二万分的精力对敌，瞅准教练出拳的空隙硬生生地挨了一击，掰过对方的手腕狠狠地往下一压，同时肘击对方的膝盖，抱摔成功把人掀翻在地，紧接着就是一个迅疾如闪电的裸绞，手臂死死卡着对方的脖子，逼迫对方求饶。

但不知为什么，窗台上有一点儿新绿，一朵孤零零的玫瑰在随风摇曳，明明前几天还没有的。

林厌余光瞥到，就是这一走神的工夫，教练一记重肘砸在了她的腹部，林厌吃痛，随后眼前一黑就被人掀翻过去，以巴西柔术经典招式十字固结束了这场比赛。

林厌被卡得死死的，动弹不得，只好以手拍地求饶。

教练放开她站起来道："林，你不专心。"

林厌笑了笑，揉了揉酸痛的肩膀也爬了起来，一旁的管家递上擦汗的白毛巾："小姐，鉴定结果出来了。"

林厌把从他那里拿的矿泉水抛给了自己的教练："谢了，今天就到这里吧，改日再练。”

她换了一身衣服出现在实验室里，工作人员见她来了立马起身让出电脑：“小姐，我们把死者指甲里的泥沙和水样进行了比对，确定为同一水域。”

“硅藻呢？”

研究人员滑动了几下鼠标，把图样调出来给她看，在丁雪案中她也是以同样的方式确定凶手以及杀人方式的。林厌不光是法医，还是法医植物学的专家，几乎一眼就能明白，发现“秃鹫”的河边是第一案发现场，而“秃鹫”也非他杀。

这就令人百思不得其解了。

林厌沉吟片刻道：“备车，出去一趟。”

时隔两个多月，河边早就拆了警戒线，立了一块“水深，请勿下河游泳捕鱼”的牌子。

林厌踩着湿滑的苔藓往下走，在发现尸体的地方来回转了几圈，一无所获。搜查不是她的强项，若是宋余杭在这里……

她想到那个名字，微微咬了下唇。算了，人家现在和林舸浓情蜜意的，哪有空管这些。

当初她提议让宋余杭找林舸帮忙的时候自然也跟林舸打过招呼，谁知道两个人竟然假戏真做了！

林厌看见那张照片的时候胸口发闷，也不知道是在生谁的气。她究竟是在气林舸和自己讨厌的人打得火热，还是在气宋余杭勾搭自己的表哥后对她不闻不问？辗转反侧大半宿后，林厌终于得出结论：以后再也不要理这两个人了！！！

管家看她蹲在水边一动不动，有些担心，走过来替她披了一件衣服：“小姐，降温了，我们该回去了。”

林厌起身，虽然气归气，但她深刻明白一个道理：不入虎穴焉得虎子。

她倒要看看这个幕后的“鬼”究竟是谁。

“走，回江城。”

管家追了两步：“小姐，医生说还有两个疗程……”

林厌转过身来看着他，没说话，眼神微冷。她向来是说一不二的人。

管家微微低下了头，顺从地道：“是，小姐，这就去安排。”

本来想着休假去省城看望林厌的计划又泡汤了，辖区内出了好几桩入室盗窃案，宋余杭忙得脚不沾地。

等她回过神来，九月也要结束了。紧接着来的是一年一度的江城市公安系统大比武，她这个刑侦队长，又是女警代表，肯定是要上的。

冯建国对她寄予厚望，就期待着她再捧回几座奖杯。宋余杭只得苦笑：“您又不是不知道，我五十米手枪速射打移动靶不行……”

“那我不管，比的是总分又不是单项，我们是主办单位，要是输给底下那些分局，你叫我这张老脸往哪儿搁？”

宋余杭听得脑瓜疼，敬了个礼打算往外走的时候又被人叫住了。

“这都过去多久了，没找个心理医生看看？”

宋余杭沉默，垂眸看了一眼自己的右手，被玻璃划出来的印子已经好了，林厌咬出来的牙印也消了，身体表面的伤能愈合，痛却留在了心里。

“找了，没用。”

很快到了比武决赛那一天，上午格斗下午射击，格斗比赛采取擂台制，一方守擂一方攻擂，谁能站到最后谁就是冠军。

作训基地里不大的场馆被挤得水泄不通，宋余杭已经接连掀翻了三名对手，这是最后一名参赛者，底下分局的一个老刑警，膀大腰圆，肩膀宽阔，曾拿过全国公安系统大比武的第三名，目测身高、体重都比她强，也是此次的夺冠大热门之一。

段城嗓子都要喊哑了：“哎，这实力太悬殊了吧？你们说宋队能赢吗？”

体育馆里没空调，方辛拿着一把扇子扇着：“悬，据说此人前几年一直在外地工作，刚调回来，不然的话宋队早就遇上了。”

郑成睿到底胖些，更不耐热了，坐在地上犹如喘着粗气的哈巴狗，说话一顿一顿的：“也、也不一定……宋队可是自由搏击高手，全国都能排上号的……武警都想来挖人，冯局一直没给。”

段城看着他乐：“哎，我说你这身高、体形，上去也能碾压对手，怎么不去报名？”

郑成睿翻了个白眼，懒得理他，方辛闲闲地接了一句：“咱们技侦什么时候拿过名次？格斗格斗不行，射击射击不行，等哪天公安部出了业务大比武，痕检、验尸、网安啥的，说不定咱们还有点儿希望。”

这话是事实，好笑中又有那么一丝心酸，围坐在她周围的技侦科的几个同事都乐了起来。

“那倒也是，咱们啊，就是‘幕后英雄’！”

几人说着话，体育馆里气氛正热，比武也进入了白热化阶段，本次比武赛制采取无限制格斗的方式，不计有效打击分，只有对手丧失反抗能力或者主动求饶才算赢。

“宋队，宋队，加油！！！”刑侦队的一帮子男男女女放开了喉咙喊，只见宋余杭被人一个背摔高高举过头顶重重地砸在了地上。

宋余杭抓着对手的衣服没松，在倒地的那一刹那抱住了对方的腰，膝盖狠狠发力地砸向了对方的小腿。对方双膝一弯，被宋余杭瞅准机会，一脚踹在腹部上凌空跃起，她趁势鲤鱼打挺翻起来抓住对方的一只胳膊绕到侧面，双腿绞上他的脖子用力逼迫他求饶。

这不就是林厌用来制服宋余杭的招式，巴西柔术必杀技十字固吗？

众人面面相觑：宋队啥时候改练巴西柔术了？

不过无限制格斗比赛规则就是这样，谁失去了反抗能力谁认输，对手在激烈挣扎了一阵之后只好认命地拍了拍地板。

全场欢呼。

裁判伸手扶起两人，抓住宋余杭的胳膊道：“还有谁想上来挑战的吗？”

众人只听见满场口哨声、欢呼声，却没人再敢应战了。

一个新来的刑警看着宋余杭，满脸憧憬地道：“好厉害啊，女警也能做到这个地步吗？”

旁边的老同事敲了他一下：“歹徒会因为你是男是女而对你手下留情吗？进了这支队伍，咱们只有一个共同的名字——警察！”

裁判扫视一圈，见无人再应战，举起了宋余杭的手，宣布道：“本次格斗比赛的获胜者是——”

他话音未落，体育馆门口传来一声嗤笑，在安静的环境里尤为刺耳。

众人循着声音看过去，林厌穿着警服倚靠在门上，双手抱胸而立，微仰着下巴看着她。

“江城市公安局技侦科，法医林厌，前来打擂。”

“林法医，是她啊。”

“林法医，林法医回来了。”

“听说她不是……”

“嘘……小声点儿，又想被她扇耳光啦？”

“技侦打得过刑警吗？别是自讨苦吃吧。”

有人窃窃私语，有人阴阳怪气。

这话落在技侦一堆人耳里怎么这么刺耳呢？也不知是谁带头吼了一句：“林法医，干她！”

一时群情激愤，段城的唾沫星子都快喷到对方脸上了，转瞬之间刚刚还和谐无比的江城市局已经开始内讧，她俩还没打起来，底下的人已经快按捺不住了，看来积怨已久。

林厌摊手：“看来宋队是非要和我打这一架不可了。”

宋余杭嘴角流露出一丝笑意，朗声道：“好，我应战，只是林法医的伤好了吗？需不需要我让你一只手？”

她是好意，这话听在林厌耳朵里就不是那么一回事了，大小姐好不容易维持出来的端庄优雅险些一秒破功。

她咬牙切齿地道：“希望你待会儿也能这么说。”

十分钟后，林厌换好衣服站上擂台，宋余杭也短暂地休整了一下，一红一白两道身影分列擂台的左右两边，在裁判的指挥下对拳。

宋余杭压低了声音道：“你的伤好了吗？”

林厌连个眼神都吝啬给她，冲裁判举手示意可以开始了。

口哨声响起，宋余杭迫不得已只能退开，比赛正式开始。

宋余杭一改刚刚的主动出击，在林厌的步步紧逼下节节败退，一来是和巴西柔术选手贴身搏斗占不到什么便宜，二来是担心林厌未养好身体不想伤了她。

底下嘘声四起，连段城都能看出来宋队在让林厌。林厌一拳挥过去，宋余杭接住了却没还手，架着林厌翻身把人压在了栏杆上。

“这、这是在干吗？”

段城结结巴巴地道。方辛咂了两下唇：“完了完了，宋队要完。”

果不其然。

林厌本想着打一架这事就过去了，一来对方是自己的同事又救过自己的命，二来对方又是林舸喜欢的人，她再无耻也不可能破坏自己的表哥的终身大事。

可是宋余杭的游刃有余以及存心避让、台下观众的嘘声让林厌面子上十分挂不住，自尊心大大打了折扣。

她林厌再不济也是巴西柔术黑带选手，什么时候需要人这么让着她了？！

她林厌从来不是躲在大树背后，让人给她遮风挡雨的小草小花。她不需要所谓的照顾、所谓的保护、所谓的特殊对待，那只会让她觉得更耻辱！

“我不需要你让着我！”林厌从牙缝里蹦出这么一句话，同时屈膝砸向了宋余杭的下半身。

故技重施。

宋余杭瞳孔一缩，松开林厌往后退了半步，岂料林厌是虚晃一招，在抬腿的同时右拳狠狠砸向了宋余杭的腹部。

宋余杭被打得猝不及防，弯下腰去咳嗽，发间的汗水也洒落了下来。

林厌自然不会给她喘息的机会，接着就是一个重肘把人狠狠地砸向了地面，落下来的同时屈膝撞在了她柔软的腹部上。

腹背受敌，宋余杭当场呛出了唾沫，五脏六腑都在绞痛，耳膜嗡嗡作响。

她咬着牙道："林、林厌……我……"

林厌怎么会让她说出"认输"两个字呢，只觉得她的不还手和被动挨打更让人气血翻涌，想也未想就是一肘冲着她的脑袋狠狠地砸了过去。

宋余杭余光瞥到，只觉得林厌休息了三个月，反应速度更快了，而自己接连打了四场，早就体力不支了。她是有意退让，林厌却根本没给她认输的机会。

这一拳她要是挨上，当场就得躺在这里叫救护车。宋余杭苦笑，用背部硬生生受了这一击，抱住林厌的腰把人往后推，想要过肩摔她。

林厌巴不得她贴身缠斗呢，要论肉搏战，没有什么是巴西柔术的对手。林厌放松身体免得让自己受到更多伤害，一阵天旋地转，宋余杭摔她的时候也没撒手，甚至像那个雨夜一样把手垫进了对方的后脑勺下面。

林厌咬唇，神色愤恨又不解，隐隐还带有一丝委屈。

宋余杭笑了笑，汗水顺着脸颊往下淌："我认输，不打了……"

她话音未落，林厌猛地一咬牙，直接一个三角绞卡上她的脖子，掰直她的胳膊压向了自己的胸口，杠杆原理刹那间产生的力几乎能瞬间扭断一个成年人的脖子。

宋余杭有心挣扎却动弹不得，指尖只来得及钩下一片柔软的布料——林厌的腰带。

裁判吹起尖锐的号子，跑过来分开两人。林厌气喘吁吁的，眼角都是红的，被气的。

宋余杭也好不到哪儿去，脸上青一块紫一块的。她和别人打那是友好切磋，互相有分寸，不会朝着彼此的脸招呼。

林厌就不一样了，心狠手更黑，说实话，要不是裁判吹号子吹得及时，这会儿宋余杭早就因为窒息而被送上救护车了。

林厌就是恨，恨宋余杭为什么不还手，恨她和林舸假戏真做，明明不久之前她还在医院说对林舸没感觉的！

女人的嘴，骗人的鬼！

这些话她不知道该怎么开口问，索性就用最原始的方式解决。她和宋余杭在那个雨夜打了一架后开始走进彼此的内心，这次她也想用同样的方式来了结这一切。

林厌想的就是这么简单，今天这架要是好好打了，她也就服了，这件事就揭过去了。可是宋余杭没给她这个机会，她把人打得半死不活，宋余杭依然只是笑着问一句："你的身体好了吗？打你哪儿了？疼不疼？"

搞得林厌觉得像欠了她什么似的。

她刚想说话，底下传来一阵口哨声，几个调皮的警察带头揶揄道："林法医身材不错。"

众人哄堂大笑。

林厌垂眸看去，瞬间涨红了脸。比赛统一穿的跆拳道服，又宽又大，她被人扯松了腰带，露出了里面黑色打底的吊带背心。

宋余杭一脸无辜，咽了咽口水："林、林厌，你听我解释……"

林厌看见这张脸就烦，恨不得把她生吞活剥了，想也未想，抬手一巴掌就甩了过去。

宋余杭把腰带递给她，紧紧闭上了眸子，等待着她的掌风落下来，巴掌却迟迟未到。

她睁开眼就看见面前的人抖着嘴唇，红了眼角，眼里有一丝水光，也不知道是被气出来的还是……

"流氓！"林厌劈手夺过宋余杭手里的腰带，拢紧自己的衣服，这一声骂得更是没气场，在众人的口哨声里扭头下了台。

段城捂着脸，妈呀，简直没眼看。

冯建国都要气死了："这、这究竟是打擂台还是泼妇骂街呢？！"

不过也亏了林厌这一顿打，宋余杭以伤了胳膊为由推掉了下午的射击比赛。宋余杭不在乎这些虚名，参加比赛无非图个热闹，况且射击的话她真的……

面前的网页还开着，她已经开始神游天外。

段城走到她的办公桌前，放了一份文件："哟，宋队，上网呢……"

"怎么哄女孩子开心？"

“女孩子生气了怎么办？”

“女孩子一般喜欢什么礼物？”

一水的搜索页面赫然在目，宋余杭仓促起身，想要拿身子挡住屏幕，却不小心碰倒了桌上的水杯，顿时满桌狼藉。

宋余杭扶额，在段城越来越不解的目光里直接关了电源，拿纸巾擦着桌上的水渍：“有什么事吗？”

“没什么事，林法医让我过来送文件。”

宋余杭拿起文件把上面的水甩干净，草草翻了两页：“她怎么不亲自过来？”

段城笑了笑道：“她泡在病理实验室里呢，说是宋队签好字之后不用再拿去给她看了，直接送档案室封存。”

林厌这就是还生着气呢。

宋余杭点头，把文件夹放下：“行，你回去吧。”

等段城回到技侦办公室，办公室里顿时炸开了锅。

“真的？你真的看见宋队在搜那些啊？”

众人的八卦之魂熊熊燃烧起来。

“那还能有假？”段城灌了一口水。林厌正在解剖台上拿兔子练手，刺啦一刀划了下去。

“宋队不是和她哥好着呢吗？嫂嫂讨好自己的小姑子，这也正常吧。”

“哎呀，宋队马上就要脱离苦海嫁入豪门了，是我我也讨好。”

方辛嗤笑了一声：“你？就你这个样子，人家宋队要才有才要貌有貌的，你先看看你能不能挨住林法医一拳再说。”

“唉，可惜了，捡到贵妇钱包的不是我。”

“唉，可惜了，林法医怎么不是男的，有钱又酷……”

她话音未落，解剖室的门“唰”地一下被人推开来，众人齐齐噤声，转回身去忙自己手里的活。

林厌走出来把白袍挂上了衣架，解剖室虽然是隔音玻璃，但离得近大家也不知道她听去多少，有些提心吊胆的，尤其是刚刚那个说话的小女警。

林厌看一眼闷头干活的众人，段城书都拿倒了。她嘴角挑起一丝讽笑，走到刚刚说话的那个女警面前，把她正在喝的咖啡一把夺了过来。

“林、林姐……”女警站了起来，有些局促不安。

林厌仰头灌了几口咖啡，一抹嘴角，看着女警笑得邪气：“你说得对，我除了没有男人的性征之外，和男的差不离，不过吧，我林家也不是什么垃圾都可以进门的，想嫁入豪门的人先撒泡尿照照自己。”

说罢，她将空了的咖啡罐狠狠地往桌上一磕，松手的时候罐子已经瘪掉了。

林厌拿起自己的包扭头就走，穿过走廊的时候正巧宋余杭也走出刑侦办公室，一手举着手机在和人通话，一手插兜往更衣室走去，看样子也是准备换衣服下班。

狭路相逢，宋余杭早就看见她了，换了一边手拿手机，伸手拦住她："林……”

林厌瞥见了她亮着光的屏幕上闪烁着两个字：林舸。

想也未想，林厌一把把人甩开，头也不回地朝前走去。

我呸！枉费她刚刚还帮这人说话，有异性没人性！

宋余杭一脸蒙，还想喊她："林……”

那厢林舸温柔的嗓音传了出来："那就这么说定了，晚上八点米兰酒吧见，林厌也会去，到时候我去接你。”

第 42 章　调酒

“姐，我就是去吃个饭而已，不用这么隆重吧？”宋余杭说着，就看见季景行拿起刮眉刀轻轻地摁住了自己的额头。

“哎呀，这又不是普通的约会，好歹是对方的生日，还有他的朋友在，你怎么说也要稍微打扮一下吧。”

感受到那刀片在自己的脸上划来划去的，宋余杭莫名其妙地想起了一个笑话：

警察问小偷感动吗？

不敢动，不敢动，这就是她现在的真实写照。

宋妈妈端着炒好的菜从厨房里转出来：“你姐说得对，别整天跟个男人婆一样，怎么嫁得出去哟！还好林舸不计较这些，对你还不错。”

季景行还不知道林厌就是林舸的妹妹，想到那张字条，笑容淡了些。

“姐，我上次给你的那张字条……”

“哦，那个啊。”季景行垂眸看了宋余杭一眼，手上动作未停，替她扑了些粉遮掉脸上的小雀斑。

“我当时攥得紧紧的，出来却不见了，我找了许久，又不敢再进去问你要……”季景行说到这里，微微咬了下唇，神色有几分委屈。

“对不起啊余杭，耽误你的事了，你那个同事还好吗？”

宋余杭心里一松，本能的信任让她没有多想，也许真的丢了吧。

“没关系，姐，人已经找到了。”

季景行这才如释重负地笑起来：“那就好，不然我真的要愧疚死。”

二人坐在客厅一角化妆，小唯扔掉遥控器也跑过来抱住季景行的大腿：“妈妈、妈妈，我也要化！”

季景行忍俊不禁，手里拿着化妆品被她晃来晃去的：“不可以，小孩子不可以化妆喔，长大了才可以。”

宋余杭伸手一把把人抱上膝头，拿口红轻轻地在小唯的额头上点了一个小红点，举着镜子给她看：“看看，我们小唯以后长大了肯定也是个大美女。”

小孩子被夸得不好意思起来，捧住宋余杭的脸左瞅瞅右看看：“姑姑也好看，姑姑也是大美女。”

季景行要笑岔气了：“我看啊，小唯就和你亲，她可从来没夸过我好看。”

宋余杭揉了揉小唯的脑袋，嘴角含着笑道：“妈妈吃醋了怎么办？”

小唯从她怀里下来，拉了拉季景行的衣角：“妈妈，蹲下、蹲下。”

季景行不解其意，刚蹲下去，就被人吧唧一口亲在了脸上，心都要化了，抱起小唯亲了又亲蹭了又蹭。

“开饭啦，开饭啦，都去洗洗手，余杭也吃点儿再走吧，空腹喝酒不好。”宋妈妈在围裙上擦了擦手，放下最后一道菜道。

宋余杭看了看表，已经七点半了：“不了，我就不吃了，我跟林舸说了自己开车过去，得早点儿出发呢。”

她说着话，人已经跑进自己的房间，从抽屉里取出一个锦盒塞进包里，正准备出门的时候又被人一把拦下了。

“哎——等一下，口红还没涂呢。”

宋余杭欲哭无泪，眼看着季景行就要拿着鲜红的“姨妈”色口红往自己的嘴上招呼，决定还是自行了结吧：“我自己来，自己来。”

说着她拿着口红随便往嘴上一抹，也不照镜子，抿了一下上下唇，扯了一张纸巾，右手从桌上抓起宋妈妈刚炸好的酥肉放进嘴里，推开了家门。

“妈、姐、小唯，我走了啊。”

“这孩子，不是说不吃嘛！”等宋妈妈从厨房里拿了碗筷出来，宋余杭已经没影了。

“来，景行、小唯，吃饭了，小唯跟奶奶坐好不好？”

等下了楼，肉也吃完了，宋余杭拿纸巾抹了抹嘴，顺便把唇上的口红也揩干净，将纸巾扔进了垃圾桶里，人这才往车库走去。

她向来守时，说八点就八点到。她本以为林厌还在生气，可能不会来，谁知人已经到了，此刻正在台上伴随着一首激烈的舞曲跳着钢管舞。

台下观众瞪得眼发直，跑上去一个扎小辫的男人和她贴面热舞起来。

还真是……真是什么宋余杭也形容不出来。

她这厢发着愣，林舸已经跑出来接她："来了啊，随便坐、随便坐，你没吃饭吧？那边有自助餐。"

宋余杭顺着他手指的方向望过去，吧台前还坐着几个熟人，郑成睿正往嘴里塞鸡腿，段城拿了个餐盘瞅得眼花缭乱，口水都要掉下来了。

"哇，这是什么？这是什么？看起来好好吃的样子。"

方辛手里端着一杯红酒，淡淡地瞥了他一眼："那是香煎鹅肝……"

"那这个呢？"

"鲷鱼刺身。"

"这个呢，这个呢？"段城又指着一碟海鲜问她，方辛烦不胜烦，怒道："闭嘴，吃就完了。"

林舸笑了笑道："怕你不自在，所以擅作主张也邀请了你的同事一起。"

毕竟他们不是男女朋友关系，林舸医院的同事和生意场上的朋友她都不认识，林舸怕她无聊更怕她尴尬。

宋余杭怔了怔："没事……"

她话音未落，方辛已经看见她，站起来冲她挥手道："宋队，这边。"

他如此体贴入微，宋余杭反倒不自在起来。

"我过去一下。"

正巧林舸的几个朋友端着酒杯来找他："哟，这位是？你小子有情况也不告诉我们一声啊，不厚道。"

林舸笑了笑，揽过朋友的肩和他碰了一下杯："我能有什么情况？我们真的是朋友，我妈介绍的……"

他的话音渐远，隐隐约约再也听不真切，宋余杭走过去和方辛他们坐在了一起。

"小姐，喝点儿什么？"酒保走过来问她。

宋余杭摁着菜单瞅了两眼："柠檬水，谢谢。"

"好不容易出来放松一下，不喝酒啊？"方辛问道。

“我开车呢，况且酒量也不好，就不丢人现眼了。”

她们这边说着话，舞台上却传来了阵阵呼声。

“亲一个！亲一个！”

有人吹着口哨起哄。

一曲结束，林厌脸色微红，气喘吁吁地被人半抱在怀里，还是刚刚那个和她跳舞的男人，手顺着她皮衣包裹下凹凸有致的曲线摸了上去，轻轻地挑起了她的下巴。

段城看得眼冒绿光：“林法医的万人迷属性真不是吹的。”

郑成睿捅了他一下，揶揄道：“那可不，把某位小同志也迷得七荤八素的。”

“你还好意思说我？也不知道谁天天给人家买早餐献殷勤的。”

宋余杭转着手里的玻璃杯没说话。

林厌脸上的笑容越发妩媚了，她拉过那男人的脖子就主动送上了唇，却在他低头陶醉的刹那，嘴唇滑过他的嘴角，贴上了对方的耳朵。

林厌拽着他的领带，吐气如兰地道：“滚。”

男人瞬间变了脸色，被人一把推开来，跌跌撞撞地退下台。他还想再冲上去，被同伴拉住指了指卡座的位置。

林舸正和几个朋友谈笑风生。

“要我说啊，你这个妹妹也是绝了，江城市不知多少男人想追她，人家倒好，万花丛中过，片叶不沾身。”

林舸与他碰杯：“厌厌喜欢谁、想做什么事，那是她的事，我不会插手，但要是谁想对她图谋不轨，我一定不会坐视不管。”

这话他就是说给有心人听的：林厌的择偶观他不想管也管不了，有人想从他这里接近林厌是痴心妄想，但要是谁敢伤害他妹妹，他一定掘了对方的祖坟，要人家不得好死。

他虽然不是林家本家大少爷，但也算出身优越，家境殷实，留洋多年回国后把医院创办得红红火火，手段可见一斑。

友人一笑，干了这杯酒，不再主动挑起林厌的话题。

宋余杭放下手里的玻璃杯道：“我去一下洗手间。”

“哎，宋队，洗手间是那边。”

方辛指了指灯牌，喊她。

宋余杭转身道：“喔，谢谢。”

等她从洗手间出来的时候，舞池里又起了一阵小波澜。林厌怀里搂着个穿着侍者服装的小姑娘，对面还是那个刚才和她跳舞的男人。

“哟，怎么林大小姐转性了？不爱绿叶爱红花了？”

“我说你要不要脸？人家姑娘才多大，你都可以当她爸的年纪了，也好意思对人家上下其手，恶不恶心啊？”林厌仗着醉意，从那小姑娘的托盘里抄起酒杯就泼了过去。

“我就算是眼瞎了，也不会喜欢上你这种绿叶。还绿叶呢，我呸，你顶多就是一根狗尾巴草！”

男人涨红了脸，上前一步，还没等他抬手，胳膊就被人抓住了。

“你又是……”他眼前的是一个面生的短发女人。

宋余杭拉开夹克，露出警官证一角：“警察。”

男人脸上青一阵白一阵的，绕过宋余杭，指着林厌道：“好、好，林厌，你给我走着瞧！”

他话音未落，宋余杭已经站在他身前挡住了林厌。男人比她还矮一个头，面前顿时投下了一片阴影。

五光十色的光线里，她的神色有那么一丝冰冷，刑侦队长的气势放出来，男人到底气短了，灰溜溜地走了。

林舸跟上去送客，端着笑脸把人送出门之后顿时一脸鄙夷地道：“什么东西。”

生意场上来往，有些人确实只能谈生意，而谈不上有人情。

他准备过去跟林厌道个歉的时候，却见她弯腰干呕了两声，被她救下的女孩子一把扶住了。

“姐姐，你没事吧？”

宋余杭挑了一下眉头，琢磨着这个称呼。林厌不是爱出风头的人，还是说她认识这个女孩？

林厌撑住桌子摆了摆手，示意她不用管自己：“你不是……不是……”

她想了想周围人多，还是将“捡垃圾”这三个字咽了回去，换了一种说法：“你怎么来米兰上班了？”

“一个大叔介绍的，反正我白天上学，晚上兼职四个小时，一个月下来就凑够学费了。”

真够辛苦的，林厌冲女孩子勾了勾手，完全当宋余杭是空气。

等女孩子走近，她从自己兜里摸出一张银行卡塞进女孩子的上衣兜里，伸手替女孩子把名牌扶正，笑得颠倒众生："拿着，姐姐送你的礼物。"

"这、这不行……太多了……"

"给你你就拿着，我缺那点儿钱吗？"林厌说着又从女孩子手里的托盘上拿了一杯威士忌，打发女孩子去忙了，错身而过的时候，宋余杭看见女孩子胸前的名牌上写着两个小字：

白灵。

这应该就是女孩子的名字了。

宋余杭低咳一声走到了林厌身边："那个，对……"

话音未落，林厌余光瞥见林舸往这边走来："宋警官玩得开心，我去找乐子了。"

杯中酒已空，林厌将杯子放在桌上往吧台边走去。她今天穿了一件露肩包臀的皮裙，踩着高跟鞋，显得摇曳生姿，在这光怪陆离的酒吧里，连背影都活色生香起来。

段城老远就看见了她，拼命挥着手："林法医，这边、这边！"

宋余杭看着她走过去，和警局的几个小年轻谈笑风生起来。

林舸的声音响在耳边："她什么情况，怎么走了啊？我还想要和她喝一杯呢。"

宋余杭笑了笑，站远了些："可能她还在生气吧。"

看着她脸上的瘀青以及林厌今天怪异的表现，甚至连他都不理的样子，林舸恍然大悟地道："这个林厌，又和你打架了？！"

"没，正常切磋而已。"

"正常切磋能把人打成这样？"刚见面的时候朋友催他喝酒他没怎么注意，此刻凑近了看，宋余杭脸上分明有脂粉也挡不住的瘀痕。

除了林厌，谁敢对宋余杭下手啊，谁又能把人打成这样？

"太过分了，我找她去。"

"哎，你别去——"

段城正在看林厌调酒，只见她拿起调酒壶左摇右晃了几下，然后又秀技术一般高高抛起来，在一片欢呼声中，背过身去反手稳稳地接住了。

她从吧台底下摸了个杯子出来，用切开的新鲜柠檬擦了一圈杯口，撒了一些盐，把调好的酒倒入杯中推给了段城："喏，给你。"

段城欣喜若狂地道："林姐、林姐，这个叫什么名字呀？"

林厌想了想，趴在吧台上，手撑着下巴："前程似锦吧。"

“哇！！！”其他人也欢呼起来，“林姐，我也要！我也要！”

“等着啊。”

林厌说着又倒了30毫升伏特加进酒壶，沿着杯壁小心地倒了利口酒，酒保又递给她其他几种调味酒，最后放进冰块，摇得叮咚作响。

林舸走过来敲了敲桌子：“林厌……”

林厌没工夫搭理他们两个人：“喝酒的话在后面排队。”

说着她“啪”地一下把酒壶放在桌子上，掀开盖子，顿时酒香四溢。

她取了个杯子将酒倒进去，推给方辛，还顺势抛了个媚眼：“美酒赠佳人，这杯叫如花美眷。”

要不是方辛天天在办公室里看着林厌那一张脸已经百毒不侵了，此刻早就跟其他人一样没出息地眼冒红心了。

饶是如此方辛也羞腼了一下：“谢谢林姐。”

又给郑成睿调了一杯“好好减肥”之后，林厌这才好似发现这两个人一般，冲着林舸道：“你喝什么？”

说罢，她又把目光投向宋余杭，带着一点儿不怀好意地问道：“你呢？”

“林厌，你知道我来找你……”

“哎——”林厌止住了他的话头，抬头笑得人畜无害，“我知道你想喝什么了，送你一杯‘百年好合’吧。”

说着她拿起朗姆酒倒进酒壶，又加了伏特加和君度，这个度数看得段城心惊胆战。

林厌一直加到酒壶快满了为止：“这杯酒你一定要喝，算我这个做妹妹的敬你的。”

她说着，看了宋余杭一眼，却见对方也在瞅自己。

林厌收回目光，继续说道：“祝你生日快乐。”

当着这么多人的面，林舸接也不是，不接也不是，思索半天还是伸手把酒接了过来。算了，他要教训她的话私下里时间多的是。林厌好面子，他就给她这个面子。

“谢谢。”

林厌笑了笑，看着场中没有酒的最后一个人，换了一个550毫升的大酒壶。

段城看着她往里倒伏特加、白朗姆、金酒、龙舌兰……以及其他几种他叫不上名字的基酒，牙关都在打战。

这……这得多烈啊？

林厌调酒的姿势很好看，她不是专业的调酒师，比起循规蹈矩来多了几分潇洒自如，偶尔还会随着音乐节拍轻轻哼几句，头顶的灯光洒下来，衬得她的侧脸都温柔了几分。

然而宋余杭知道，林厌调的酒可一点儿都不温柔。

看着那敲击在杯壁上的细长手指，宋余杭开口了："这杯酒叫什么？"

林厌对上她的眼睛，就见淡棕色的瞳仁里明显含着笑，随即将手里的酒杯推了出去："来日方长。"

宋余杭笑了，摩挲着那个杯子："不错，寓意挺好的。"

林厌恨不得咬掉自己的舌头。她是脑抽了吗？这么矫情的词居然从她嘴里蹦了出来，呸呸呸！

"哎，你别喝啊，这酒度数太高了——"林舸已来不及阻止。

宋余杭仰头灌下一大口酒，被呛得连连咳嗽，脸都红了。

哪有人这么喝鸡尾酒的啊？

不醉才怪！

林厌抿紧了唇，别开视线，挣扎再三还是从吧台里倒了一杯白水推给宋余杭。

宋余杭没接水，又抿了一口鸡尾酒，捂着唇趴在吧台上低声咳嗽起来，就这么一会儿工夫，杯中酒已没了大半。

"别……"

比林舸更早出声的是另一个人，林厌站起来抓住宋余杭的手腕就往洗手间扯："别喝了，去吐出来。"

宋余杭已经站都站不稳了，被林厌晃得七荤八素，扶着桌子就要趴下来呕吐。

林厌又一把把人捞了起来："给老娘憋着，去洗手间吐，敢弄脏我的衣服，我让你吃不了兜着走！不能喝酒就别喝啊！逞什么英雄！"

林厌一边走一边数落。

林舸到底是个男人，总不可能跟着去洗手间："这、这就又和好了？"

第 43 章　过敏

林厌靠在洗手间门外的墙上，听着里面传来的动静，暗暗有一丝后悔。完了，她哪里知道宋余杭这么不能喝酒啊，兑的全是烈酒，不会喝出人命吧？

她正这么想着，里面传来了冲水声，随后门被人推开，宋余杭跌跌撞撞地走了出来，眼看着就要跪在地上，林厌一把把人扶了起来。

“你、你好点儿了没？”

宋余杭沉，林厌不得已用了些力气。宋余杭勾着她的脖子吃力地站了起来，眼神都是迷离的，醉得厉害。

两个人踉踉跄跄地往回走去，宋余杭打了个酒嗝：“林、林厌……”

林厌别过脸，捏紧了鼻子，又被人一把掰了回来，逼着和宋余杭四目相对。

也许是因为喝了酒，向来内敛的人打开了话匣子，宋余杭脑袋里一团糨糊，舌头也有些打结：“别、别生气了……比武场上……我不是、不是故意的……对、对、对不起……”

林厌听了这话又气又好笑，笑容还未完全浮现在脸上，宋余杭捧起她的脸，左看看、右看看：“不、不过……他们说得没错……你、你的身材确实、确实很好……”

林厌额角青筋暴跳，一把把人甩开：“宋余杭，你自己走吧，老娘不管你了！”

宋余杭本就站不稳，被推得跌跌撞撞，弯下腰来咳嗽。

林厌咬紧了下唇，看着宋余杭的惨样，还是狠下心来转身就走。

宋余杭就会蹬鼻子上脸，得寸进尺。

不过，既然对方已经道歉，自己又在气些什么呢？

她习惯了把一切都掌控于手心里，难道霸道到了连别人谈个恋爱也要管的地步？

这真可怕。

林厌在心里想着这些的时候，猝不及防地被人抓住了手腕。

宋余杭踉踉跄跄地追上来，问了林厌同样的问题："你、你到底在气什么？"她说这话的时候，因为站不稳，下意识地靠在了林厌身上。

林厌猝不及防之下被撞，踉跄着后退几步，后背抵上了坚硬的墙壁。

她忍无可忍，捏住宋余杭的后颈像拎大猫一样把人拎了起来，咬牙切齿地道："宋余杭，你有完没完？！"

"没完！没完！"怀中的人的声音突然大了起来，"你不告诉我你究竟气什么，这事没完！"宋余杭微微喘着粗气，眸似繁星，许是因为酒劲涌上来，眼眶都是湿润的。

她鲜少露出这种表情，这看在林厌眼里显得分外脆弱，又因为脸上还带着伤，更显憔悴。

林厌自己下的手，心里有数，那几下应该很疼，可是宋余杭硬是一声没吭。

那杯酒度数远超一般的鸡尾酒，宋余杭明明一杯就倒，却还是咬牙喝了。

林厌这么想着，忍不住低声问了一句："疼吗？"

宋余杭一下子怔住了，醉得浑浑噩噩的，以为林厌在喊疼，伸手就把人揽进了怀里，轻轻拍着林厌的后背："不疼了、不疼了……对不起，我下手没轻没重的，往后我再不和你打架了，你叫我打我也不打了……"

她一边说着一边哄小孩似的拍着林厌的后背，颠三倒四地道："不疼了、不疼了……在看守所里你受苦了，我知道、我都知道……林厌哪，不疼了啊……"

她反复重复的"不疼了"三个字好似一记重锤砸在林厌心上。

在林厌前半生的苦难里，除了初南，还从未有人会温温柔柔地叫她的名字，拍着她的后背说一句：不疼了。

从未有过。

和家族里的人斗智斗勇，和外人生死博弈，她好几次命悬一线。

林厌觉得自有记忆起，自己就是在走一条看不见的钢丝，两边是万丈深渊，她走得小心翼翼，如履薄冰。

直到此刻，她被宋余杭抱在怀里，宋余杭一边拍着她的后背，一边摩挲着她的头发，嗓音低沉轻柔，絮絮叨叨地安慰着她。

林厌突然有一种自己落了地的感觉。

她踏踏实实地站在地面上，被人温柔以待。

这种感动的心情是切切实实地存在的。

不远处站着的男人慢慢饮尽了杯中的酒，他站在这里有一会儿了，目睹了她们从洗手间出来后的全过程。

男人站了片刻，拿着空酒杯又转回了会场里。

“我先送她回家吧，她这个样子一会儿肯定没办法自己打车。”林厌把人塞进车里，又把宋余杭随身的背包扔了进去，林舸替她们扶着车门。

“那你呢，你行吗？你也喝了不少。”

林厌笑了笑：“嗐，我习惯了，我的酒量你还不知道吗？老娘千杯不倒。”

“别逞强啊，一会儿醉得不省人事，连自己家都找不到。要不我还是找个人送你们吧？”林舸还是有些担心。

林厌啧了一声：“你是放心不下她吧，哪里是放心不下我？放心吧啊，我不会吃了她的，还是说你想……”

她的神情里带着一丝揶揄之意。

林舸无奈，似是想伸手打她的脑袋，伸到一半又觉得这样不妥，改为像小时候那样轻轻地抚了一下她的发顶。

“说什么呢？你哥我是乘人之危的那种人吗？你姓林，永远是我妹妹，即使我娶妻生子，也改变不了这个事实。”

温柔的月色下，他说这话时神情坦荡。林舸对林厌来说是童年里独一份的温暖。

锦上添花无人记，雪中送炭情谊深。

这份恩情她必将终生铭记于心。

“哎哟，得了、得了，鸡皮疙瘩掉一地。”车停在主干道上，司机按着喇叭催促，林厌搓着胳膊，也坐进了车里，冲他挥手说再见。

“回见啊，下次有机会再请你喝酒。”

林舸还未说完话，车门已经落锁，下一秒车子绝尘而去。

“哎——你知道人家的家在哪儿吗？”

果不其然。

师傅问林厌："小姐，去哪儿？"

林厌皱眉，完了，忘记问宋余杭家在哪儿了。

她拍了拍倒在后座上的人的脸："宋余杭，宋余杭，醒醒，你家在哪儿啊？"

宋余杭哼唧了两声，爬起来一巴掌挥开她的手，又一头栽进了她的怀里，任凭林厌再怎么叫也说不出个所以然来。

这人真是醉得够可以的。

林厌咬了咬牙，去翻宋余杭的衣服。宋余杭昏昏沉沉中只感觉有人在摸她的兜，下意识地就去掰对方的手。

"疼、疼、疼……松手啊！"

林厌吃痛，被她这一下掰得手腕都麻了。

听见这熟悉的声音，宋余杭这才撒手，嘴里嘀嘀咕咕地道："摸、摸……给林法医摸……不能、不能打她……"

林厌听得好笑："为什么不能打她啊？"

宋余杭躺在她的膝上大声号："不能！就是不能！打、打坏了……我要对她好……对、对她好！"

林厌心头一热："行了，快闭嘴吧你。师傅，去青山别墅。"

宋余杭可能不知道，她不光是03号秘密基地的第一位客人，也是青山别墅的第一位客人。

车一停稳，林厌刚扶着人下车，宋余杭就趴在路边花坛上开始狂吐。

她总共也没吃多少东西，吐出来的都是酸水，难受极了。

林厌看着她，一边嫌弃一边还是将手放上她的后背，轻轻地替她顺着气。

过了有五六分钟，宋余杭吐干净了才缓过劲来，林厌便扶着她往里走。

宋余杭睁开眼，有气无力地看了一眼周遭的环境："这是哪儿啊？"

"我家。"

宋余杭身高腿长，又沉，林厌不得不用力撑住她的肩头，揽紧她的侧腰，踩着高跟鞋，走得踉踉跄跄的。

"喔。"宋余杭应了一声，又浑浑噩噩地闭上了眼。

林厌打开灯，环视了一圈别墅，虽大却没有人气。因为她不允许下人在此过夜，也没有客房，只有一间主卧，就是她的那一间。

一想到此人要臭气熏天地躺在她的床上，林厌顿时一阵头皮发麻。

不行、不行，这坚决不行。

她扫了一眼楼下客厅，就快要撑不住了，咬着牙把人往沙发上拖去。

算了，让她躺在这里凑合一晚吧，林厌怎么看宋余杭也不是会挑挑拣拣的人。

“包、包……我的包……”行走之间宋余杭的背包掉在了地上，也不知道里面有什么重要的东西，她非要随身携带着。

林厌翻了个白眼，放开她的一只胳膊，俯身去捡包，却不留神宋余杭本就站不稳，全部重量压下来，一阵天旋地转后，两个人一起跌进了沙发里。

林厌被压得头晕眼花，宋余杭的脑袋还压在自己的胸口上，人已经发出了均匀的呼吸声。

林厌只觉得今晚的宋余杭无时无刻不在挑战自己的底线。难道这就是自己灌她喝酒的报应吗？

她想也未想，扯起宋余杭的耳朵：“醒醒，醒醒，起来，喂！”

宋余杭一巴掌拍开了她的手：“别、别吵……”

林厌忍无可忍地一巴掌甩了过去，宋余杭似有所觉，转了下脸，依旧抱着她不撒手。

林厌推了几下，宋余杭纹丝不动。

对方现在这样林厌又不可能对她动粗，毫无防备的情况下自己要是动手，宋余杭就废了。

林厌忍了又忍道：“我上辈子欠你的吗？”

回答她的是宋余杭安静的呼吸声。

林厌有些艰难地喘了口气，想把宋余杭的脑袋挪向一边，刚把她的头抬起来，却见她皱了皱眉，似乎有些难受，伸手抓了抓衣领。

“你怎么了？”

林厌问她。

宋余杭闭着眼睛，把衣领扯开，挠着脖子：“痒……”

她的脖子上，肉眼可见地起了一大片红疹。

她似浑身哪儿都不舒服，扭来扭去，使劲挠着，很快脖子上就出现了几道血痕。

林厌一把抓住了她的手：“别动！”

宋余杭很听话，嘴里还哼唧着，却老老实实地让林厌扒开了衣服。

林厌看见那一大片红点时，酒都被吓清醒了。

“你酒精过敏怎么不早说啊？起来！”

也许是真的难受得不行，宋余杭身上软趴趴的没什么力气，被林厌这么大力一推倒了过去。林厌扶着人躺好，把宋余杭的脚抬上了沙发。

“你知不知道酒精过敏会死人的啊？还喝？啊？”林厌一边数落人，一边拧亮台灯，翻开宋余杭的眼睑看了看，还好，瞳孔对光反应正常。

“还有哪里痒？”

宋余杭指了指脖子，难受得说不出话来，又想接着挠。

林厌一巴掌拍在她的手背上：“不许挠！”

宋余杭的神色有几分委屈，酒都醒了大半：“痒……”

“忍着！”林厌一边说一边抬起她的胳膊，把袖子挽上去查看其他地方还有没有出疹子。

“翻身，我看看背上。”

宋余杭不情不愿，在接触到林厌的眼神时从善如流地闭了嘴，老老实实地被人推过去面朝沙发思过。

“行了，躺好，还好不严重，我去给你找药。”

林厌做完触诊后说道，噔噔噔地跑上楼，扎进了自己的实验室里。

“息斯敏、息斯敏……”她嘴里念念有词，翻着橱柜，一水儿的消毒外用类药物，却找不到过敏药的影子。

林厌转身又跑向了书房。

等她再回来的时候，还微微喘着气，把一盒药片和水塞进了林厌的手心里。

“给，快吃。”

宋余杭捧着温热的杯子怔了一下，抬眸看向林厌，却见林厌额上挂着汗，顿时心底一暖。

“我还不知道，林法医也有这么温柔的一面。”

“滚，还不是、不是……”林厌一开口就原形毕露，被人当面夸“温柔”，她一时也舌头打结，转过脸本来想说“我灌的”，最后脱口而出的还是，“自找的。”

宋余杭笑了笑，没计较，拆开药片塞了一粒进嘴里，又咕咚咕咚地把那杯水喝完了。

她感觉头昏脑涨，精疲力竭，等林厌转身扔个垃圾的工夫，她又昏睡过去了。

林厌伸手把她的衣服拢好，拿走她手里的玻璃杯，把台灯拧暗，从楼上抱了一床被子下来盖在她身上。

林厌本想上楼睡觉，但看着宋余杭还是有些潮红的脸后，又摸了摸她的额头，还是有些烫。

酒精过敏这种事可大可小，尤其是宋余杭这种滴酒不沾的人，林厌想了想，还是背靠着沙发坐下来，困倦地打了个哈欠。

这夜林厌反反复复惊醒了几次，起来察看宋余杭的情况，尤其是看见她在睡梦中无意识地去挠脖子，都破皮了，又拿来碘酒蘸湿纱布轻轻地替宋余杭擦拭，直到天快亮才消停。

宋余杭一夜无梦，手机在背包里反复振动着，直到最后因为没电而关机。

她醒来后，首先映入眼帘的是一颗毛茸茸的脑袋。林厌的一头鬈发散在她身上，人挨着沙发沿睡熟了，手还搭在她的腰上。

宋余杭轻轻地把林厌的手臂挪下去，抬起上身，替林厌把散落在额前的头发拨至耳后。

林厌的脸色有些苍白，大概是没休息好，眼圈都是乌青的。

她……就这么趴了一夜守着自己？

宋余杭小心翼翼地下了沙发。

林厌还是惊醒了："干、干什么？！"

宋余杭宿醉未醒，身上还是没什么力气："回去睡。"

在林厌往楼上走时，宋余杭又道："那个……借你两件衣服。"

"衣帽间在楼下。"林厌的声音从楼上传来。

林厌也回房打理自己。

第 44 章　滴血

等林厌拖拖拉拉地收拾好裹着浴巾从楼上下来的时候，宋余杭已经站在厨房里了。林厌的衣服对她来说还是有些小了，衬衫穿得十分贴身，袖子挽到了手肘上，因为宋余杭身高腿长，把西装裤撑得很有型，衬衫下摆随意地扎进了裤子里，有几分潇洒随意，发梢上还挂着湿漉漉的水珠。

宋余杭听见动静转过身来，腰上还系着围裙："你吃什么？"

光看背影是个中性美女，转过来又是个西餐厅大厨，林厌下巴都要笑掉："你这又穿西装又系围裙的，是要干吗？转职做米其林三星大厨？"

"你的衣柜里都是裙子……"宋余杭有些不好意思地笑了，"我怕弄脏，应该挺贵的。"

林厌裹着浴巾赤脚走下楼梯："挺好看的，送你了。"

宋余杭连忙道："那个……不用，我洗干净还给你。"

"喔，对了，你好像也有一件制服外套落在我这儿了。"林厌说着，走进了衣帽间，在一大堆衣服鞋子里翻找着宋余杭的那件外套，"咦，我很早之前不是让管家洗好挂起来了吗？放哪儿去了？"

林厌站直了身体，似有些郁闷。

宋余杭转过身道："找不到就算了，反正也不差那一件，单位年年都发。"

宋余杭这么说着时，林厌已经拿着衣服转了过来："啊，找到了，一直忘了还给你。对了，你别做饭了，一会儿管家会带厨师过来的。"

宋余杭手里的番茄切了一半："这样啊……"

她似有些遗憾，可惜了这么多厨具和装修得如此精美的厨房。

"你从不开火？"

林厌从煮好的咖啡壶里倒了一杯咖啡，走到她身边探出一个脑袋："我为什么要做饭？我的美甲这么昂贵。"

宋余杭笑："也是……"

她说着，打算把案板上的番茄扔到垃圾桶里："有时候觉得你简直粗俗不堪，有时候又觉得你不食人间烟火。"

"大家都吃五谷杂粮，祭一样的五脏庙，谁也不比谁高贵，扒了那一身皮，什么妖魔鬼怪都有，没什么好稀奇的。"

林厌抿了一口咖啡，瞥见宋余杭的动作，伸手抓住了她的手腕："你干吗？不是都切一半了？"

"你不是说一会儿会有厨师来……"

林厌笑了："我只是说我不做，什么时候说我不吃了？你宋大警官的手艺我还是要尝一尝的。"

"西红柿打卤面，不是什么特别精致的早点，你要吃的话我就做。"宋余杭说着，开始忙活。

"吃啊，为什么不吃？我饿了。"林厌说着，尾音带一点儿撒娇似的轻快之意。

到了林厌平时起床上班的时间，管家过来的时候看到的就是这么一幅景象。

两人各坐餐桌的一边，中间放着菜盘子，盘子里是几道小菜和两个煮鸡蛋。

感天动地，宋余杭一夜之间让林家的厨子全部失业了，林厌不仅主动吃饭了，吃的还是西红柿打卤面！

管家不由得老泪纵横，就差颁一个"感动中国最佳人物奖"给宋余杭了。

林厌鲜少吃这种民间小食，宋余杭的手艺算不上顶好，但乍一吃也还算新鲜。

林厌不由得多吃了两口面，把目光投向了盘中的鸡蛋。

宋余杭伸手把两个鸡蛋都拿了过来，林厌张了张嘴，选择忍气吞声。

过了不到一分钟，一个小碟被推到她面前。

"给你。"

剥好的鸡蛋滑溜溜地躺在盘中央，宋余杭端着碗去厨房盛汤。

管家打发其他人出去修剪花圃，自己就要上前为林厌收拾碗筷。

林厌拿纸巾按了按嘴角："再吃一点儿，一小口就好。"

管家一惊，怎么也看不出这家常菜有什么特别的地方，但还是顺着她的意又盛了一小口给她。

宋余杭看她吃得香，说道："食堂中午也有这个面，你可以试试。"

不知道这句话又触到了大小姐的哪一个雷区。

林厌冷哼了一声道："我不过是好奇，吃多了也就那样，谁要去食堂吃猪食啊。老林，中午继续给我送饭。"

"是，小姐。"林叔恭敬地弯下腰回道。

林厌起身，不再看宋余杭一眼："不吃了，收拾吧。"

等到上了车，林厌坐在前排就开始昏昏欲睡。宋余杭捏着自己的包，犹豫几次也没找到合适的机会把修复好的机械棍还给她。

在她这么纠结着时，市公安局已经到了。

"宋队昨晚没回家吗？不可能啊，林姐不是早就送她回去了吗？"方辛站在门口看着季景行焦急的脸色，也掏出手机给宋余杭打电话，但依旧是冰冷的提示音——对不起，您所拨打的电话已关机。

"林姐？"季景行捕捉到方辛话中的名字，皱了一下眉头，"是和她要好的那个同事吗？"

二人正说着话，林厌的车开了过来，市领导的车都没她的车阔气，一下子吸引了两个人的视线。

方辛冲着那辆车挥手道："哎，林姐，来了啊。"

季景行也看了过去。

林厌戴着墨镜从车里钻出来，衬衫裙包裹住了姣好的身形，细高跟鞋踩在地上显得腿又细又长，十足的贵族名媛范。

等她摘下墨镜的时候，却又不是那么一回事了，倚着车门冲方辛流里流气地笑道："哟，等姐姐呢。"

季景行对她的第一印象大大地打了个折扣：浮夸。

宋余杭怎么会和这样的人掺和在一起？

后车门被打开，宋余杭也钻了出来，穿着林厌昂贵的小西装，衣服熨得笔挺，越发显得她身量颀长，英姿飒爽，和林厌站在一起的画面无疑是非常赏心悦目的。

季景行被这场景刺了一下，笑容有些勉强："余杭……"

林厌收敛笑容，目光看过来。

宋余杭大踏步地迎了上来："姐，你怎么来了？"

"听妈说你昨晚没有回家，打你的电话也没接，想着你是不是回单位睡了……早上上班我顺路过来看看，顺便给你买了点儿早餐。"

季景行说着，把手里的豆浆油条递给宋余杭。

宋余杭好似恍然大悟，想起了被她扔在背包里的手机："喔，手机没电了，忘记跟你们说一声了，我昨晚在同事家睡的。"

季景行看了林厌一眼，林厌无所事事地站着，也没打个招呼，任季景行的目光在自己身上打量一圈后又转了回来。

"早点我就不吃了，吃过了，这些是我给同事们买的。"

宋余杭手里还拎了一个大塑料袋，里面装满了各种食物。

季景行怔了怔，笑容有些勉强："行、行，你没事就好，没事就好。"

"没事，我能有什么事呢？"宋余杭笑着道，"那我先进去了姐。"

"哎——"季景行还想说些什么，林厌已经跟上了宋余杭的脚步。

"我看你姐不是来看你，而是来看看你和谁在一起吧。"

宋余杭也没生气，只是说："不都一样？你吃饱了没，没吃饱再吃一点儿？"

"哎，我说，你之前不是也喝过酒吗？"最终林厌还是从她那里拿了一杯豆浆，小口抿着。

"你说那天晚上？"宋余杭思索了一会儿才道，"是喝了点儿，不过很少，50毫升不到的莫吉托。"

林厌轻轻嗤笑了一声："莫吉托算什么酒啊，好多是苏打水兑的罢了，清吧晒出来哄人的玩意儿，醉不倒人的。"

宋余杭苦笑道："有可能，昨晚还是我长这么大头一次喝那么多，又急又快的。"

林厌别开目光，两人已经到了刑侦办公室，宋余杭停下来等着她说完最后一句话。

"过敏体质因人而异，昨晚兑的鸡尾酒里不光有酒还有别的东西，柠檬、苏打啊啥的，我建议你还是去医院做个过敏源检测比较好。"

她连关心人都带着一股不情不愿的专业人士例行公事感。

宋余杭笑，莫名想伸出手揉揉林厌的脑袋，接触到她的视线又将手收了回来："放心吧，我自己的身体自己清楚，就是喝得多了些、快了些，没事的，你别放在心上。"

林厌"哼"了一声，趾高气扬地走了："我可没关心你啊，我啊，是怕你突然挂了，给我增加工作量。"

宋余杭忍俊不禁，看着她走远，嘴角带着笑地回了自己的办公室。

林厌刚把外套脱下来挂在衣架上，准备换白袍进实验室的时候，警铃响了。

她又一把将外套拽下来往身上一披，一只袖子还没穿进去，已经拎起勘查箱往外跑，一边跑一边单手系扣子。

“愣着干吗？！有警情出警了！”

段城七手八脚地把煎饼塞进嘴里，去扯自己的相机，将镜头也一块塞进包里，声音含混不清地道：“等、等等我，林姐。”

方辛也把豆浆放在桌上，拎起勘查箱往外跑，一边跑一边扯了纸巾擦嘴。

刑侦的人到底比技侦的跑得快，他们准备好出发的时候，宋余杭已经在路上了。

两辆车接通了蓝牙，步话机的声音从驾驶座传了出来：“接110群众报警称，我市东城区玄武路七十八号育才小区1106室内发现一具浑身赤裸的女尸……”

只出了一会儿太阳，天便彻底阴了下来，早上看起来和傍晚差不多。

林厌跳下车，拎着勘查箱一把掀开警戒线大踏步走进了大楼里。

小区物业工作人员和派出所的民警一起引着他们往上走，电梯停在了十一楼的位置。

勘查踏板已经铺好了，宋余杭戴着手套、鞋套走进血泊里，“唰”地一下拉开了浴室的帘子，一具赤身裸体的女尸歪着脑袋躺在浴缸里。

一股刺鼻的血腥味扑面而来，加上这个视觉冲击，看着满浴缸的血水，有几个新来的小刑警纷纷被吓退。

技侦的人换好衣服进来，宋余杭侧身给林厌让开了一条路，让林厌从她身前过去。

众人拍照的拍照，取证的取证。

工作时的林厌绝对算是称职，再也没有那种流于表面的浮华之气。

宋余杭看她一眼，这里交给她是放心的。

“来，水样也取证。”

等痕检人员从浴缸里提取好水样之后，林厌才又凑上前去观察尸表特征。

女孩的脸色是失血过多后的青白，浑身已经凉透了，露在浴缸外的身体体表无特殊伤痕，林厌轻轻拿起她垂在外面的手臂，一片刀片掉了下来。

方辛把染着血的刀片用镊子夹起来放进了证物袋里。

段城从一汪血水里捞出死者的另一只胳膊，果然，手腕上赫然有一道深可见骨的伤口。

死者的血液已经流干了，伤口被泡得发白。这浴缸里的都是死者的血，和水混在一起，在漫长的夜晚里悄悄流淌到了地面上。

段城的神色既有些恐惧又有些不忍：“这、这是有多想不开啊？”

“谁报的警？”

“我，我报的！”门外的人群里有人高高地举起了手，男人挺着啤酒肚，还穿着拖鞋，一身家居服，显然也是慌里慌张地从家里跑出来的。

办案人员在做笔录，宋余杭也走了过去。

“详细说说。”

男人舔了舔唇，似有些心有余悸：“我住楼下1006，早上六点多天还没亮时起来刷牙洗脸准备上班……”

他似沉浸在那个情境里久久回不过神来，脸都被吓白了。

男人是普通的上班族，过着朝九晚五的生活，这是他租来的房子，离他上班的地方坐公交车还有十来站的路程，微薄的工资支撑不起他的任性，是以每天早起洗漱后，他还要给自己做早饭。

这一天天刚蒙蒙亮，闹钟响了，男人顶着鸡窝头迷迷糊糊地下床，摸黑走到卫生间开始洗漱。

刷牙的时候他感觉脖子里滴了几滴水，也没怎么在意，只是在心里咒骂了几句楼上的住户和物业：破房子又在漏水了。

他吐掉嘴里的泡沫，漱着口，拧开了水龙头开始洗脸，洗着洗着就觉得不对劲起来。

滴水的量越来越多，还很凉，又黏腻，在初秋的季节里冷得刺骨。

男人莫名打了个寒噤，水龙头还开着，他伸手抹了一把后颈，同时按亮了墙上的照明开关，待到看清掌心里的液体时，失声惊叫起来，一屁股跌坐在了地上。

是血！血！

他眼睁睁地看着自家天花板上开始渗血，一滴一滴地掉进了盥洗池里。

血随着水波荡漾开来，流进了下水道里。

男人浑身颤抖着，哆嗦着嘴唇，以为是鬼片看多了做的噩梦，狠狠地掐了自己一把，直到熟悉的痛感袭来，他才跌跌撞撞地爬起来，还穿着睡衣就跑出去找物业报警。

“事情经过就是这样……”男人咽着口水，拼命想要把那一幕忘记，却越陷越深，以至于脸上浮现深深的恐惧之色。

宋余杭示意边上的人递一支烟给他安抚他的情绪。

“你还记得是几点起床的吗？”

男人接过烟也不抽，只凑在鼻边深深地吸了几口气：“记、记得，我的闹钟调的是六点半，闹钟响了我就起了，走到洗手间估计也就一两分钟。”

“你认得这楼上的住户吗？”

男人点了点头：“认得，是个学生吧，我在电梯里见过几次，还打过招呼，怎么突然就……”

宋余杭扫了一眼他和几个小区的物业工作人员：“一个人住？父母呢？还是租的房子？”

一个物业管理人员站出来道：“不是租的，是住户，住在这里好多年了，小姑娘名叫范琳，户主写的是她爸爸的名字。前些年她爸妈离婚后就再也没见他爸回来过了，只有她妈妈隔三岔五地来看看她。”

宋余杭示意小刑警把这些信息传回局里让郑成睿查找女孩的亲生父母并通知家属。

围观群众看着他们忙进忙出，又听了那个物业人员的话，窃窃私语起来。

“哎呀，真可怜，父母离婚后嫁的嫁娶的娶，好好的娃儿都不要了。”

“那可不，我在这儿住了几十年，可以说是看着这小姑娘长大的，怎么说没就没了呢？”

有人扼腕痛惜就有人说风凉话。

“前阵子高考录取通知书下来的时候，不是还听到她和她妈在楼上吵架吗？她想复读，她妈不让，说不定啊她就是一时想不开……”

“你怎么知道得这么清楚？”

“我？我儿子和她是同班同学，不过我儿子今年考得不错，上省大呢。”

“哎哟，那确实不错，恭喜恭喜。”

外面留了几个小警察继续找楼上楼下的邻居做笔录，宋余杭又戴上手套走了进来。

尸表检验进行到了一半，见段城替林厌打着勘查灯，宋余杭伸手将勘查灯接了过来：“我来，有什么发现吗？”

林厌正好把刻度尺搭上死者的手腕：“左手腕肉眼可见5cm左右深可见骨的切创，而且反复拖曳了数次。”

女孩的手腕早被水泡得皮开肉绽，血管神经都冒了出来。刀片这种小而锋利的东西，只有反复摩擦才能划出这种伤口来，而那女孩的手腕上确实有与主切口平行的浅表划痕。

法医学上称其为：试切创。

两个人对视了一眼后，宋余杭抿紧了唇。

林厌明白她在想什么："你放心，有何苗的前车之鉴，我不会随便下结论。"

宋余杭拍了拍她的肩，把勘查灯递给别人："我去外面看看。"

痕检人员也在紧锣密鼓地工作。

方辛往门把手上刷着碳粉，直到指纹显现出来，她赶紧将其拓印了下来。

宋余杭大致扫了一圈，门窗完好，没有人入侵的痕迹，也没有打斗的迹象，屋里只有女孩子和最开始报案的那几个人的脚印。

冰箱里食物不多，大部分是水饺、汤圆、方便面等速食产品，符合死者独居学生的身份。

客厅的书架上方摆了一个相框，宋余杭伸手将其拿了下来，照片被人擦拭得很干净。

站在最中间的是死者，还是七八岁时的样子，一家三口其乐融融。

宋余杭又将相框放了回去，去翻垃圾篓，找到几张试卷碎片，拿起来装进了证物袋里，还有几张外卖小票、超市账单也一一收好，这在后期都可能是会为侦破案件提供重大帮助的线索。

她检查完垃圾桶之后，目光落到了茶几上的空玻璃杯上，杯底残留了一丝液体。

她拿起杯子对着光线转了转，杯壁上有指纹："方辛，这儿还有一枚指纹，过来提取一下。"

"好，宋队。"方辛应声过来。

宋余杭走到另一边趴在地上检查着沙发底，又掀开地毯看了看，很干净。

单身独居的人少说有一些随性，死者又是个女学生，应该没时间做家务才是，这里连地毯上的头发都打扫得干干净净，这人不是有洁癖就是有强迫症。

"宋队，这儿有一些发现。"检查女孩的卧室的刑侦人员喊了一声。

宋余杭起身走过去，对方把从桌上拿到的手机交给了她："从死者的手机里发现了未发出去的短信。"

——永别了，妈妈，是我不孝，这辈子未能做您期望的女儿，养育之恩来世再报。

手机锁已经被技术人员打开了，宋余杭草草地翻了几页，收件箱里都是一些营业厅的垃圾短信。

她退出收件箱去翻女孩的相册，有女孩的自拍照，有一些风景照，也有几张海洋鲸鱼的照片。

她只觉得这些有些眼熟，但就是想不起来在哪里见过。

这时有人在门外喊："宋队，死者的妈妈联系上了。"

第 45 章　白鲸

“你最后一次见到她是什么时候？”市局里，宋余杭请人坐下，倒了一杯热茶给对方。

女人握着纸杯，拿纸巾揩着眼角，抽噎着说不出话来。

一旁跟着的男人轻轻拍着她的背给她顺气，温声细语地哄着：“不哭了，先跟警察把事情说清楚。”

宋余杭倒是不焦不躁，等着家属缓和情绪。

哭了半晌，女人才喃喃开口道：“昨天下午，是我最后一次见她。”

“几点，去干吗？”宋余杭负责询问，旁边的小警察则奋笔疾书地记录着。

“五六点吧，我去给她送饭，顺便、顺便再商量一下她复读的事。”

宋余杭抬眸看了她一眼。

说到复读，女人好似打开了话匣子：“我觉得女生念个英语或者中文这种普普通通的专业就好了，将来也好考公，她非要学什么美术，一心想考美院，从小到大我们没少为这事吵架。”

人都死了，作为死者的母亲，还有心思想起从前那些家长里短的事。

宋余杭面上波澜不惊，把对方从对女儿的唠叨上拉到了案情里：“待了多久？”

“不到一个小时，又和她吵了一架，我一怒之下就摔门走了。”女人揩着眼泪，呜呜地哭了出来，“早知道我走了她会自杀，就算她赶我滚我也不走了……”

男人看样子是她的现任丈夫，一把搂过她的肩，替她抹着眼泪：“别哭了啊，不是你的错……唉……”

他长叹了一口气，也愁眉苦脸地道：“你要是再哭坏身体，小宝就没人照顾了。”

女人这才勉强打起点儿精神来，宋余杭接着问：“她之前有过轻生的念头吗？在学校人际关系如何？平时的性格怎么样？”

女人脸上浮现一丝悲痛欲绝之色：“高考录取通知书下来的时候，我逼着她去上学，她曾哭着说过‘要是上不了美院，不如去死’，我也、也没当真……谁、谁知道……”

男人这个时候插话道：“也不能全怪她妈妈，她妈妈也是为了她好，学美术哪有以后考公安稳？她妈妈还不是想她踏踏实实、平平安安地过一辈子。谁知道这孩子这么倔，最后妥协的还是我们，同意让她复读了，你说她、她这又是闹的哪一出？她这不是存心让她妈妈下半辈子活在愧疚里吗？”

早不愧疚晚不愧疚，人死了她才愧疚，要是林厌在这里，估计早就破口大骂了。

但宋余杭只是平静地从档案袋里取出了一个证物袋，放在桌上推了过去。

“看看这个药，你们认得吗？”

透明袋子里装了一个小药瓶，上面都是英文名字以及复杂的化学名称。两个人拿过袋子来瞅了几眼，摇了摇头。

女孩子的妈妈还在抽泣：“这、这是什么药？我没听说过她生病啊。”

“盐酸舍曲林，别名左洛复，抗抑郁的首选药。”宋余杭淡淡地道。

“我们在她家里也找到了医院的报告单，她被确诊为患有重度抑郁症。”

这犹如一个晴天霹雳，女孩子的妈妈哭成了泪人：“为什么……为什么呀？你生病了为什么不告诉妈妈？傻孩子……你这是要妈妈的命啊！”

宋余杭收好东西，递过去一张纸巾：“节哀。”

长年的刑侦工作使她对受害者保留了足够多的同情心，却对受害者家属始终同情不起来。

雪崩的时候没有一片雪花是无辜的。

“您和您妻子什么时候离婚的？”男人坐在会客室里不时接打着电话、发信息。

宋余杭的话刚出口，又一个电话来了，男人摆手示意她待会儿再说，转过脸去。

“喂？公司的事？公司的事不是还有老万处理吗？我就离开这一会儿都不行？那要你们员工干吗呢？什么？对方说必须总经理参加会议才肯接下这个单

子？”

男人一脸烦躁地道：“行、行、行，那你告诉他们，我下午抽空过去一趟！”

宋余杭等他说完。

男人把手机放进西装内侧兜里：“不好意思，工作比较忙……我和她妈妈很早就离婚了，大概她上初中的时候吧，我算是净身出户，房子、财产都留给了她们，等她成年就会写她的名字。”

“您女儿最近有轻生的念头吗？”

男人摇头，脸上有一丝哀容：“这我就不清楚了……我离婚离得不光彩，很少见她们娘儿俩，一年到头也碰不了几面，哪里知道这些。”

得，看来她在这个男人这里也是问不出什么来了。

女人好歹还知道哭一哭，男人眼里、心里恐怕只有他的生意吧。

陪同询问的几个小刑警对视一眼都耸了耸肩。

“按规定，您可以去见您女儿最后一面。”

男人听她这么说，脸上浮现挣扎之色，半晌还是咬了咬牙道：“算了，不看了，看了也是伤心难过。”

宋余杭起身与他握手：“感谢您的配合，若有需要我们会再联系您。”

“好的，不客气，辛苦，辛苦了。”

“什么？！家属不同意解剖？不行，我得去——”林厌说着就要冲出去，被人一把拦住了。

“你去，你去干吗，和人吵架吗？”

宋余杭话音刚落，林厌还想怼她，张金海端着茶杯走了进来。

“这个案子我们研讨过了，通过对现场进行勘查以及对周边群众的走访，还有监控视频的调查，排除了他杀迹象，可以断定为自杀行为。何苗案毕竟是个例，林法医不要草木皆兵了。”

“我怎么就草木皆兵了？难道追求真相不是警察的职责和义务吗？”林厌反唇相讥道。

“是，问题尸检是你自己亲手做的，你查出什么疑点了吗？要是有疑点的话没问题，二话不说我们接着查！”

刑侦大队长和技侦主要负责人杠上了，底下的人默契地垂头不语，噤若寒蝉，宋余杭也皱着眉头。

“我——”林厌被噎了一下，确实，尸表检验她没发现什么疑点，无外伤也没有被性侵过的痕迹，处女膜十分完整。

她想了想，换了一种说法："有一些疑点无法通过简单的尸表检验发现，我必须解剖。"

"是，公安机关有权决定遗体解剖并通知家属到场，问题那是在确定为刑事案件或者明显提出疑点的时候才能这样，你现在什么疑点都没有，我怎么去跟家属提？大小姐，查案不是你一厢情愿的行为，我们得尊重事实，尊重家属意愿，尊重社会舆论，人都死了你还不给人家留个全尸？"

张金海这话有理有据，又侧面点出了林厌娇纵任性的大小姐脾气。

底下有人轻轻地嗤笑了一声。

林厌面子上挂不住，就要冲上去动手，被人一把攥住了手腕，拖出了会议室。

"你放开我！放开！"林厌挣扎着。一直把人拖上了天台，宋余杭才撒手，看着气喘吁吁的林厌道："他说得没错，找不到疑点就无法定性为刑事案件，家属也没有解剖意愿，你强行解剖就是违法，要承担责任的。"

不知道为什么，别人劝自己林厌还能忍，连宋余杭也这么说，林厌的火"噌"地一下就上来了。

"我违法？法律为受害者做什么了？制裁不了孙向明，救不了丁雪和李诗平，连伤害何苗的'秃鹫'都死了，出卖她的姨夫被关个三五年就放出来了，一家三口继续和和美美地生活！死者呢？！只有这一条命！谁来维护他们的权益？！要我说，范琳的死就是她的父母长期不闻不问造成的，他们才是间接的杀人凶手！"

"法律有用吗？"林厌狠狠地啐了一口，"有个屁用！就算再怎么追责，躺在我面前的冷冰冰的尸体也回不来了，看不到了。"

"法律无用，但良知在心里。"宋余杭扶着她的肩膀，看着她道，"确实不是天下每对父母都是合格的，范琳死了，你是没看见她妈妈在我面前哭得多惨，山一样的愧疚下半辈子会如影随形，又何尝比肉体上的难受轻松？林厌，看问题不能这么片面。你会因法律无用而放弃追求真相吗？"

林厌动了动唇，宋余杭已帮她答了。

"你不会，法律只是人类社会的最后一条底线，谁也不能越过它，越过这条线就是犯罪。我们警察存在的目的不仅是维护社会治安，也必须把这些越线的人一一绳之以法。你说法律无用，你看看——"

宋余杭拉着她走到了天台边。

太平盛世，车水马龙川流不息，白鸽飞过两人头顶的天空，落下一尾鸿羽。

“你能站在这里，法律又怎会完全没用？”

林厌抿紧了下唇，天台上凉爽的风吹过发间，也稍稍吹散了心中的郁气。

她伸手掏了一根烟点上，叼在唇边，趴在栏杆上，高跟鞋在地上点着。

“我就是觉得，你说为人父母怎么就不用经过考试的呢？就算是个陌生人死了也该……”

“共情是人类的本能没错，但也不是人人都具备的本能。我们无法去要求别人，只能尽力做到无愧于心。”

宋余杭伸手也问林厌要了一根烟，低下头凑上前去借火点烟。

“不过我还是觉得能共情挺好的，万物皆有灵，能让自己觉得自己是个活生生的人，而不是行尸走肉。能共情的人比别人更能体会到悲欢离合的情绪，也比旁人更容易获得单纯的快乐。”

林厌不屑一顾，叼着烟吊儿郎当地靠在了栏杆上：“那照你这么说，我也更容易获得快乐才对，那怎么体会到的全是痛苦？”

宋余杭吐了一口烟圈，淡淡地看着她道：“想起自己的父亲了？”

林厌转了个身，虽然还是那副吊儿郎当的死样子，但宋余杭分明从她的眼神里读出了一丝落寞。

“没，我想他干吗啊？我就是觉得，既然这些人这么讨厌孩子，生下来又不打算对孩子负责，没有陪着孩子慢慢长大、一起变老的觉悟，还生他干吗啊？”

她语气里有一丝嘲讽：“还不如就射在卫生纸上得了。”

手里的烟快烫到手指了，宋余杭将其按熄在了栏杆上：“我无法去评价你父亲是个什么样的人，就说说我爸吧。我爸也是警察，生前荣立三等功四次、二等功两次、特等功一次。我三岁的时候他在一次配合边境禁毒总队扫毒的行动中，为了掩护队友，牺牲了。可以说在我漫长的少年时光里，他缺席了我几乎所有大大小小的家长会，没有陪我去过一次游乐场，我中考、高考、入警校、参加工作……人生中所有需要父母陪同的重要时刻，他都没有出现过。”

“有一段时间看着别人喊‘爸爸，爸爸’、跟自己的父亲撒娇、被抱上膝头哄着，我也曾怀疑过，为什么这个人突然出现在我的生命里，我要叫他爸爸，他又给不了我任何实质意义上的陪伴？”

“但是没关系，林厌。”宋余杭转过身来，叫了她的名字。

“你现在想不明白、搞不懂的事，总有一天，时间会告诉你答案。”

林厌怔了怔，对上她的眼神，那双淡棕色的眸子仿佛有魔力一般，轻而易举地就平息了她翻涌的心绪。

烟烫到手指，林厌瑟缩了一下，烟灰从指间掉落，雪白的皮肤很快红了一片。

“嘶……好痛。”

林厌好似才回过神来，甩牛皮糖一样扔掉烟。

宋余杭捧起她的手查看：“没事吧？怎么这么不留神？”

林厌收回手道：“没事……”

“我桌上有烫伤膏，一会儿拿给你。”

“不用，没这么娇贵。”林厌说着，又把话题扯回了案子上，“你觉不觉得这个案子和何苗案有什么共同点？”

“都是自杀，且都在现场留下了遗言，而且……”宋余杭想到了何苗画的卡通画，以及范琳手机相册里的鲸鱼，“都有共同的兴趣爱好，海洋或者鲸鱼。”

不愧是刑侦队长，心思缜密，举一反三。

林厌嘴角浮出一丝笑意：“不知道这些疑点够不够重新立案侦查，让家属同意解剖。”

宋余杭摇头道：“不行，太过主观，虚无缥缈，我们得找到切实的证据，证明这两个案子有关联，组织上才会同意重新立案侦查。”

“会不会和那个黑衣人有关，就是你在格林大厦上见过的那个？”林厌提问。

宋余杭想了一会儿道：“我一开始以为那个人是‘秃鹫’或者‘秃鹫’的手下，可是极光行动大获成功，犯罪团伙被一网打尽，不可能还有漏网之鱼。”

林厌还没把检验结果告诉她：“你有没有想过，万一真的有呢？”

宋余杭抬眸对上她的眼神，只说了五个字：“我相信赵厅。”

林厌讽刺一笑，不再吭声。

“我觉得我们还是删繁就简得好，先不要想得太复杂，就从这个案子入手，先拿到目前可以证明这两起自杀案有关联的证据再立案侦查也不迟。”

林厌点了点头：“既然这样，那我去一趟范琳的母校。”

宋余杭拦住她：“你还是待在市局里比较好。”

上一次的刺杀还是让宋余杭心有余悸。

林厌笑了笑：“至于吗？我好了，真的……”

宋余杭难得带上了一点儿无可奈何的表情说道：“听话，我有更重要的事要交给你做。”

林厌从她手里抽回了自己的胳膊：“你说，什么事？”

“去档案室，找找近三个月……”宋余杭皱了皱眉，“不，还是一年吧，所有关于自杀案的详细案卷。”

“范琳所有的画基本都在这儿了。”范琳的美术老师交给宋余杭一大摞画册。

宋余杭双手接了过来：“谢谢。”

美术老师摘下眼镜擦了擦上面的雾气：“可惜了，那孩子挺努力的，就差两分，明年继续也行啊，怎么就这么想不通呢？”

宋余杭没说话，草草翻了两页，全是水粉画，有蓝天白云，有山川湖泊，也有一望无际的蔚蓝大海，确实是个惊采绝艳的聪明孩子。

“这教室的黑板画还是她画的呢，睹物思人哪！”年迈的教师戴上眼镜，长叹了一口气道。

宋余杭往后看去，顿时浑身一震。

偌大的黑板上只用蓝色水粉画出了波涛汹涌的大海，连浪花都真实地起起伏伏，海平面上卧着一头白色鲸鱼正在吐泡泡。

明明是极其静谧美好的画面，她却硬生生地被激出了一身鸡皮疙瘩。

因为这幅图画她也在何苗的作业本上见过。

宋余杭掏出手机，迅速将画拍了下来。

又简短地问了美术老师一些问题后，宋余杭起身告别。

她走到走廊上的时候，看见走廊尽头的男洗手间门口，几个孩子把废纸篓扣在了另一名男生头上，还顺势一脚踹了过去。

“废物就是废物，月考倒数第一的家伙还想考什么海洋大学，做梦吧你，呸！”

“喂——”宋余杭大踏步走了过去。

几个男生见有人来，对视一眼，纷纷如鸟兽散。

“快走、快走，有人来了。”

不等宋余杭伸手去扶，被打的男生已经捂着脸自己爬了起来，一瘸一拐地下了楼梯：“没事，谢谢。”

阴暗逼仄的房间里，电脑屏幕闪着幽蓝的光，主机嗡嗡作响。

屏幕上的对话框里浮现一行字：“白鲸，我又被打了，我不想活了，为什么他们都欺负我？明明我什么都没有做错。”

放在键盘上的手粗糙且满是皱纹和老年斑。

“没关系，不是你的错，是这个世界该死。想不通没有关系，孩子，来找我吧，白鲸会告诉你答案。”

宋余杭拎着画册回到市局的时候，林厌还泡在档案室里，案卷堆了满满一桌。

“你看、你看，不看不知道一看吓一跳，近年来江城市的自杀率高得可怕，而且……”林厌顿了一下，昨晚本就没睡好，又熬了一下午没合眼，黑眼圈重得跟熊猫一样，“几乎大部分是青少年学生。”

宋余杭把手里拎着的盒饭递给她：“辛苦了，你先吃点儿东西吧，我继续整理。”

查案卷可是个体力活，得从堆积如山的陈年旧案里扒拉出有用信息，再分门别类地放好。林厌瞅了一下午头晕眼花，肚子“咕噜”了一声。

她看着盒饭没动：“别又是路边摊吧，我才不吃呢。”

宋余杭笑，在她对面坐了下来，伸手拿过她整理好的案卷翻阅着：“不是路边摊，我特意打电话回家让我妈做的。”

林厌嘀咕道：“你不是去学校了吗？”

宋余杭轻咳了一声：“反正我开车，顺路。”

“啧啧啧，工作途中还开小差回家吃饭，擅离职守，不务正业。”

林厌说着，还是掀开了饭盒的盖子，饭和菜分开放着，还有一盅玉米排骨汤，米饭上码着鲜红油亮的油焖大虾。

林厌的食欲一下子就被勾出来了。

宋余杭看着她的模样，咂了两下嘴，转着手中的笔：“啧，早知道你会诬蔑我，我就不给你带了，我自己一口都没吃。”

她话音刚落，面前伸过来一双筷子，上面夹着一只油光锃亮的大虾。

宋余杭怔了怔，以为她要给自己吃，嘴角泛起了柔和的弧度：“不用，我不吃——”

林大小姐一脸天经地义无所畏惧的表情：“谁说要给你吃了？你觉得我这么娇嫩的双手适合剥虾吗？”

宋余杭咬牙切齿地道：“我错了，我就不该给你带。”

话是这么说，当林厌将手套递过来的时候，宋余杭还是接了过来，一边嫌弃一边认命地放下案卷开始剥虾。

“我说，这该不是你用来摸尸体的手套吧？”

林厌一个白眼就飞了过去：“滚，老娘是那么不讲究的人吗？”

宋余杭一边剥林厌一边吃，昏黄的灯光下宋余杭为了避免汤汁溅到案卷上而侧坐着，神色认真地瞅着案卷，手里动作不停，替林厌把剥好的虾放进碗里。

林厌尝着宋余杭妈妈的手艺，在这静谧的档案室里，竟有一丝岁月静好的错觉。

在宋余杭又一次把虾放进自己碗里的时候，林厌将其夹了起来：“啊——张嘴。”

宋余杭听从她的话本能地张口将虾吞下，还没咽下去，档案室的门“唰”的一下被人打开了。

郑成睿：“太过分了！吃好吃的怎么不叫上我们！”

“……”

进来的三个人怀疑的目光在两个人之间转来转去，随后三个人异口同声地道：“我怎么不知道你们什么时候关系已经好到能坐在同一张桌子边吃饭了？”

林厌站起来收拾好东西，开口道：“我吃饱了，你们先忙，我回一趟办公室。”

说着，她埋头把那饭盒单独拿了起来，将桌上的垃圾全部扫进塑料袋里，走了出去。

宋余杭在她离去之后，拿笔敲了敲桌子：“好了，快说，什么事？”

“这么多案卷，你们两个人得看到什么时候去？”

方辛说着，拉开椅子也坐了下来。

郑成睿打开了手提电脑：“我看能不能用算法统计整理一下，比手写快得多。”

段城也坐了下来：“我、我帮不上什么忙，给你们端茶递水也行啊。”

宋余杭看着这几个人的脸，从那或平静或调笑的语气里感受到了共同的目标，那就是，想破案，想追求真相，想让黑暗无所遁形。

她微微一笑，翻开了手中的案卷：“那就一起，加快速度吧。”

第 46 章　试探

“哎，林姐，加到这么晚还不走啊？”有同事准备下班，问了她一句。

林厌拧亮桌上的台灯，把洗干净的饭盒放在一边：“嗯，还没忙完。”

“那林姐我们先走了啊，再见。”

林厌略一点头，算打过招呼。

等办公室的人都散尽后，林厌拉开抽屉，取出了一份泛黄的档案，轻轻拂去上面的灰尘。

她翻开第一页，指尖滑过那一行小字的时候，咬紧了牙关。

江城市公安局。

法医学尸体检验报告书。

江公法尸鉴字（1994）第 23 号。

接下来是一长串案情摘要以及详细的尸体检验信息，她明明一个字都看不进去，却硬是强迫自己逐字逐句地消化完所有内容，以至于眼里都泛起了血丝，紧咬着牙关，舌尖尝到了一丝血腥味。

——1994 年 6 月 18 日，我市一清洁工在汾阳码头正常作业时，从垃圾桶里翻拣出了一包不明肉块，经法医学鉴定为人体组织。

随着视线往下挪移，林厌仿佛又回到了那个夏天，明明天气那么热，40℃的高温，骄阳当头，她站在殡仪馆外，却觉得手脚冰凉。

那些刑侦人员对她说过的话，又化作白纸黑字浮现在眼前。

——该组织肉块不完整，缺少头颅、躯干、骨骼等，经过DNA鉴定确认死者为江城市一中高三学生陈初南。

这三个字深深刺痛了她的眼，林厌右手紧握成拳，濒临溺水一般撑着桌子剧烈地喘息着。

她似想把这张纸揉烂，碾碎，扔得远远的，可是又不得不一字一句仔细看下去，嚼碎了满腔恨意的同时，眼眶一热，几乎是控制不住地，桌面上落下了水渍。

她用手捂住唇，在空无一人的房间里发出了压抑的哭声。

做了几次短暂的深呼吸后，她仰起头把眼泪逼了回去，指甲陷进肉里强迫自己冷静下来，可是身体还在剧烈颤抖着，心如刀绞，窒息感几乎让她喘不过气来。

时间不多了，她必须赶快把档案放回去。林厌手忙脚乱地拉开抽屉，取出口香糖瓶子，倒出几粒，也没数究竟有多少，一股脑地塞进嘴里，就着桌上早晨的冷水一饮而尽。

她闭上眼，平复着呼吸，调整好心绪之后继续往后翻，想要看看尸检时拍的照片，可是接连翻了几页，里面完全没有照片的踪影。

她把档案袋倒了过来，掉出薄薄的几张纸，依旧没有照片。

这不可能！

要知道现行法律下，尸检必须和刑事拍照摄像一同进行，所摄照片也会随着档案一起被封存。

案卷归档时，主检法医师签字确认，主任法医师签字确认，刑侦负责人签字确认，上呈公安局局长批准结案后归入档案科进行统一管理。

这中间只要有一个环节出了错，不仅狸猫换不了太子，这还是负责人会掉乌纱帽的大罪！

究竟是谁敢这么做？是谁？！

林厌咬牙切齿，直接翻到案卷最后，去找当时负责尸检的主检法医师的名字。

李斌。

她迅速掏出手机把这一页拍了下来，然后把案卷整理好恢复到原样，塞进自己白大褂宽大的内兜里，起身往档案室走去。

“哟，不错嘛，我上个洗手间的工夫，你们都整理这么多了。”

宋余杭头也没抬地道：“我还以为你尿遁不来了呢。”

“啧，老娘是那种人吗？看在宋队那顿饭的分上，我就勉为其难地陪您加个班吧。”林厌说着，微微俯身下来，抱起了宋余杭面前那一摞档案。

“这些都整理完了吧？我先放回去了，不然没地方坐。”

宋余杭抬头看了她一眼，神色无异：“行，光顾着往外拿都忘记放回去了。”

林厌转身离去，宋余杭看着她的背影若有所思。

那个夜晚，是林厌第一次主动加班到那么晚。

她揉着眼睛翻案卷，把需要着重记下来的地方誊抄在纸上递给郑成睿归纳整理。

其他人也都一样。

这样的工作枯燥而又乏味，连宋余杭都忍不住打了好几个哈欠。

段城跑出去从小卖部给他们买了一大袋罐装咖啡，自己坐在那里一边抄一边脑袋一点一点地小鸡啄米，最后一头栽在桌子上再也爬不起来了。

窗外万籁俱静，秋天的夜连虫鸣都没有，整座市公安局陷入了黑暗里，只有这一方天地还亮着灯。

郑成睿对着电脑熬得眼睛通红，方辛起身上了几次厕所，塑料袋里的咖啡逐渐空了。

最后一罐咖啡被林厌和宋余杭同时拿在了手里。

林厌怔了怔，本能地缩回手，对方却又将咖啡推了过来，还替她打开了易拉罐环。

“给。”

林厌抿了一口咖啡，然后将其放下继续干活。

窗外月渐西沉，东方露出了鱼肚白。即使有咖啡提神，她还是坚持不住，不知不觉趴在了桌上，任思绪飘回 1994 年的夏天。

宋余杭起身，准备把最后一摞档案放回架子上，顺着年份往里走，将手里的档案分门别类地放好，也不知是哪里想岔了，看着前面没有开灯的、黑黝黝的地方，突然浑身激灵了一下。

宋余杭抿紧了唇，继续往里走，直到脚步停在 1994 年的标签前，指尖掠过这些泛黄的案卷，不可避免地沾了些灰尘，直到——

她从中翻出一份案卷，上面封存的线头还在，档案保存得很完整，只是比旁边这些落灰的档案摸上去干净很多。

宋余杭绕开线头。

“初南！”外面的阅览室里传来女人惊恐的声音。

宋余杭放下案卷跑了出去。

林厌趴在桌上浑身颤抖，闭着眼睛，脸色惨白，汗湿的发紧紧地贴在额上。

宋余杭把手放上她的肩膀："林厌？醒醒——"

林厌猝然惊醒，掰过宋余杭的手腕就要使力，对上那双淡棕色的眼睛时才逐渐找到了焦点。

宋余杭松了手，眼里有一丝显而易见的关心："做噩梦了？"

林厌扶额，让自己缓了缓："没——他们都走了？"

"嗯，整理得差不多了，明天一早开会，我让他们都回去了。"

宋余杭去饮水机旁接了一杯温水给她："不舒服吗？脸色很难看。"

林厌捧着温热的纸杯，好似才彻底从那场梦境中走出来，勉强笑了笑："没有，那我也回去了。"

"好，我送你。"宋余杭跟着她一起往外走。

"不用，我让林叔过来接我。"林厌在市局大门口顿住脚步，拒绝了宋余杭的殷勤，同时用一种意味深长的眼神看着她。

宋余杭在她的视线下侧过身去从自己兜里摸出一盒烟，取出一根点上。

"你从前抽得没这么勤吧？"林厌瞅了一眼烟盒，"哟，还是中华，怎么不抽女式烟？"

宋余杭笑，和她一起等车来："太淡，提不了神。怎么，林法医也会关心我抽不抽烟？"

两人你来我往地试探着。

林厌见招拆招："职业习惯，从烟头上可以验出一个人的DNA，而DNA序列又决定了一个人的衰老、病变和死亡时间。"

"不是也有理论研究称，DNA会决定你在看到某个人的第一眼会不会喜欢他？"

林厌嗤之以鼻地道："虚无缥缈，第一眼的喜欢大概只能停留在原始的性冲动上吧。"

远处的轿车打着车灯破开雾霭驶来，宋余杭掐灭了手中的烟头："你的车到了。"

林厌准备离去的时候，宋余杭问了她最后一个问题："初南是谁？"

台阶下的林厌脸色变幻莫测，短短一分钟的时间里，人世间的喜怒哀乐已在她身上走完了一个轮回。

她不用说，宋余杭也已经知道了答案。

宋余杭退后一步，礼节性地和她挥手再见："明天见。"

林厌不发一言，坐进了车里，街灯缓慢地流淌进了她的眼底，宋余杭的脸逐渐消失不见。

回到家里的林厌，洗完澡擦着头发往外走，从书房的抽屉里拿出另外一部手机，拨通电话："喂？帮我查个人，叫李斌，十四年前在江城市公安局任主检法医师。"

"在我市过去的一年里，共有两千七百五十二名青少年儿童死于自杀，他们的年龄分布为 11 ～ 18 岁之间，女性居多，排除了家庭因素、学习压力、师生冲突等造成的自杀外，仍有一千余例找不到自杀原因。"

宋余杭穿着警服，站在大屏幕前侃侃而谈："于是我们利用统计学数据归纳出了这些自杀案的共同点。

"一、死者大多数性格内向，不善交际。"

"二、死者家庭背景复杂，或多或少曾遭受过来自周遭同龄人的长期欺压或排挤。"

"三……"她抬头略微一顿，然后道，"都在自杀现场留下了自己的遗言。"

底下人一阵窃窃私语，张金海端起茶杯抿了一口，眉头皱成了一个"川"字。

"四、死者自杀时无目击证人，现场没留下任何除死者以外的生物学物证。"

如果说前两点还是基于统计学大数据之上的性格分析的话，后面这两点确实疑点重重。

然而，宋余杭还在继续。

"五、翻阅这些案卷的时候，出现最多的词是'海洋''白鲸'和'解脱'，重复率高达百分之七十五。"

宋余杭点开 PPT，把图表放大在屏幕上，全线飘红。

这是郑成睿熬夜做出来的，两个人对视一眼，宋余杭轻轻冲他点了下头表示谢意。

"另外，值得注意的是，在调查'何苗'案时，也曾在她的作业本上发现相关图案，同样的图片也出现在了本案之中。"

宋余杭按了一下电笔，两张几乎一模一样的图画出现在大屏幕上。

"且不说这是不是巧合，如此高频率、高自杀率，且死亡的又是青少年居多的案件确实应该引起我们的关注。"

底下有人举手："宋队，您该不是想说，这么多案子都是一个人做的吧？这不可能，当今的刑侦技术已经可以做到只要有人在案发现场出现过，绝对会留下蛛丝马迹的地步，如果真的有这么个人杀了这么多人，警方不会找不到他。"

林厌撑着下巴轻轻嗤笑了一声："听说过心理诱导吗？凶手不需要在现场出现，

也能杀人于无形。”

底下又响起一阵窃窃私语声，刚刚问话的警官被噎了一下，林厌继续道：“心理学家巴甫洛夫认为：暗示是人类最简单、最典型的条件反射。我们在日常生活中，无时无刻不在接收着来源于外界或自己的暗示，从街头散发的广告传单，到你清早起床看见镜子里的自己脸色不好，都会在心里悄悄问一句：是不是昨天晚上没睡好？继而产生的一系列关于自己是不是生病了的猜想都属于心理暗示的一种。

“心理暗示有强弱之分，心理暗示的效果好坏也无法由人的意志控制。譬如有些人因为脸色不好去医院检查被查出患了癌症，暗示成功，万念俱灰，一命呜呼；有些人则积极向上，锻炼身体，勤加运动，屁事没有。

“原则上这种效果是无法由人的意识控制的，但如果有人人为地创造出了某种情境呢？

“譬如，老师说你这次考得太差，还不如上一回，你是不是就会回过头来想是不是自己真的太笨了？长此以往，即使你真的不笨，你在潜意识里也会觉得自己不够聪明、不够优秀，这就是深层次的心理暗示，我们叫它心理诱导。”

说了这么一长串话，林厌口干舌燥，拿起桌上的水杯猛灌了一口，抹了抹嘴角。

“我在国外的时候，接手过一例这样的死亡鉴定，凶手是心理医生，教唆杀人，指使自己的患者，按着他的步骤，从最基本的对着镜子不眨眼直到看出陌生感为止开始，到最后的虐待动物、纵火，一步步把一个正常人培养成了变态杀手，令其亲手杀了自己的妻子。

“这个案子我们必须引起重视，不然长此以往，死的人只会越来越多。又有谁知道下一个受害的会不会是在座诸位的孩子呢？”

林厌的嗓音虽轻却掷地有声，犹如在平静的湖面投入了一颗石子，众人骚动起来，“嗡”地一下炸开了锅。

段城摸了摸自己胳膊上的鸡皮疙瘩：“这、这、这……林法医说的我瘆得慌，这以后还敢听别人的话吗？”

方辛白了他一眼：“你？老油条了，还怕别人说你？死猪不怕开水烫，油盐不进才是。”

郑成睿没忍住，“扑哧”一声笑了出来，抬眼见着会议室门被人推开，立马正色道：“坐好，坐好，冯局来了。”

台上的宋余杭全神贯注地沉浸在案子里，压根没发现冯局已经站在门口，等林厌坐下，继续道：“而且我们不光整理了近一年来的自杀案的数据资料，这是近五年来的统计数据，大家可以看一下。”

宋余杭拿电笔指着：“呈柱状显著上升趋势，而且案发时间间隔越来越短，从一年总共数十起，到一月数起，都和这个图案有关。我们有理由相信如此庞大的青少年自杀案背后有一个或者某些见不得光的组织在运作，他们的目的我们尚不得知，但青少年是祖国的未来，任何迫害青少年的犯罪势力必将被扼杀在摇篮里。”

她话音刚落，门口传来一阵掌声：“说得好！”

众人纷纷站了起来：“冯局……”

冯建国摆了摆手，示意他们都坐下，走到台前，宋余杭放下手中的电笔，退了下来。

“现在我宣布，经上级部门批准，对‘9·27范琳案’‘6·1何苗案’重新立案侦查，并成立专案组，宋余杭任专案组组长，张金海任专案组副组长，江城市公安局各部门全力以赴配合专案组破案。”

冯建国高声叫了两个人的名字：“宋余杭、张金海！”

“到！”两个人同时站了起来，手抵上裤缝站得笔直。

“上级给的破案期限只有一个月，案子破不了提头来见，有没有信心？！”

“有，保证完成任务！！”宋余杭把手举到了太阳穴处，目光里带着一往无前的坚定。

散了会中午吃饭时，从不吃食堂的人端着餐盘磨磨蹭蹭地挪到了宋余杭身边，一屁股挤走了段城。

“哎——林姐，我先来的——”

林厌笑着咬牙切齿地道：“我、坐、了。”

“您不是不吃食堂吗？”段城疑惑，已被方辛一把拉走了。

“走、走、走，我们去那边坐。”

“为什么呀？我刚占好的位置。”

方辛：“老郑买了大鸡腿在等我们……”

话音未落，段城已一把拽住了她的袖子：“好、好、好，走，他坐哪儿了？”

宋余杭对发生的一切视若无睹，一句话就堵死了林厌所有的退路：“参加专案组免谈，技侦不上前线是规矩，老实地在市局里待着。”

林厌咬牙切齿地把碗里的红烧肉夹给她：“宋大队长通融一下不打紧吧？”

宋余杭看着她不要钱也不要命一样往自己碗里拨着红烧肉，十分痛心疾首：“够了，我不吃，我真的不吃肥肉！！！”

林厌僵住，随后又夹了一筷子鸭架给她：“那吃个鸭架，吃个鸭架，全是瘦的。”

看着面前堪比小山高的饭碗，宋余杭绝望了，往旁边挪了挪：“我不吃，我真的不吃。”

林厌将餐盘一推，跟着挪了过去：“吃嘛，这些都是给你打的。”

她眨了眨眼，露出几分纯良无害的表情。

我信了你的邪。

宋余杭端着餐盘再往里一挪，林厌步步紧逼。

半个食堂的人都回过头来看她们。

段城嘴里叼着嚼了半截的面条，刺溜一下吸了进去：“这、这干吗呢？”

郑成睿扶了扶眼镜，总结性地道：“猫捉老鼠。”

方辛补上了下一句：“在劫难逃。”

“横批呢？”

林厌将筷子一摔，冲着食堂的众人道：“吃你的饭！”

三个人默契地低下了头。

宋余杭被挤到墙角，忍无可忍，压低声音吼道：“坐过去点儿！”

林厌不依不饶地抱着宋余杭的胳膊：“我不，你不让我参加专案组，我就天天黏着你呀。”

她刻意咬重了“天天”两个字。

宋余杭感觉一阵头皮发麻，大庭广众之下又不可能对她动粗，忍着怒火道：“你先放手再说。”

林厌看她生气就知道这事有戏。

“我不放，我放了你就跑了，宋余杭，宋警官，宋队——”她特意拖长声音喊她，“我究竟哪点让你不满意了吗？”

宋余杭只觉得额角青筋暴跳，林厌在挑战自己的忍耐极限。

林厌几乎把半个身子都凑了上去，附在宋余杭耳边道：“宋警官，求你。”

如果搁往常，她第一次在档案室见到宋余杭的时候那样，对方一定会一把甩开她。

如今的宋余杭和她私交颇深，两人也算是对彼此的性格了解得七七八八了。

林厌以为宋余杭会气急败坏地甩开自己，然后一边骂自己一边同意此事的时候，宋余杭笑了。

这太意外了。

林厌挑眉，就看见宋余杭也凑了过来，压低了声音道：“可以倒是可以，只不过我有一个要求。你可以去，但得跟着我，不许私自行动。”

宋余杭把自己碗里的肉又夹回给了她：“如果查出真有幕后黑手的话，这个人一定是心思缜密极难对付的，所以，我不让你去是为了你好。”

林厌嘲讽一笑，看着宋余杭把瘦肉全夹给了自己：“我有自保的能力，不劳你操心。”

宋余杭把筷子一收，说道：“那好，你走吧，我收回刚才的话。”

林厌就差扑上去挠她两下了，咬牙切齿地道：“宋余杭，你有完没完？！”

宋余杭看着她发飙，以前以为是只大老虎，现在感觉充其量就是只张牙舞爪的小猫，把她的性格揣摩得门儿清，知道是时候顺顺毛了：“没跟你开玩笑，我是真的担心你，你要去也可以，只不过要约法三章。”

林厌懒得搭理她：“有话快说，有屁快放。”

“一、不能离开我的视线范围。”

林厌懒懒地点头：“好，可以。”

“二、不许乱发脾气。”

林厌挑了一下眉头：“哦？”

“譬如什么累了走不动了之类的，我们是出去办案不是旅游。”

林厌恨恨地磨着牙：“您还真是了解我啊，那最后一条呢？”

宋余杭想了想道：“暂时还没想好，以后再说吧。”

林厌还想说什么，宋余杭已埋头往嘴里扒拉着米饭，用手止住了她的话头。

“吃饭，我们的时间不多了，你已经浪费了我十五分钟的时间。”

林厌回头，食堂里的人都走得差不多了：“等案子结了，我请你吃——”

她话音未落，宋余杭夹了一块辣子鸡丁给她：“尝尝，虽然不比你家做的东西精致，但绝对干净卫生又地道。”

林厌将信将疑地夹起鸡丁放进嘴里。

宋余杭看着“满足”这两个字从林厌脸上的每个毛孔里散发出来，也心满意足地笑了。

“好吃吗？”

“还、还行。”

“那快吃吧。”

“好。”

第 47 章　查案

江城市刑侦支队化整为零，以小组的形式散入了大街小巷，分别找那些死者家属询问，这是日常刑侦工作中最基础也最重要的一环。

“你好，警察，您女儿生前接触过‘白鲸’或‘海洋’之类的图案吗？”

“不知道，女儿不跟我住。”

“好的，谢谢。”

“你好，警察，您儿子生前您听他提过‘白鲸’‘解脱’之类的话吗？”

男人想了想，从屋里拿出一本日记递到警察手里：“提过，我儿子……唉，他小时候出了一场车祸，落下了病根，腿脚不便，在学校里经常被同学欺负，有一回他回来就跟我说他不想活了，想去找‘白鲸’解脱。我以为他只是说着玩的，谁知道……这是我儿子生前写的日记，要是有用你们就拿去吧。”

办案人员翻开日记本，第一页夹着的一张照片就是男孩子清秀的容颜，一时也有些怅然：“关于这个‘白鲸’，您儿子有没有跟您提过是一个人还是组织？”

“我白天在工地上干活，晚上回来很晚了，基本不怎么和孩子交流。”男人想了想道，“不过他去世前有段日子沉迷网络，我半夜回来还看见他在网上和人聊天，我寻思着，这个‘白鲸’可能是个网友吧。”

郑成睿上前一步道："可以看看您儿子的电脑吗？"

男人替他们打开了儿子的卧室门："可以，请。"

房间不大，两室一厅的格局，装修简陋，天花板上还有渗水的迹象。

男人独居，在工地上做活，看起来家境也不是很富裕的样子，却还是为儿子购置了心爱的电脑。

郑成睿轻轻吹走键盘上的灰，按了开机键，熟练地在千头万绪的信息海洋里寻找着有用的东西。

一行行跃动着的蓝色代码滑过，时间一分一秒地过去，他终于从浩瀚无垠的信息之海里提取出了关键字。

"海洋""白鲸""解脱""想死"，伴随着这几个词浮现出来的，还有一个加了密的聊天室。

他敲打着键盘，尝试着破译，众人屏住了呼吸，只听见一声冰冷的提示音后，屏幕上出现了一个大大的红叉。

解密失败。

郑成睿的额角渗出了一丝薄汗，他转过头去问受害者的父亲："您知道您儿子的密码吗？"

男人想了一会儿，对这些一窍不通："不知道，这玩意儿买回来后我碰都没碰过，根本不懂。"

"您儿子的生日呢？"

得到答案后，郑成睿输了一串六位数的字符进去，依旧解密失败。

他咬了咬牙道："还有没有什么其他可能是密码的数字，或者对您儿子来说意义重大的人或事？"

意义重大的人或事？

男人想了想，目光落到了电脑旁放着的亡妻的照片上。

"试试他妈妈的生日吧。"

"好。"郑成睿交握着指尖，深吸了一口气后，把字符输了进去。

短暂的寂静后，什么事也没发生，就在他们以为解码成功的时候，电脑上缓慢浮现了一头鲸鱼，由白慢慢变红，最后渗出血来。

"糟了！"郑成睿暗道不好，还没等他动作，鲸鱼"砰"一声炸裂开来，变成漫天的荧光蓝碎末，随即电脑黑屏陷入死机状态。

他不停地敲打着键盘，想要恢复程序，可是电脑里始终传来冰冷的提示音。

“对不起，程序已损毁，无法启动。”

“对不起，程序已损毁，无法启动。”

“对不起，程序已损毁，无法启动。”

他颓然地放下了双手：“这个聊天室不仅设置了非常规的加密程序，还在加密程序外包裹了一层自毁程序，当连续输入密码错误三次的时候，自毁程序就会启动。对不起，我大意了。”

队友拍了拍他的肩：“没事，我们先回去报告宋队，再慢慢想办法恢复程序。”

宋余杭和林厌从白天转到黑夜，也获得了不少关于“白鲸”的信息。

虽然约法三章了，但林大小姐又岂是那种会说话算话的人？

“喂——”她拖长了声音喊宋余杭，“宋余杭，我走不动了。”

宋余杭对其充耳不闻，背着自己的包，腋下夹着一个做笔录的本子继续往前走。

“宋警官……”林厌有气无力地拽住了她的衣角，“别走了成吗？一整天水都没喝一口，你以为你在竞走吗？”

宋余杭回头看她：“你自己要跟来的，还有约法三章，你要食言吗？”

林厌被噎了一下，恨得牙痒痒地道：“我——”

“走快点儿，一会儿我还得回市局开会呢。”宋余杭说着，微微摇头，转身就走。

林厌咬了咬牙，抬脚跟上。

要不是看在宋余杭也只是想破案的分上，林厌早就上去捶她了。

林厌这么想着，扶着墙勉强地走了两步，脚后跟的皮被高跟鞋带子磨得生疼。

林厌咬紧了下唇，脸色有些发白。

宋余杭回头一看，林厌还没跟上来：“怎么了？”

林厌正俯身把那磨人的带子解下来：“没事，我还可以——”

话音未落，她的手腕已被人一把攥住了，宋余杭蹲下身道：“别动，我看看。”

林厌将手撑在宋余杭的肩膀上，宋余杭一只手扶着她站稳，不等她阻止，另一只手已经从她的脚上脱下了鞋子。

“不用……”林厌连忙说道。

宋余杭就见她的脚后跟被磨破了好大一块皮：“怎么不早说？”

“你给我说话的机会了吗？”这一路上两人不是在询问死者家属就是在赶路，倒是真的没什么说话的时间。

宋余杭摸了摸鼻子，四下看了看道：“找个地方坐一会儿吧，以后像这种情况可以说。”

“以后？还以后？以后我再也不想跟你一起出来了！”走了一下午，林厌口干舌燥，脚也痛，没好气地道。

宋余杭把她的脚放回了鞋子里，扶着她走过去：“也怪你，明知道很辛苦还穿着高跟鞋出来。”

“也不知道是谁着急赶时间，不然老娘能衣服都没来得及换就跑出来吗？”林厌反唇相讥道，和宋余杭斗嘴斗着斗着感觉脚也没那么痛了。

宋余杭懒得搭理她的大小姐脾气：“想吃什么？我们去吃点儿东西，顺便休息一下。”

林厌任由她扶着，看了看街边琳琅满目的招牌，伸手一指：“去那家吧。”

米兰酒吧。

傍晚酒吧刚刚开门，还没多少人，白灵站在前台正擦洗杯子，帘子突然被人掀开，店门口的风铃响了起来。

她抬眸望去，顿时喜出望外：“姐姐，你来了。”

宋余杭扶着人在吧台前坐好：“你先点，我去买点儿东西。”

白灵拿着菜单出来的时候和宋余杭对视了一眼，女人温和一笑算打过招呼，随即转身推开门走了出去。

女孩子眼里有一丝促狭之意：“姐姐又和朋友一起吗？”

林厌懒懒地倚在吧台上，长长的腿搭在地上：“她？她才不是朋友呢。一杯莫吉托，一杯柠檬水，两份华夫饼，让后厨快点儿，我要饿死了。”

白灵把写好的单子递给了后厨的小哥。

林厌看着她写的字，下笔有力，字迹工整：“哟，不错嘛，上初几啦？”

白灵娇俏一笑道：“初三了，明年中考，希望能考上省重点就好了。”

女孩子说到这里，脸上又隐隐有一丝淡淡的愁容。妈妈卧病在床，她必须好好努力考上省重点，还得拿到奖学金才行，不然光靠她这一点儿微薄的薪水，难以支撑妈妈高昂的医药费。

林厌察言观色道：“怎么，有困难吗？”

女孩子回过神来笑了笑，拒绝了她的好意：“没有，现在这样我已经很满足了，谢谢姐姐。”

上次那笔钱刚好解了她的燃眉之急。

面对女孩子真诚的谢意，林厌有些别扭地别过了脸：“不、不用谢，谢啥啊，我最不缺的就是钱了。”

白灵看着光鲜靓丽的林厌，有些羡慕也有些向往，暗暗下定决心，以后也要向姐姐学习，成为这样富有正义感且善良、美丽、大方的女性，去帮助需要帮助的人。

“对了，姐姐，我新学了一种调酒方式，调给你喝？”

她无以为报，就只能在这些小事上下功夫了。

“好啊。”

林厌指尖轻叩着桌面看她调酒，心里想着的却是宋余杭怎么去了那么久还不回来？这人该不是扔下自己这个拖油瓶跑了吧？

她正想着，宋余杭跑了回来，手里捏着酒精棉签还有一盒创可贴。

“脚抬起来。”

林厌不情不愿地道：“都说了不用——”

她话音未落，宋余杭已蹲下身，抬起她的脚放在自己的膝上。

“哎——”林厌往后躲着，宋余杭握紧了她的脚踝，蘸着酒精的棉签一放上去，林厌立马呼痛，抓紧了吧台椅。

宋余杭抬头看了她一眼：“忍着，没有买到碘伏，将就一下。”

“嘶……”

宋余杭每往伤口上擦一下，林厌就瑟缩一下，眼角都红了：“宋余杭，你好了没有？！”

宋余杭把酒精放在地上，拆开创可贴轻轻地贴了上去：“好了，等一下，你先别穿鞋。”

说罢，她拿起林厌的鞋子在脚后跟处也贴了两张创可贴，才将鞋还给她。

白灵看着她们互动，把调好的酒水递给她们：“一杯莫吉托，一杯柠檬水，请慢用。”

说罢，她又蹦蹦跳跳地凑到林厌身边耳语道：“姐姐，不是朋友她为什么对你这么好喔？”

宋余杭一脸疑惑地问：“她说什么？”

林厌淡定地端起玻璃杯抿了一口酒：“没什么，不关你的事。”

“喔，好吧。”宋余杭把买的酒精啥的一股脑塞进包里，也坐了下来，还没等她坐到三分钟，一个电话打到了手机上。

她起身往外走去：“我出去接个电话。”

华夫饼还没好，白灵怕林厌饿着，端了一盘小零食出来。

“姐姐，先垫一点儿。”

“谢了哈。”林厌一边嗑着瓜子剥着花生一边等宋余杭回来，这会儿酒吧里没人，两个人有一搭没一搭地聊着天。

“对了，还没有问姐姐的名字，或者留个联系方式也行，那笔钱……日后我会还给你的。”

女孩子说着，从自己的围裙兜里翻出一个薄薄的便笺本，把纸笔推到林厌手边。

林厌淡淡地瞥了一眼，嗑着瓜子：“报答就不必了哈，姐姐不吃这一套。”

她惯常地拒人于千里之外，女孩子脸上却明显露出了有些受伤的表情。

林厌怔了怔，没等她犹豫太久，宋余杭已经跑进来，神色有一丝不对劲。

“快走！”

四目相对下林厌已然明了，案情来了。

林厌从吧台椅上下来，掏出钱包甩了几张红票子在吧台上，也没数是多少，挥了挥手转身离去：“再见，小妹妹。”

等白灵拿着多余的钱追出去的时候，宋余杭和林厌已经上了出租车，车子没入车流里。

彼时的林厌尚不知道，这是她最后一次见到这个叫白灵的小妹妹，也终究没来得及把自己的姓名告诉对方。

林厌和宋余杭赶到护城河边的时候，天色已晚，现场拉起了警戒线，围观群众在线外踮脚翘首看着，窃窃私语。

“听说又是自杀啊？”

“可不，眼睁睁地看着从桥上跳下去的。”

“跳桥的时候手里还捏着试卷呢，啧啧啧，真惨。”

“考不好就考不好嘛，努力努力下次继续，人还这么年轻，可惜了。”

宋余杭越过围观的人群，拨开警戒线，先让林厌过去，自己紧随其后。

江城市局下属大大小小的分局派出所也接到了上级通知，要全力以赴配合专案组破案，是以整个江城市公安系统一听到“自杀”这两个字就绷紧了一根弦，一点儿没耽搁，一接到群众报警，五分钟不到，最近的派出所的民警已经赶到了。

林厌让人拿了一副手套给她，准备验尸时，一回头发现宋余杭还在上面站着。

“怎么了？堂堂宋队难道也怕水鬼？”

宋余杭抿紧唇，大踏步走了下来：“这个人我认得，昨天下午见过。”

昨天下午她去学校的时候，和这个男生在走廊上有过一面之缘。

宋余杭俯下身，轻轻掰过死者的下颌，一枚淡淡的小痣出现在下巴上。

她是刑警，自然有过目不忘的本事，尤其是在认人方面："没错，是他。"

两个人对视一眼，从彼此眼中看出了凝重之色。

"又一个死者出现了。"

"林姐，这两具尸体先剖哪一具啊？"

因着案情需要，范琳的遗体也从殡仪馆被拉了回来。

林厌在外面换衣服，回头看了一眼："一起剖，范琳那边让助理法医去，我先看这个，一会儿忙完过去。"

助理法医点了点头，走到她旁边开始洗手换衣服："好。"

林厌甩干手上的水，抬眸看了一眼镜中的自己，白色防护服，蓝色口罩，衬得眉眼越发锐利了。

她深吸了一口气，走进解剖室。来吧，让她看看究竟是何方妖魔鬼怪在作祟。

段城架起了摄影机："2008年9月26日，晚二十点零五分，范琳、吴威，第一次尸体解剖现在开始。"

这边遗体解剖工作有条不紊地开展着，作训室里关于案情的研讨也进入了白热化阶段。

郑成睿打开电脑，把上午的界面调出来给众人看："就是这样，这是一个加了密的聊天室，必须拿到密钥才能进入，连续三次输入错误的密匙，账号就会被冻结，程序也会自毁。"

宋余杭一手撑在桌上，俯身去看："查得到对方的IP地址吗？"

一个网安队员摇了摇头道："不行，我们查过了，是境外的服务器，追踪不到具体的IP地址。"

"所以，要想进入这个秘密的聊天室，就只有通过密钥才可以？"

郑成睿点了点头，面色难看地道："破译密钥的话六位数的组合有成千上万种可能，这个工程量太浩大了，说不定不等我们破译出来，下一个受害者就……"

专案组成立的第一天，看不见的敌人就狠狠地给了警方一个下马威。

宋余杭脸上风云变幻，她想起了死去的男生的脸、范琳的脸、何苗的脸，以及更多没有见过却永远活在了照片里的少年少女。

她一拉椅子坐了下来，咬牙打字道："既然这招行不通，那我们就来个引蛇出洞。"

郑成睿脑中灵光一闪而过："喔，您是说……"

宋余杭已经打开各大搜索界面，输入"自杀"两个字，跳出了无数红红绿绿的论坛。

其他人也都如梦初醒。

有人犹豫道："宋队，万一对方是个穷凶极恶之徒，这是不是太危险了？"

"我们是警察，不应对危险，把危险留给谁，普通老百姓吗？"她淡淡地说完，手上动作没停，已经在一个论坛里留下了"我想自杀"的帖子。

网安的其他人面面相觑，郑成睿率先打开电脑，也开始打字。

其他人见状也都回了各自的工位，开始上网发帖。

偌大的作训室里，敲击键盘的噼里啪啦声响了起来。

时间一分一秒地过去，林厌做尸检做得细致，弯腰站立时间久了，额头上渗出了一层薄汗，背后的防护服也有被汗水打湿的痕迹。

他们分别检验了死者的心、肝、脾、肺、肾等都没有发现什么可疑的点。

林厌从托盘里拿起剪刀，一双手已经像从血水里捞出来的一样。

"剪开胃部，检验胃内容物。"

刺鼻的气味弥漫了出来。

段城背过身去干呕了几声，又很快转了回来，把摄影机对准了死者。

林厌面色如常，眉头都没皱一下，一边翻一边拿勺子往外舀着："胃内容物大部分移向十二指肠，并出现相当程度的消化现象，肉眼可见地为……"

她顿了一下才又道："米饭、西红柿……"

用勺子盛起一坨肉糜，林厌摘了口罩将东西凑到鼻端："还有牛肉。"

其他人一脸惊悚地看着她，负责做记录的实习法医手里的笔都停了。

林厌头都未抬地道："愣着干吗？继续写！"

小法医这才回过神来："好、好、好，刚才说到、说到……"

林厌继续："根据胃内容物的消化程度推算，死亡时间为进食后的2～3小时。"

两台解剖，林厌做了六个小时，出来的时候已经是凌晨两点了。

作训室依旧灯火通明。

她洗完澡擦着头发出来，去找宋余杭，人还未至，香已先到。

为了掩盖身上的腐尸味道，她每次解剖完尸体之后都会喷洒大量的香水，本质上还是个爱美的人。

宋余杭头也未抬，指了指桌上给她留的盒饭："皮蛋瘦肉粥，吃吧。"

一听到吃的，郑成睿从对面的电脑后探出一个脑袋，一脸痛心疾首地道："为什么我们都是普通的外卖盒饭，林法医是皮蛋瘦肉粥？！"

几个脑袋顿时都齐刷刷地探了过来，宋余杭笑骂道："有吃的就不错了，还挑挑拣拣的，干活！"

林厌刚洗完澡发梢还是湿的，鬈发柔顺地垂在肩上，水珠沿着锁骨往下淌："宋队怎么知道我喜欢喝粥？"

宋余杭忍无可忍地道："大庭广众之下，作训室里这么多异性，你能不每次洗完澡穿件吊带背心就出来晃悠吗？"

林厌坐下打开饭盒盖子，有一口没一口地吃着粥，凑近去看宋余杭的电脑屏幕："我穿什么是我的自由，宋队真是管得宽。"林厌说完往椅子上一靠，大大咧咧地道，"喂，我有一些新发现，想不想听？"

宋余杭立马转过头来，同时抄起自己的外套扔给林厌："有话快说，有屁就放，顺便把你的衣服穿好。"

林厌被兜头扔了个正着，也不生气，刚好有点儿冷，就拿过外套盖在了身上："我查了他的胃内容物，里面有米饭、西红柿、牛肉等，推测死亡时间应该是在进食后的2～3小时之内。"

宋余杭挑了一下眉头，不愧是聪明人，举一反三地道："吴威是寄宿制学生，一日三餐都是在学校食堂吃的，我让人去查一下他们学校今天的食谱，如果晚餐里没有这些东西的话，就说明他不是在学校用的餐，而和他一起进食的人就有可能是生前见到他的最后一个人。"

她顿了一下，又缓缓地道："也有可能是凶手。"

第48章　拒绝

“宋队，查到了，树人中学今天的晚餐食谱里并没有牛肉，而且我问了吴威的班主任，他并没有在学校食堂就餐，放学就请假出去了。”

一个办案人员跑过来递给宋余杭一张单子，是树人中学今日的食谱，上面果然没有牛肉这道菜，那么吴威是和谁一起吃的饭呢？

宋余杭看过菜单之后顺手将其递给了林厌，起身走到网安队员身边道：“查一下树人中学附近的监控录像。”

吴威走的那个时间，正好是下午放学的点，学校门口车水马龙，人潮熙攘。

众人眼都要看花了，有人道：“宋队，他该不会是翻墙走的吧？”

宋余杭斩钉截铁地反驳道：“既然他是请假，光明正大地走就好了，翻什么墙？”

林厌轻轻地嗤笑了一声，直臊得那人面上挂不住。

宋余杭轻轻抛过去一个白眼，示意她不要乱说话。

林厌耸了耸肩，也凑到人堆里，挨着宋余杭道：“找不到人看看车呗，树人中学离案发地护城河边可不近，没有交通工具短时间内死者过不去。”

她话音刚落，宋余杭点了一下屏幕：“放大，看那辆车。”

一辆不起眼的桑塔纳停在路边，车门开着，一个穿校服的男生正要上车。虽然只是一个背影，但宋余杭还是从他的背包认出了他就是吴威。

因为视角关系，车牌的前半部分被遮挡住了，众人勉强能认出后两位数字是8和7。

“查各大城区主干道十字路口的监控视频，注意尾号为8和7的黑色桑塔纳，同时联系交管局，请他们把本地黑色桑塔纳车主的信息汇总给我们。”

她一声令下后，作训室里众人忙成一团，上网发帖子钓鱼的钓鱼，查监控的查监控，给兄弟部门打电话的打电话。

宋余杭把手枪塞进皮套里别进后腰：“外勤组跟我走，去案发现场找目击证人。”

林厌混在人堆里一起往外走，被人一把揪了出来。

宋余杭压低了声音道：“我出任务，你去干吗？”

林厌抓着她的胳膊，笑意盈盈地道：“我跟着你，约法三章，不吵不闹不发脾气。”

现在人多，宋余杭不可能当众甩开她拂她的面子，气笑了：“你一会儿这样一会儿那样的，这么多人，我可没工夫分心去管你。”

这话说得林厌的火又上来了，她甩开宋余杭的手道：“你是不是觉得我是拖油瓶？”

“我不是，我……”宋余杭话音未落，林厌扭头就走，径直钻进了警车里。

“什么狗屁规矩，老娘非要去，没有我，你能找着线索？！”

她好像对这个案子格外关注，是因为和那个初南有什么关系吗？

宋余杭看着林厌的背影若有所思，却没再阻拦，神情有一丝无奈。

“段城，你也去吧，跟着你们林姐。”

一行人沿街挨个敲开店门询问。

“见过这个人吗？”

“没有，没见过。”

“没有，不记得了。”

“谁啊？”

“警察，见过这个人吗？”

“没有，没见过。”老板说完“砰”一声关上了门，嘀嘀咕咕地道，“大半夜的，扰人清梦。”

宋余杭苦笑，拿着照片走向了下一家店铺。

“不是说不再杀人了吗？怎么又——”女人指着桌上的报纸，嗓音尖厉。

——护城河边惊现一无名男尸，疑为某校高三学生，因压力过大跳河自杀。

新闻标题起得十分博人眼球，可是内容就平淡无奇了。

报纸最下方附了一则最新消息，称警方已经开始对一系列自杀案件立案侦查了。

报纸上接受采访的女人留齐肩短发，剑眉星目，五官端正，肩上缀着两道横杠。

说话人被罩在一袭黑袍里，看不清表情，伸手把报纸拿了过来："他自己想死，我只是给了他一个机会，怪不了谁。"

"这两年这种事也太频繁了，警察已经开始查了，收手吧！"女人的嗓音带上了一丝恳求之意。

坐在对面的人冷哼了一声道："收手？绝不可能，我已经在物色下一个人选了——"

女人脸上浮现一丝惊恐之色，她指着他往后退道："你、你又想……"

身着黑袍的人笑了，露出半边枯瘦的下巴："对，没错，是个很可爱的小姑娘，我已经拿到了她的血型，完全符合要求。"

"不！你不行！这次、这次我绝对不会、不会再帮你了！"女人喘着粗气往后退，话音刚落，就被人掐住了脖子。

山一样的身躯压下来，男人身上有一股常年不见天日的腐朽气息，掐着她的手皮肤皱皱巴巴有如鸡皮，布满褐色的斑点。

女人挣扎着，咳嗽着，拍打着他的手，男人眼里浮现一抹癫狂之色。

他喜欢欣赏人在垂死之际的挣扎，比那些虚伪的笑容要真挚得多。

圈住她的脖子的手逐渐用上力气，女人在空中乱蹬着脚，翻起了白眼。

"嘎吱——"里屋的房门响了一声。

男人好似突然惊醒，回头去看，门缝里露出一双漆黑而毫无波澜的眼睛。

白灵下了夜班，锁好店门，正准备往家走，街道上远远地传来了脚步声。

她埋着头加快了脚步，只要再走一百米，走出街角就有警方的巡逻车。

身后那人跟着她加快了速度，路灯投下的影子映出了男人健硕的体形。

白灵的心提到了嗓子眼，她开始飞奔，身后那人也加快了脚步，尖叫卡在嗓子里的时候，那人与她跌跌撞撞地擦肩而过。

对方是个酒鬼。

白灵松一口气，未等她高兴太久，从旁边巷子口里蹿出个黑色人影，一把捂住她的嘴，把人拖进了黑暗里。

“嗯……”白灵挣扎着，被人狠狠地甩了几巴掌。

“贱人，我说你为什么拒绝我呢，原来是傍上大款了啊。”

男人说得阴阳怪气，扎着小辫子，正是林舸生日宴上和林厌一起跳过舞的那个人。

“还愣着干吗啊？！帮忙，一起上，帮我按住她……”男人解着腰带，“弄不了大的，弄个小的也行，嘿嘿……”

尾音湮没在憋着气的细弱哭声里。

“有人来了，走、走、走。”几个男青年完事后提起裤子，一哄而散。

白灵躺在冰冷的路面上，睁眼看着漆黑的天幕，眼泪无知无觉地淌着，整个人死气沉沉的。

直到额头上滴下一滴水，她动了动僵硬的手指。

下雨了。

面前落下一片阴影，有人替她打着伞，男人蹲下身替她把散乱的衣服拢好。

白灵看着这张熟悉的脸，才好似恢复些许知觉，哽咽着叫出声来：“大叔……”

男人没说话，把人从地上扶了起来。

乍一接触到这温暖之意，白灵好似倦鸟归巢般投进了他的怀里，呜呜地哭着。

在她看不见的地方，男人的嘴角勾起了一个诡异的笑容：“睡吧，睡着了就好了，白鲸会给你幸福的。”

不知道是她真的太累了还是什么，在男人的手一下一下地轻轻拍着她的后背的时候，从未有过的困意席卷了上来。

白灵脑袋一歪，还想再说些什么时，已经倒在了他的怀中。

车停在路边，外面下起雨来，砸得车顶噼里啪啦作响。

林厌将脚架起来放在中控台上，手里剥着毛豆，哼着一首不知名的英文歌。

段城奉命守着她，一边看她一边忙着在论坛里回复各种帖子。

林厌瞥了他一眼：“你们这钓鱼执法有用吗？”

“谁知道呢？瞎猫碰死耗子呗。”段城看她吃得香，也咽了咽口水，“您别说，不看不知道，一看原来每天有那么多人想自杀啊。”

林厌把自己的夜宵拿远了些：“别人发帖还有可能找到凶手，你这样的，还是算了吧。”

习惯了她的冷嘲热讽，也就没什么了，段城苦笑了一下道：“其实我也没想着能找到凶手，就是纯粹好奇罢了……”

林厌背对着他坐着，剥毛豆的手顿了一下，就听见他问：“那天开会的时候林法医好像对这方面的事很懂的样子，为什么不试试？”

林厌没回头，敛了一下眸子，旋即又如往常一样挂出漫不经心的表情：“我？我就算了哈，这些打杂的小事还是交给你们这些虾兵蟹将做好了。”

两个人说着，段城趁她不注意，从她手里的塑料袋里抓了一把毛豆，嘿嘿笑着：“宋队买的，见者有份。”

林厌回过身去作势欲打他，却不经意间瞥见了他扔在一边还亮着的手机屏幕，灵光在脑中一闪而过。

“既然死者和犯罪嫌疑人都是通过网络单线联络，那么为什么在案发地点没有找到死者的手机？”

段城被她问得发蒙，林厌已推开车门下了车。

此处离案发地不远，护城河水因为暴雨骤涨，已经快淹到岸边。

林厌下了河堤。

段城拨开拂面而来的柳枝，深一脚浅一脚地冒雨跟着：“林法医，林姐！快回来！”

林厌拨开岸边的草丛，又找了一个来回，依旧一无所获。

她咬了咬牙，看向了深不可测的漆黑水面。

段城话音刚落，就听见“扑通”一声水响，等他跌跌撞撞地扑过去的时候，岸边已经没人了。

雨势渐大，秋天的雨打在身上刺骨的冷。

段城又吼了几句：“林姐，林法医……”

回音在伸手不见五指的夜里传出去很远。

段城手脚冰凉，哆哆嗦嗦地掏出手机，一抹脸上的雨水，开始给宋余杭打电话：“喂，宋队——”

宋余杭是骑着警用摩托赶过来的，把头盔往车把上一挂，三下五除二地就翻过了护栏，扯着段城问：“人呢？！不是让你看着她吗？！”

段城淋了半天的雨，被林厌和宋余杭这么接连一吓，浑身都瘫软了，哆哆嗦嗦地指着水面道：“跳、跳下去了……我根本来不及阻止……”

宋余杭扭头看过去，雨滴砸在水面上泛起了涟漪，不时有浪花拍卷到岸边。

护城河里不止一次淹死过人，谁也不知底下的情况，看似平静实则危机四伏。

宋余杭只觉得浑身的热血都被这雨浇熄了，混沌之中听见自己的牙关在打战：“人下去多久了？”

段城看了一眼表，几乎快哭出来：“五、五分钟了。”

正常人在陌生的水域里憋气两分钟都算了不得了，超过五分钟便有生命危险。

宋余杭迅速摘了配枪放在地上，脱了外套就打算往下跳。尽管她的水性也不是很好，但总不能让林厌就这么……

宋余杭咬紧了下唇，就在她刚摸到岸边的时候，平静的河面上冒出了一个脑袋。

林厌一甩湿掉的头发，咳了几声，举起了手中的手机：“找到了！”

未等她兴奋太久，宋余杭已下了水，怒气冲冲地把人拖上岸，夺过她手中的东西扔给了段城。

“带回去让方辛、郑成睿好好查里面的东西！”

林厌刚从水底上来，耳膜嗡嗡作响，还没回过神来，宋余杭几乎是蛮横地半拖半抱地把人扔进了车里，“砰”的一声锁上了车门。

林厌被摔得七荤八素，胳膊撞在车厢门上，撞得生痛，顿时火冒三丈：“宋余杭，你发什么疯？！”

宋余杭扔了一件干净衣服罩住她：“谁发疯？我还以为你发疯想要寻死呢！”

“我——”林厌被噎了一下，却见宋余杭气喘吁吁，发梢上还挂着水草，一路把她从水里扯到车上，怎么说都有一点儿担心急切的意思。

林大小姐别过了脸，有些别扭地道：“谁要你关心了？我早八百年前就考过国际自由潜水证了，哪像你，游个十几米还气喘吁吁的。”

宋余杭被她刺得说不出话来，抄起她扔在一旁的衣服又劈头盖脸地罩了上去，报复似的揉搓着她的一头鬈发。

“就你能！你厉害！一天不作妖会死是不是？”

狭窄的车厢里瞬间挤进了两个身高腿长的年轻女性互相角力。论力气林厌比不过宋余杭，论技巧，她下意识地就是一个木村锁技，双腿缠上宋余杭的腰，掰直了宋余杭的手臂。

“宋余杭，你神经病！！！”

她吼完之后，天地万籁俱寂，只有雨水砸在车玻璃上的噼里啪啦声以及彼此粗重的喘息声。

宋余杭停了动作，水珠顺着下巴往下淌，手被林厌按着，两人互相牵制着。

段城站在不远处的树下躲雨，不多时，车门打开，宋余杭退了出来，撑着一把伞，见他还在淋雨，走过去递了一把伞给他。

段城有些担心地问："好、好了吗？"

他准备过去开车，宋余杭伸手把人拦下了："等一下，林法医还在换衣服。"

"喔，好、好。"段城只好又蹲了回去。

回程的路上，两个人一言不发，一前一后地坐着。

宋余杭不时回头看林厌，似想说什么。

林厌则靠在座椅上闭目养神，半边脸陷入了阴影里，向来吵闹的人今天罕见地安静下来。

等到了市局，宋余杭一下车就忙得团团转，自然没机会再和林厌叙话。

林厌落在后面，脚尖一转去了值班室换衣服。

上次用针管自残的疤已好得差不多了，只留下一个细小的针眼。

林厌用手抚摸着针眼，端详着镜中的自己。

林厌扯起嘴角嗤笑了一下，看着镜中这张近乎完美的脸，心想：林厌，你配吗？你就是个畜生、垃圾、阴沟里的臭虫。

你有什么资格站在阳光下坦坦荡荡地接受别人的示好和关心？你不配。

"车牌号查得怎么样了？"宋余杭走进作训室，径直来到了视侦面前。

"根据交管局兄弟们发过来的信息，本市共有黑色桑塔纳一万多辆，尾号为7和8的车主有四千多辆，我们正在逐一排查。"

破案有时候真的没有捷径，宋余杭拍了拍他的肩："辛苦了。"

另一边的网安队员也在揉着眼睛查监控。

郑成睿把林厌捞上来的那部手机拆开了后盖，修着线路板，又和自己的手提电脑连在了一起，企图恢复数据。

林厌收拾好自己之后一头扎进了实验室。她没想到的是方辛也在，整个刑侦队上上下下的人已经两天两夜没合眼了。

"林姐，你来看看这个是不是有点儿怪？"方辛让出了显微镜，面前放着一根试管。

"这是……"林厌戴上手套走过去，拿起那根试管对着紫光灯照了照，又举起来看了看，在光线下反射出了深蓝的光芒。

“从吴威、范琳的血液里提纯出来的。”

“上次留的何苗的检材还在吗？”林厌埋头调着显微镜的参数。

方辛跑去翻橱柜：“应该还在的，按规矩检材会统一存放三个月再进行销毁处理。”

三根试管被摆放在了一起，从左到右依次是何苗的，范琳的，吴威的。

“何苗这根，因为现场已经提取不到新鲜血液了，所以颜色稍淡。”林厌摸着下巴琢磨着。

“范琳和吴威的，颜色呈递进式增长，普通人的血液中哪有这玩意儿啊，这说明他们都接触或者服食过某种物质。”

“是毒吗？”

林厌摇头：“不管是什么毒，进入人体内后势必会引起形态变化，或者是腐蚀消化道，或者是口腔残留味道，我尸检的时候不会发现不了。”

“那……那这是什么？”方辛一脸匪夷所思。

林厌斟酌了一下道：“应该是某种神经类药物吧，至于具体是什么，咱们这个小破实验室捣鼓不出来，送省厅司法鉴定中心吧。”

她说完，就见原本听得一脸认真的人捅了捅她的胳膊。

“干吗？听见了没！”林厌躲着万辛，目光冷不丁地往玻璃门后一望，一个人影闪进了走廊里。

方辛看着她笑道：“听见了，我这就去联系省厅，林法医有人找，快去吧。”

进出实验室就这一条路，宋余杭靠在走廊上等林厌，手里端了个一次性纸杯，看她出来立马站直了将杯子递给她：“给，红糖姜茶，暖一暖。”

林厌没接，将手插在兜里，抬眼看着宋余杭。

宋余杭觉得她神色有异，细看时从那张脸上看出了初见时的冷漠。

林厌不会和人弯弯绕，问道：“宋余杭，你把我当什么？”

“同事……”宋余杭下意识地说出口，又觉得不妥，加了一句道，“可以生死与共的朋友。”

“在这个警局里，大家都是同事，别人遇到危险，你宋余杭同样不会坐视不管对不对？”

宋余杭不太明白她想说什么，但她说得对，于是点了点头：“嗯，没错。”

林厌有些悲悯地看着她：“太可惜了，可惜你遇上的人是我。”

自己背负着血海深仇，并不想拖累任何人，尤其是像宋余杭这样至情至性的人。

她说完之后，宋余杭沉默着没有回应。

林厌深吸一口气，打算再次开口的时候，刑侦办公室跑出来一个人喊道：“宋队、林法医，有新线索了。”

第49章　朝夕

宋余杭一踏进作训室，就看见几个人围着段城的电脑。

“怎么了？”

段城心有余悸地回过头来，磕磕巴巴地说：“有、有人回复我的帖子了。”

林厌凑过去一看，这是一个匿名的论坛，回复段城的帖子的那个人 ID 只有一串代码组成的数字，头像则是一头鲸鱼。

宋余杭看一眼郑成睿，对方立马打开手提电脑查找此人的 IP 地址。

“宋队，查到了，在东城的一家网吧内。”

宋余杭一个电话打到了网吧附近的派出所。

半个小时后。

“警察同志，我不是，我真的冤枉啊。”铁窗内穿得邋里邋遢的男人坐在审讯椅上，手腕上戴着手铐。

“我就是、就是纯粹觉得好玩，报纸上不都说了嘛、可能有人真的会自杀，我就想看看哪个傻子这么蠢，谁知道是警察同志在钓鱼执法，嘿嘿，嘿嘿，真是不好意思了。”

办案人员把笔往桌子上一摔：“吃饱了撑的吗？！你这叫扰乱公共秩序，威胁公共安全，混淆视听，不知所谓！”

不一会儿，刑侦人员出来报告：“宋队，都问清楚了，此人是个不务正业的小混混，学历只有小学毕业，混混网吧玩玩游戏还成，写代码、做程序估计够呛……”

宋余杭翻了两页笔录，将其扔在了桌上，靠着椅子揉眉心：“行，关几天给个教训，意思意思就放了吧。”

专案组成立的第三天，案件的侦破陷入了僵局，警局众人人困马乏，到了下半夜，宋余杭一回头，大半个办公室的人趴在了桌上。

她在心底叹了一口气，起身蹑手蹑脚地走到墙边，关了大灯，准备去外面抽根烟。

到了天台上，她一摸兜，烟全在水里被泡软了，根本点不着。

她正在踌躇间，面前伸过来一只白皙修长的手，烟盒是打开着的：“喏，没有中华，凑合着抽吧。”

宋余杭笑，伸手拿了一根烟，打火机打了几下才打着：“不去休息？”

“你不也是？”林厌说着，也伸手护住火苗吸燃。

宋余杭看着她的动作，说道：“你应该多休息。”

林厌笑了笑：“闭眼也是做噩梦，不如不睡，还精神些。”

“这个案子看似近在眼前却毫无头绪。”宋余杭说着，眉头轻轻皱了起来，短短几天而已，眼里都是熬夜熬出来的血丝，眼眶乌青，嘴角泛起了死皮，那双向来神采飞扬的眼眸也变得黯淡了。

林厌动了动唇，似有些不忍，但什么都没说，掐灭了烟头。

最后她笑了一下，在离开前说道：“最近我不回家，睡值班室。”

宋余杭怔了怔，已明白了她的意思：欢迎你有问题随时来找我，我也将为破案全力以赴。

宋余杭感觉沉重的心情有所缓解，眉目舒展开来，在林厌即将迈下台阶的时候，叫住了她：“哎，烟还是不够味道，下次请我抽中华吧。”

林厌背对着她，伸手竖起了中指。

宋余杭乐开，却见她的手腕又翻了过来，变成一个加油打气的手势。

宋余杭狠狠地抽了两口烟，然后把烟在栏杆上摁灭，看着楼下的车水马龙、华灯璀璨，眸中重新燃起了斗志。

“哎，灵灵，你怎么回事啊，今天居然迟到了，还好班主任来得晚，不然……”下课后，同伴亲切地挽住白灵的臂弯摇晃着。

白灵坐在座位上，埋着头一言不发，往常活泼的人今日沉默得反常。

同伴又唤了她几声，这才拉回她的神志。

白灵把同伴的手从自己的胳膊上扒拉下去，笑容有一些勉强和无力，同伴这才注意到她的脸上有伤。

“我去一下洗手间。”

“哎，灵灵……”

同伴已来不及阻止，白灵跑出了教室，一口气冲到厕所，拧开水龙头往脸上拍着水。

身后人来人往，有人进来也有人出去，说着一些无关痛痒的话题，她却始终觉得有一道阴暗、歹毒、猥琐的目光落在自己身上。

昨晚发生的一切让她痛不欲生。

白灵哽咽着，把手撑在洗漱台上，眼泪大滴大滴地砸了下来：“为什么？为什么是我？我、我做错什么了？”

恍惚之中，她感觉到有人轻轻地把手放上了她的肩头。

她回过头去，看见了那个熟悉的陌生人，依旧罩着一袭黑袍。

“白灵，看看镜中的自己，你，还是你吗？”

白灵睁大了眼睛，看着面前这个面目全非的女孩子，再不复往昔的纯洁与天真。

这个满脸写着痛苦、悔恨、挣扎、难过、愤恨的女孩子，不是她，不是她。

白灵踉跄着退后两步，被人扶住了，那个声音又来了。

“白灵，你想找到真正的自己吗？你想去一个没有痛苦的地方吗？来吧，跟着我，跟着白鲸的脚步。”

“白灵、白灵……”有人急切地晃着她的肩膀，把她从那场虚无缥缈的梦境中解救了出来。

白灵好似回魂一般转过头来，班主任摸了摸她的额头：“你怎么了，怎么站在这里自言自语？都上课半天了，要是你不舒服就请假回家看看。”

白灵勉强地笑了一下，冲着班主任鞠躬：“谢谢老师，我没事，这就回去上课。”

一大早，江城市局召开了关于“白鲸”案的第四次专案组研讨会议。

冯建国旁听，宋余杭主持。

她短暂休息了几个小时后，状态明显比昨天好多了，眼睛里的血丝散去了些，穿着警服站在那里显得英姿飒爽。

“既然无论是车牌的查找，还是目击证人的询问都没有显著进展的话，那我们就换个方向，思考一下犯罪嫌疑人的作案动机，以此反推出究竟是什么样的人会作案，从而缩小侦查范围。”

她把目光投向技侦那边，林厌站了起来，递上一份报告：“根据对何苗、范琳、吴威的尸检情况得知，凶手心思缜密，没有在现场留下任何痕迹，而且精通心理诱导，另外，从以上三人的血液里都提取出了某种神经类药物，我推测凶手可能从事医疗相关工作，或者曾有医疗方面的工作经验。”

宋余杭点了点头，冲着林厌微微弯了一下嘴角：“其次，凶手还是个电脑高手，会编写代码，我们大胆猜测，他的作案方式为上网物色有自杀倾向的青少年学生，对其实施心理暗示，最后在线下见面，以某种方式或用药物逼迫其自杀身亡。那么我们可以大致画出嫌疑人的以下几个特征：交通工具为黑色桑塔纳、高学历、精通心理学相关知识，曾在医疗行业工作，目前无业。懂一定的电脑技术，家里有上网工具，性格内向，心理极度变态，有一定的暴力或杀人倾向，喜欢在夜晚出没。大部分的连环杀人犯有虐待动物、尿床、纵火的前科，此人也不例外，甚至有过之而无不及，童年生活应该并不幸福，以至于在他心里埋下了仇恨的种子。由于连续作案时间长，我推测此人年龄在三十岁以上。海洋代表包容、博大、生命的力量或者神秘，白鲸又处于海洋中的食物链顶端，我推测，此人可能对此类事物有特殊的情结，或者说他追求的、想要的、沉迷的东西，都和海洋和白鲸有关。”

仅仅一个晚上，她便彻底厘清思路，缩小了侦查范围。警局众人好似打了一针强心针，面上都浮现激动之色，就连张金海都不得不感叹一句：“可塑之才，后生可畏。”

不愧是赵厅看重的人，冯建国端起茶杯抿了一口茶又放下，悄然离去。

这个案子交给宋余杭他放心。

仅仅一个下午，众人便从四千多辆黑色桑塔纳车主里摸排出了高学历，和心理学、医学相关，曾在医疗行业工作，懂电脑技术，三十岁左右的人共六十八人，挨个询问。

从白天到黑夜，宋余杭连口水都没来得及喝。

省城。

“你不是说，这玩意儿再也不会出现了吗？！”

面前赫然摆着三支试管，在黑暗里散发出幽蓝的光。

坐在对面的人看着那试管，瞳孔猛地一缩，伸手扯了一张卫生纸包裹住管身将试管拿了起来。

“不、不可能……早就销毁了……”

“这是江城市局呈上来的东西，还能有假？”

一听到这个名字，对面的人浑身一震，眸中风云变幻，良久，才又把试管放了下来。

“事已至此，你打算怎么做？”

被问到的男人起身走到窗边，隐在黑暗里，窗外则是华灯初上，流光溢彩。

黑暗和光明在他身上交错着，男人挣扎着，最终退后了一步。

“查，给他们检验报告，但样品必须留下。”

“林姐，传真来了。”听到办公室小秘的话，林庆走过去把纸张从传真机里抽了出来。

薄薄的两张纸，她端着杯咖啡边走边看。宋余杭正和人说话，也往这个方向走来。

两人谁也没注意到谁。

等林庆回过神来的时候，手里的咖啡险些洒自己一身。宋余杭手疾眼快地将杯子接住，同时伸手扶稳了她的腰：“小心，看路。”

林庆一手撑在她的肩膀上稳住身形，然后后退两步，捋了捋衣服，气冲冲地把咖啡杯从宋余杭的手上拿回来：“这话应该是我跟你说才对。”

宋余杭笑了笑，和她擦肩而过。

没走两步，林庆又倒了回来，把纸往宋余杭的肩膀上一拍：“等一下，有新发现。”

“γ—羟基丁酸？”这个陌生的名字让宋余杭怔了怔。

林庆重复了一遍道：“对，没错，γ—羟基丁酸，一种在中枢神经中发现的天然物质，亦可人工提纯，存在于葡萄酒、柑橘等食物与水果中，也少量存在于几乎所有动物体内。在医学上，γ—羟基丁酸曾被用于制作镇静剂，用来治疗失眠、抑郁、发作性嗜睡等精神疾病。”

这是她的专业相关知识，林厌当然说得头头是道，但她不可能告诉宋余杭的是，她长期服用的药物里也含有这种物质。

林厌想到这里，脸色有些阴郁：“这个药服用过量很容易致死，并且……”

她顿了一下，宋余杭连忙问道：“并且什么？”

“人长期服用会产生药物依赖性，一旦中止服药，会导致类似戒毒的戒断综合征。”

宋余杭脑海里警铃大作，捏着这薄薄的一张纸恨得说不出话来。

好歹毒的手段，凶手对受害者进行精神、肉体双控制，受害者不疯不寻死才怪。

“那也就是说，查清药物来源，我们也就离真相不远了。”

感觉“白鲸”那神秘的面纱又被掀去了一层，宋余杭有些兴奋，跃跃欲试，转身走了两步，见林厌的脸色不太好看的样子，又倒回来捏了捏她的手：“辛苦。”

林厌感觉心中的阴影仿佛被她的笑容和孩子气的动作吹开了一角。

“γ-羟基丁酸，又名GHB，提纯方法并不复杂，几个烧杯、蒸馏水就可以做了，但是一定要有它的合成物质，γ-丁内酯。”

这一连串化学专业术语说得一帮大老粗都有些发蒙，众人四目相对，脸上都写着茫然。

林厌扶额：“行，那我说简单点儿，γ-丁内酯是一种香料，市面上常见的食品添加剂。”

宋余杭坐在椅子里，把那张纸摸了过来，同时伸手问同事要地图：“那就是说，要搜索江城市内的所有食品厂、化工厂、小作坊对吧？”

林厌点了点头：“没错。”

宋余杭起身，把地图折好放进作训服的上衣兜里，配枪子弹上膛塞进后腰的皮套里。

“外勤一组跟我出发，目标江城市内各大食品厂、化工厂、小作坊。外勤二组继续摸排筛查犯罪嫌疑人。网安、视侦、图侦继续扒视频查监控，尤其是网上散布自杀信息的各种帖子，宁可先将人抓回来问一问，也不能放过一个有作案嫌疑的人。”

“是！”

宋余杭一声令下，各组整装待发。

林厌拉住了她的胳膊：“我想跟着外勤二组去看看。”

宋余杭皱着眉头道：“不——”

“方辛也在，我为什么不能去？”

宋余杭想着昨天晚上她的鲁莽行为还是心有余悸，不让她去又不知道她会作出多少幺蛾子来。

她不在局里没人镇得住林厌，与其让林厌单独行动，还不如和大部队待在一起。

“约法三章。”

林厌爽快地答应了：“约法三章。”

女人买完菜回家，刚走到家门口的时候，正巧警察在拜访隔壁的一户人家。

“若有需要，还请配合我们的工作。”

“是、是、是，那是一定的。”

邻居与为首的警官握手。

女人不敢再看，把手里买的蔬菜放在地上，从包里掏出钥匙开门，捅了几下都没捅进锁孔里。

金属碰撞的声音一下子吸引了林厌的目光。

“那是……”

“喔，那是我们家属院的老住户了，不是医生，丈夫死了，医院领导看她怪可怜的，又要养小孩，房子就让她一直住着了。”

女人背影佝偻，已经不再年轻了，鬓间的发丝在夕阳下有些花白，就连拎菜、拿钥匙的手都有些颤颤巍巍的。

林厌收回目光，点了一下头，跟人道别。

女人进门之后，听见门外的动静逐渐消失，好似大松了一口气，这才把菜放在玄关处，换拖鞋进卫生间洗手。

洗完手之后她推开了里屋的门，一股排泄物气味夹杂着消毒水味道扑面而来。

女人推开屋里的窗子，也不敢开多了，勉强开了一条缝。

做完这一切，她转过身来帮躺在床上的儿子翻身换尿布，给儿子擦洗干净。等收拾完一切，她摸了摸孩子的脸，脸色难掩悲痛，把他苍白细弱的小手放进被窝里，又替他掖了掖被角，这才起身去做饭。

刚把锅烧热，敲门声响了，她透过猫眼看了一眼，是刚刚在走廊上和她有一面之缘的那个女警。

女人打开门，林厌从兜里掏出证件："警察，问你点儿事。"

第50章　死人

“警察，叫你们的老板出来。”这已经是跑的第十三家食品厂了，宋余杭从警车上下来，“砰”一声摔上了车门。

说是食品厂，这里却没有招牌也没有门面，隐在城中村的最里面，破旧的铁门锈迹斑斑，墙皮石灰剥落，隐约露出用红色油漆写的几个大字：卖原料。

要不是作坊门口堆着一堆铁皮瓶瓶罐罐，这里也吸引不了宋余杭的注意。

在政府部门备案挂牌的正规厂商，每一笔进出货渠道都透明可控，但是这种黑作坊就不一定了，所以是重点搜查对象。

门口守门的大爷听见动静掀开帘子跑了出来，一见这荷枪实弹的阵势，还有半人高的虎视眈眈的警犬，腿都软了，忙不迭地倒回去敲里屋的铁门。

“老板、老板，有人找……”

宋余杭一行人跟着他往里走，院子里也脏乱不堪，到处是乱扔的垃圾、塑料瓶，工业废料，甚至有排泄物，一股刺鼻的气味扑面而来。

这种地方做出来的东西能吃？

宋余杭给旁边的刑警使了个眼色，对方立马掏出手机给市监局的兄弟打电话。

“谁、谁大半夜的……”光头男脖子上还挂着金链子，没穿上衣，掀了帘子往外走，随即被满院子的警察吓破了胆，就要钻回屋里去收拾金银细软。

宋余杭一招就把人拿下了，卡着他的胳膊，用手铐将人铐了个结结实实，这才把人扶起来。

“警察同志、警察同志，我真的没有做违法乱纪的事啊，我做的都是小本生意，良心买卖……”

一个办案人员押着他跟着宋余杭走进了库房，一开灯房梁上就蹿过几只老鼠，其中一只就掉在她面前，然后跑走了。

木质结构的横梁上缠满了蜘蛛网，化工原料就这么随便堆在地上，桶边还散落着黑色的老鼠屎。

一个刑侦队员跑过来把薄薄一本册子交给了宋余杭：“宋队，找到了，这孙子的账簿。”

宋余杭草草地翻了两页，别看地方小，账记得还挺清楚：“哟，买家还不少，还记得都卖给谁了吗？”

那光头咧着黄板牙冲着她点头哈腰地道：“记得、记得，都是像咱们这样的小作坊，或者路边摊，还有做网上那些网红食品饮料的……”

他说到这里，刑侦队的几个人顿时一阵恶心，有人窃窃私语：“以后再也不吃了。”

宋余杭翻着那账本，发现他每个月都有几笔大额的进项，应该是他说的那些商户，反倒是几笔小的数额引起了她的注意。

她接着往后翻，发现这几笔的买家是同一个人，便把账本拿到他跟前给他看：“认一认，这个买家是谁？”

账本上写着密密麻麻的信息，都只有买家的联系方式，没有姓名，光头男看了半晌，想了想道：“不认得，没有见过面。”

“那你们怎么送货？”

“每次都是打电话单线联系，把货放到指定地点，买家取货后再把钱打到我的卡里。”

宋余杭把本子递给了另一个刑侦队员：“让郑成睿查一下这个电话号码。”

这人买个工业原料，搞得跟毒品交易接头一样。

宋余杭面色微沉地道：“交易地点在哪儿？”

“北斗工业园区大门口的岗亭里。”

铁窗内，男人一脸无辜地道：“警察同志，警察同志，我该说的都说了呀，我除了以次充好骗骗钱之外，害人的事万万不敢做呀！”

“哐当”一声，铁门又被人打开了，宋余杭坐下来，把账本扔在了他面前。

“现在有个将功补过的机会，就看你抓不抓得住了。”

男人咽了咽口水，看看扔在桌上的账簿，再看看她的脸色，点了点头：“做、做，警察同志让我做什么我都照做。”

等林厌走后，一直到夜深人静，女人才瞅了个走廊没人的空当溜出家属院，跑到小卖部买了点儿副食，拎着个塑料袋偷偷摸摸地凑到了公用电话亭旁边。

见四下无人，她才拨着号码盘。

不多时，电话被接通。

“喂？”她小心翼翼地问了一声。

男人沙哑的嗓音传了出来，有些不耐烦：“不是说没事别主动联络我？”

女人捂紧了电话听筒：“今天、今天有警察来找我了。”

那边的人顿了一下，然后才问道：“你怎么说的？”

女人定了定神：“照你教我的那么说的，应该、应该查不到我身上吧。”

“警察除了问你问题，还做别的了吗？”

“没……别的什么也没做，坐在沙发上聊了一会儿就走了。”

“例行询问而已。”男人说着，就预备挂电话了，女人却又紧张起来，结结巴巴地道：“那个……莫莫什么时候可以……”

男人冷哼了一声打断了她的话：“等着吧！再买一批原材料给我，海水要用完了。”

女人只得唯唯诺诺地道：“好……好。”

她话音未落，电话里已经传来了“嘟嘟”声。

女人把电话听筒挂了回去，拖着沉重的步伐往家走去。

回到办公室，宋余杭摘了配枪放在桌上，这才松懈下来，活动着筋骨，又去饮水机上接了一杯热水泡茶喝。

林厌在刑侦混着，脚跷起来放在桌上，手里拿了一袋不知道谁进贡的薯片吃着：“你怎么知道那个人会继续去买 γ－丁内酯？”

“猜的。”宋余杭端着杯子往回走，“不是你说这种原料无法久放吗？再看他那账簿，分明是两个多月买一次，算算时间，也该用完了。”

林厌啧了一声：“老奸巨猾。”

“你呢，今天有什么收获？”宋余杭也不生气，靠在桌子上看着她。

林厌扔了一本笔录过来，还未说话，方辛已经开口接上了：“老样子，没什么收获，再这么下去，江城市的医生群体都要被我们翻个底朝天了。”

宋余杭笑道：“辛苦了。”

方辛又转过头去跟其他同事闲话家常：“不过今天去了一户人家，老太太一个人住好惨的，早些年死了丈夫，一直没有改嫁，独自拉扯患病的儿子长大，我们还现场凑了些零钱给她……”

这厢聊着天，林厌的手机响了。

“喂，最近在忙什么？过几天中秋节，我妈说让我问问你能不能回来吃饭，一家人团圆一下。”

林厌仍是那副吊儿郎当的模样：“吃什么呀，忙着呢，没空。”

“还是那个‘白鲸’的案子？”

“哟，连你都知道了？”

林舸笑了一下：“都上报纸头条了，我能不知道吗？”

“那倒也是哈。”林厌换了一只手拿手机，去摸薯片吃。

林舸顿了顿，犹豫着问：“你们什么时候能忙完？我都好久没有见到……给她打电话她也不接。”

林厌瞥一眼正倚在桌边安静地喝着茶翻笔录的某人：“那我怎么知道？反正案子不破我们是休息不了的。喏，她现在就在这里，你要不要跟她通电话？”

林舸赶紧拒绝：“不了、不了，你们忙，破案重要也要照顾好自己，注意安全。”

宋余杭走过来拍了拍林厌的肩：“有新线索了，过来。”

林厌跟着她起身，匆忙结束通话：“我不跟你说了啊，去忙了。”

“宋队，在林法医找回来的手机里发现了这个。”郑成睿把图片放大给他们看。

“应该是一家店铺吧，看装潢像，吃的这是……”

林厌凑了上去：“是牛排。”

几个人对视一眼，都喜形于色。

“马上对照周边参照物，找到这家店铺，就能找到当天和吴威一起吃饭的人究竟是谁了。”

宋余杭话音刚落，另一个网安队员又叫了起来：“宋队，来看看，这、这也太不可思议了！”

宋余杭走过去：“怎么了？”

网安队员让出座位："根据手机号查找机主为余新叶，可、可这人二十年前就死了啊！"

公安部内网上的户籍管理页面上呈现出了一片黑白之色。

死者：余新叶。

死亡原因：因病去世。

联系方式正是账簿上的那串数字。

打开的电脑页面上，死者静静地看着他们，风从洞开的窗户灌进来，几乎每个人都感觉背心一凉。

有人咽了一下口水，咕咚的声音在死寂的气氛下越发明显了。

段城结结巴巴地开口，打破了沉寂："该不会、不会是死人……"

宋余杭眼神严厉地看了过去："不信鬼神，是警务工作者的基本职业要求。"

一个已经逝去的人怎么可能给生者打电话呢？

宋余杭皱紧了眉头："据我所知，机主逝世后只要不主动去营业厅注销号码，并且一直给这个号码缴费的话，是不会被停机的。也就是说，拿到这个电话号码的，不一定是机主，也有可能是其他人，但不管是谁，肯定和这个案子有着密切的联系。"

"查一下这个余新叶还有没有其他亲人。"

网安队员敲打着键盘："没有，宋队，他们家户口本上已经没人了，父母都已去世。"

宋余杭琢磨了一下道："查一下是哪里人。"

"户籍地为江城市庆安县五里镇小河村人。"

"马上联系当地派出所核实。"

不一会儿，电话打了回来，接线员捂住听筒递给宋余杭。

"喂，我姓宋，江城市刑侦支队副队长。"

对方一听职务瞬间肃然起敬，手里的册子翻得哗啦作响："领、领导，查了，小河村是有这么一个人，十年前就死了，具体得的什么病不清楚，不过我们可以确认的是，他在当地有一个远房亲戚还活着，上个月对方刚来我们镇上的社保局领过低保。"

宋余杭有种预感，查清楚这个人，就离真相不远了。

"好，谢谢，我亲自去一趟。"

挂掉电话后，她点了几个人跟自己一起出发。

罕见的是，林厌居然没有主动请缨。

宋余杭刚把目光投过去，林厌就将椅子转了过去，抿了一口咖啡又放下杯子道：“哎，别看我啊，穷乡僻壤的，我可不想去。”

宋余杭无奈地摇头，收拾好东西，把配枪别进后腰里：“出发吧。”

等她走远，警车闪烁着警灯开出市局大门后，林厌站了起来，走到走廊阴暗的角落里打电话：“喂，上次你说，李斌是哪里人？”

“庆安县五里镇人，在当地公安局干了半辈子法医，因为工作踏实，成绩突出，被调任到江城市局工作，结果干了没多久，他又自请回原籍了。”

“消息来源可靠吗？”

“可靠，调动履历内网上都写着呢。”

林厌一只手紧握成拳，指甲深深地陷进了肉里，良久才吐出一口浊气，缓缓地道：“有劳，钱会打到你的账上。”

第51章　老人

大巴车开进服务区里，游客们三三两两地下车去洗手间方便或者散步。林厌混在人堆里，戴着绒线帽子和口罩，穿着不起眼的风衣，也去了趟洗手间，出来站在外面洗手的时候，余光瞥见镜面上映照出刑警队的车也开进了对面的加油站里。

她愣了愣，甩了两下手上的水珠，躲进阴影里，和另外几个普通游客混在一起往车上走去。

等到上了车，她才透过玻璃窗往外看去，熟悉的人站在小卖部门口买水，直接搬了一箱回车上。

等她走后，从加油站侧面也蹿出几个人，其中一个加油站员工指了指她离去的方向。宋余杭的警车刚开出加油站，服务区里的另一辆黑车立马跟了上去。

大巴车出发，山路狭窄，但路上车子不多，那辆黑车仍不远不近地跟着警车。

等大巴车和黑车擦肩而过的时候，林厌往下瞥了一眼，茶色玻璃上映出了司机模糊的轮廓。她看不清对方的脸，但看清了放在副驾驶座上的枪。

林厌瞳孔一缩，下意识地就要掏出手机给宋余杭发消息：你被跟踪了。

字打到一半她猛地咬紧了牙关。

不行，她不能告诉宋余杭，这样会暴露自己的行踪。

前方是一个急弯，警车有意放慢了速度让大巴车先过，林厌伸手把车帘拉了下来，手机屏幕突然亮起，宋余杭发来消息。

看见这个名字的时候，林厌有些提心吊胆。难道就这擦肩而过的工夫，宋余杭就认出自己了？

林厌怀着忐忑的心情点开信息后，松了一口气。

宋余杭：“你在干吗？”

林厌翻了个白眼：“在家，度假。”

她顺手把以前在庭院里拍的游泳的照片发给了宋余杭以证真假。

宋余杭又陆陆续续地发了一些无关痛痒的话过来，林厌没再回复，想到刚刚跟踪宋余杭的那辆车，逐渐抿紧了唇。

林厌揉了一下眉心，犹豫半晌，最后发了五个字过去：“你……注意安全。”

不知道为什么，每次被林厌关心和鼓励，宋余杭总觉得内心充满了力量，也许是因为林厌这个人尖酸又刻薄，不近人情，也不通世故，因此偶尔的关怀便显得弥足珍贵。

“好。”

宋余杭回道。

林厌扯了一下嘴角，把手机扔进了包里。

反正她能做的已经做了，该提醒的都提醒了，剩下的是福是祸，就全看宋余杭的造化了。

她绝不允许有任何变数来干扰自己查案。

下了省道就是盘山公路，水泥路面坑坑洼洼的，一行人被晃得七荤八素的时候，五里镇终于到了。

镇子不大，一眼就能望到头那种，远处青山连绵，脚底下的路灰扑扑的，仅有的几栋修缮完整、高点儿的建筑都是政府部门和国企，街上没什么人，偶尔有几个背着背篓的村民在赶路。车一路开过来，众人只看见一家邮政银行还开着门，也是门可罗雀。

五里镇派出所的人早就在门口等着了，见着警车过来停稳，所长立马冲上去和人握手。

“宋队好、宋队好，难得市上的领导们过来一趟，辛苦、辛苦了，备了些薄菜，还望领导赏光……”

宋余杭不着痕迹地把自己的手从他的掌心里抽出来：“宴席就算了，在食堂随便吃一口，兄弟们都有任务在身，不能耽搁。”

“好、好、好，食堂也行，大家尝尝我们这边的特色菜，正是吃菌子的时候……”

其余人纷纷落座，派出所所长给下面的人使了个眼色，立马有人过来递烟：“听说宋队一直抽中华……”

这人办案不行，揣摩上面的人的心思倒是挺灵通的，宋余杭皮笑肉不笑地道：“不了，给下面的兄弟们吧。”

派出所所长面色一僵，宋余杭却又正色起来：“这个案子市局很重视，办好了也是大功一件，我会如实上报。”

小地方经济落后，民风淳朴，待一辈子可能也没有立功升迁的机会，宋余杭这是在提点他呢。

派出所所长脸上这才浮现喜色，挥挥手让闲杂人等都下去了。

“好、好、好，那宋队先吃，我们边吃边谈。二十年前，我还在基层工作……”

段城一边吃一边心想：您现在也是在基层工作。

“我记得小河村是有这么一个叫余新叶的人。”

宋余杭微挑了一下眉头，对方会意：“我有印象是因为小河村村民以前以锡矿为生，村里大部分人在矿上干活，那一年又十分不巧，矿上出了安全事故，坍塌加冒顶，死了数十人，省里的领导都来了，死者里有一个叫余新叶的人，还是我和同事一起抬出来的。”

那时候公安部的内网还没有成形，笔录、县志都是手写，派出所所长让人把厚厚一本泛黄的书页拿了过来。

一股旧书的霉味扑面而来，宋余杭放下筷子，按着目录索引很快找到了那一次小河村的矿难始末记录。

当时著书的人写得很清楚，遇难十一人，宋余杭往下翻，在死者最后一栏里找到了余新叶的名字。

宋余杭的眉头皱了起来：“既然是遇难，为什么如今公安部的内网上写的却是因病去世？”

派出所所长摇头：“不知道，也可能是年代久远，录入人员记错了。不过当时县公安局的法医也做了遗体甄别和认定，可能在尸检过程中查出了什么……”

说到这里，他怕宋余杭追究他们的责任，讪讪地笑着，往她面前的盘子里夹了一大块土鸡肉。

“我们呈报上去的是遇难，至于人家怎么写，送到市局又是怎么回事，这我们就不清楚了，不在我们的职责范围内嘛。宋队，吃菜、吃菜，别光顾着吃饭啊，也喝一口、喝一口，给诸位兄弟都倒上、倒上。”

宋余杭捂上杯子：“谢了，工作中不喝酒。”

其他人看她这样，哪里还敢再喝，纷纷把杯子放下了。

段城看一眼那茅台，泪流满面：可惜了，要是林法医在就好了，禁酒令就可以解了，他也能跟着沾点光。

“当年负责尸检的那位法医如今还健在吗？”

“在、在，他就是我们五里镇人，只是、只是……”派出所所长欲言又止。

“只是什么？”宋余杭皱眉，有些不快。

“您去看看就知道了。”

镇上唯一的一家疗养院是政府出资建的，四面都是土坡，围着铁丝网，怕这些神志不清的老人跑出来，只有一扇锈迹斑斑的小铁门让人出入。

院长领着他们往里走着：“住在这里的都是五保户，家里没什么亲人了，脑子也……”

他点了点自己的太阳穴，不再多说。

院落不大，摆了几张水泥砌的乒乓球台，落满了树叶，前几天刚下过雨，散发出一股子腐烂菜叶子的味道。

疗养院只有两层楼高，稀稀拉拉地住着十来个人，一行人走到二楼第五间屋子的时候，院长敲了敲门：“老李、老李，有人来看你啦。”

久久没有等到回应，院长推了推门，木门“嘎吱”作响，竟没关。

“哎，老李，不能吃！”

头发花白的老人正趴在地上用舌头去舔自己的排泄物，院长一个箭步就冲过去把人扶了起来，扯着人往后退，同时捏着鼻子道：“快来人，把这里收拾、收拾干净！”

走廊里负责打扫卫生的清洁工听见动静，这才拎着扫把跑过来。

宋余杭一直端详着老人。

老人花白的头发快掉完了，一根一根黏在一起，身上的衣服也脏兮兮的，一只脚上穿着鞋子，一只没穿，脚上还沾着秽物。

看起来这就是一个贫穷落魄且脑子不怎么好使的普通老头，坐在床上也不说话，手已经开始萎缩并蜷在一起，不住地打着摆子，嘴里念念有词：“吃、吃、吃……”

宋余杭从自己包里翻出早上买的面包，示意院长给递过去，还未递到老人跟前，老人就一把抢过去，拼命往嘴里塞，面包渣子粘在胡子上，顺着嘴角往下掉。

这一幕看上去实在是可怜。

院长怕这位市上来的领导有意见，忙说："平时我们的伙食也是很充足的，不会让老人们……"

他说到一半，就被宋余杭的动作臊红了脸。

她从自己包里翻出一个食品袋，把剩余的食物都装了起来，警队其他人也都翻着自己的包，把吃的递给她，段城把自己钟爱的薯片都塞了进去。

宋余杭又给他扔了回去，笑骂道："老人家吃不了这个。"

末了，她从自己的钱包里抽出几张人民币，只留下二百块钱应急，把钱和塑料袋一起放到了桌上。

"基层工作不容易，但是也要让老人们吃饱、吃好，我回去会跟上面的人说，财政拨款估计还得等一阵子。"

她这话有两层意思，一是提点院长不要苛待政府部门的退休人员，二是会如实上报情况解他们的燃眉之急。

院长心里十分感激，忙不迭地应道："是、是、是，一定的、一定的，请领导放心。"

林厌坐在楼顶上，手里拿了半块面包啃着，看着平板电脑上实时传输回来的画面，不屑地冷哼了一声："还是这么爱多管闲事。"

"老人家，我叫宋余杭，江城市公安局的警察……"宋余杭说着，蹲了下来，指了指自己身上的警号，又拍了拍臂章，怕他听不明白，又重复了一遍。

"我，警察，想问问您，知不知道一个叫余新叶的人？"

她从兜里掏出一张照片，递到了老人眼前。

老人往嘴里塞着面包，吃完又摸了一根香蕉，皮也不剥就往嘴里塞。

"哎——"宋余杭手疾眼快地将香蕉拿了过来，把皮剥好递给他。

院长无奈地小声道："老年痴呆十多年了，他什么都记不得，估计是没戏。"

宋余杭回身，示意他们都出去。

老人患老年痴呆不假，可看见那张照片眼神闪躲也不假。

等人都散尽，老人还在吃东西，宋余杭又开了一瓶矿泉水给他："您慢点儿喝。"

她有的是耐心，老人却有些着急了，呛得连连咳嗽，嘴里刚吃进去的东西都吐了出来。

一股恶臭在屋里弥漫开来，宋余杭起身轻轻地替他拍着背，等人平复呼吸，又拿来靠在墙角的扫把将秽物打扫干净。

老人的目光跟随着她的一举一动移动，从臂章上的长城到胸前的软警号牌再到肩章上的两杠一星，最后落到了放在桌上的食品袋和钱上。

老人动了动嘴唇，又开始吃东西。

宋余杭打扫完，搬了个小马扎到他跟前，掏出指甲刀来给他剪指甲，把里面的污泥都抠干净了，也不嫌弃他身上气味难闻。

至于案情她一个字都没提。

等到剪完了指甲，宋余杭又打来水替他擦洗着手和脸，把黏在一起的头发梳通顺。

最后是床单、被罩的整理，宋余杭打开了窗，让阳光照进来，抱着被子挂在窗台外的铁栏杆上。

“老人家，被子要多晒晒，自己弄不动，就让护工帮您做。”

老人仍是“啊啊啊”的，不知道是否在听。

宋余杭笑了笑，转身离去，走了两步却又听见老人明确地吐出了一个字：“叶……叶……”

宋余杭浑身一震，又倒了回去，扶上老人的膝头：“叶……叶什么？关于余新叶，您是不是知道些什么？”

老人右手打着摆子，牙齿漏风，口齿不清地道：“叶……叶……叶不是叶……”

宋余杭一头雾水，然而任凭她再怎么问，老人也吐不出多余的字了。

一直待到天黑，宋余杭才有些失望地出来。她走出院子，又看向了那扇窗户，总觉得有哪里不对，心头萦绕着淡淡的不安情绪。

楼的另一面，林厌攥紧绳子，身子在半空中绷成了一条直线。

等那一行人走远，她才又翻上去，从宋余杭打开的窗户一跃而入，死死卡住了老人的脖子，捂住他的嘴，把人拖到了月光照不到的阴暗角落里。

宋余杭走出疗养院的大门时，派出所所长早就等着了，主动递了一根烟上去，还是中华。

宋余杭心里烦，没拒绝，接过烟来由他给点上了。

“那个余新叶家的远房亲戚还活着吗？该不会也……”宋余杭抽了两口烟，问道。

“活着、活着，上个月对方还来过低保局呢。”

宋余杭没说话，打了个手势示意现在出发，派出所所长又追了两步：“哎、哎，宋队，别急啊，去小河村的路还有十几公里呢，还全是石子路，很不好走，山路十八弯的，就今年还有个扶贫小组栽沟里去了呢。等天亮我找几个熟手送宋队去，你们奔波劳累了一天，也该好好歇歇、歇歇。”

宋余杭躺在招待所冰冷的硬木板床上辗转反侧，她住的是双人间，旁边的方辛已经睡熟了，发出了均匀的呼吸声。

宋余杭翻身坐起，走到了走廊上，靠在墙上把玩着打火机，有一下没一下地颠着，每一下都稳稳地将打火机接在了手里，思绪漫无边际地飘了很远。

她甚至想到了童年时的自己跟在父兄身后跌跌撞撞地跑着，还有成为警察后的授衔仪式上，哥哥站在人群里拼命地为她鼓掌，再然后，匪徒用枪顶着哥哥的脑袋……

宋余杭皱眉，扔出去的打火机没接住，“砰”的一声掉在了地上。

她俯身去捡打火机，耳边仿佛回荡着林厌的叮嘱：你……注意安全。

宋余杭怔了怔，突然就定了神，再想到下午与李斌的会面，仿佛一道光劈开了脑袋里的混沌。

叶……叶……他一直在重复这个词，与“夜”字同音，会不会是在说，让她晚上去见他？

宋余杭把打火机捡起来，迅速掉头跑下了楼梯。

“别装死，我知道你没疯。”林厌拿匕首拍着老人的脸，摁着他的脖子逼迫他仰起头来看自己，“这个人，认识吗？”

照片上的人是初南。

老人嘴里被堵了东西，只能发出嘶哑的单音节。

林厌听得不耐烦，一巴掌就把照片拍到了老人的脸上。

“我知道是你给她做的尸检。”她有些焦躁地在屋内转来转去，那张好看的脸上的笑容在夜色里变得越发阴鸷。

林厌猛地转过身来，咬牙切齿地道：“放着大好前程不要，好不容易从这个山旮旯里出去了，为什么又要自请回原籍，你是不是查出了些什么？！是不是？！告诉我！告诉我啊！”

她低声嘶吼着，晃着老人的肩膀。

一股难闻的气味涌了出来，林厌低头一看，顿时怔住。

老人已经翻起白眼，浑身抽搐，大汗淋漓。

林厌把匕首放在一边，取了他捂嘴的抹布，晃着他的脑袋："喂——"

话音未落，老人的头已经垂向一边，整个人奄奄一息。

林厌飞快地解了捆在他身上的绳子，一把把人抱起来放上床，扯开他脏兮兮的衣服，趴下去听心音，又去摸他的颈动脉搏动，然后暗道一声不好。

她四处翻找着老人常用的药物，从抽屉里扒出来一瓶硝酸甘油，掰开他的口腔往舌苔下塞了一片，然后开始给他做心肺复苏。

"别死，千万别死啊，你死了我的线索就断了，初南就再也……"林厌眼眶一热，手臂已酸痛得抬不起来，俯下身去嘴对着他的嘴吹气。

老人的胸膛缓慢起伏着，反复几次后，他有了自主呼吸，颈动脉也恢复搏动了。

林厌脱力，踉跄着后退几步，一抹额上的汗水，这才发现在秋天微凉的夜里自己的背心已经湿透了。

老人混浊的眼珠动了动，嗓音似粗糙的砂纸剐蹭在玻璃上："你……不是来杀我的？"

"废话。"林厌上前几步，从宋余杭拿来的那个塑料袋里取出一瓶矿泉水，拧开瓶盖拿远了些，仰头大口灌着。

良久，她喝饱了，才一抹嘴角的水珠："我要是想杀你，一进门就动手了，何必等到现在？"

老人又把目光转了回来，恢复了呆滞状态。

林厌把矿泉水瓶放在桌上："嘿，你这个人可真有意思，我想杀你你倒是愿意跟我说话，我救了你你又不吭声了。知道什么叫滴水之恩，涌泉相报吗？"

李斌压根没搭理她，林厌急了，又抄起匕首抵在他的脖子上："你信不信我真的杀了你？"

老人合上了眼，示意她快动手。

林厌气得不轻，手腕都在哆嗦。她咬了咬牙，眼中蓦地涌出一抹狠厉的光，高高举起匕首，狠狠地朝着床上的人扎了下去。

一股劲风拂过面庞，李斌喉咙一紧，却没等到预想之中的疼痛。

他睁开眼，看见枕头上晃动着雪亮的刀锋。

林厌松开手，退后一步，撞上了对面的桌子。

她用手捂住了脸，嗓音里有一丝哽咽："对不起，我只是想为我的朋友查明真相，报仇雪恨，我不想她……她死得不明不白……"

初南去世后，因为死因和死法足够离奇，有一段日子是报纸上的常客、人们茶余饭后的谈资。

林厌无论走到哪里都能听见这样的议论：

“是不是私生活不检点，得罪了什么人呀，不然对方怎么下这么狠的手？”

“哎，她爸爸不就是杀人犯吗？这算不算是天理循环，报应不爽？”

“那可不，人在做天在看，平时不做亏心事，夜半不怕鬼敲门。怎么江城市这么多女的，人家就专挑她下手呢？”

“还不是……嘿嘿嘿！”

林厌每次都会握着拳头冲上去，有时候打得过，更多时候打不过。

她被踹在地上，拳打脚踢，头破血流。

“贱人！不就有两个臭钱？！”

“和杀人犯的女儿玩，你也不是什么好东西，呸！”

对方一口浓痰啐在她的脸上，然后扬长而去。

林厌滚在泥地里，雨水劈头盖脸地浇下来，红色的鲜血从发间渗出，僵硬的手指动了动，摸到了一块砖头。

她咬着牙从地上爬了起来：“喂——”

对方回头，她狠狠地一板砖就拍了下去：“去死吧！”

这样浑浑噩噩的日子过了很长一段时间，不，可以说，自从她得知初南的噩耗后，她的世界就再也没有晴朗过。

死者已逝，留给生者的是无穷无尽的悔恨以及漫天飞舞的流言蜚语。

林厌见一个打一个，又一次在街头斗殴的时候，陈妈妈抄着擀面杖冲了过来，红着眼眶大吼：“别打了，别打了！”

陈妈妈把她摁在怀里的时候，林厌就决定，往后无论多艰难，都必将为寻求真相而奋斗至生命最后一刻。

此时她也不例外。

林厌吸了两下鼻子，背过身去稳住情绪，不想让人看见如此狼狈的自己。

老人看着她，喉头动了动，刚想说话，又是一连串地咳嗽起来。

林厌抹了一下眼角，回转身来，把人摁住去察看他的情况：“别动，你除了有心脏病，还有什么？告诉我。”

“你……你是医生？”老人咳得涨红了脸。

“不，虽然我是法医，但基础医学也是必修课，躺好，别动。”

“法……医……”老人咀嚼着这两个字，眸中骤然散发出一股神采，紧紧拉住了她的手，似是有话想说。

林厌摸他的脉搏，十分不稳，一摸兜发现没带手机，再这么下去他会有生命危险的，只好又取了一粒硝酸甘油来给他服下：“我知道你也干了大半辈子的法医，先别说话，我去找医生来。你会好的，等好了再慢慢告诉我。”

她勉强笑了一下，似在安抚老人，也是在安抚自己：“你对我很重要，我不能让你死。”

老人点了一下头，林厌抽身离去。

她刚迈出房门，就有一道黑色的影子从窗户蹿了进来，蹑手蹑脚地合上玻璃，走到了老人的床前，拉下面罩。

李斌瞳孔骤然一缩，满脸写着惊惧交加，咿咿呀呀地说不出话来。

黑衣人伸手捂住了他的嘴。

第 52 章　绝望

林厌走到一楼，回头看了一眼黑黝黝的楼梯，向来敏锐的直觉让她心里一紧。

那伙人表面上看是跟着宋余杭，会不会也有可能是跟着她？

一股毛骨悚然的感觉沿着脊柱往上爬，林厌迅速掉转头往回跑，短短十几米的距离她却觉得无比漫长，每一分每一秒都像是在和死神赛跑。

手刚扶上门框，就听见“砰”的一声枪响，林厌一脚踹开房门，两个身影正在缠斗，其中一个身量高些，拿着枪的手被人举了起来，天花板上洞穿了两个孔，落下些土块来。

林厌抄着匕首就扑了上去，直取黑衣人的咽喉，另一道熟悉的身影则死死抱住了黑衣人的腰，把他往后推给林厌创造机会。

黑衣人见势不妙，拿枪的手被人死死地桎梏住了，只好用左手肘重重地砸向宋余杭的背部。

宋余杭眼冒金星，被人打弯了腰。

林厌雪亮的刀锋已逼至面门，黑衣人咬了咬牙，一个膝击砸向了宋余杭的腹部。宋余杭手指脱力，被人甩飞了出去，背后就是林厌的刀。

林厌已来不及收势，眼睁睁地看着宋余杭往自己的刀口上撞。

宋余杭后退的同时已从后腰的枪套里拔出手枪，“砰砰”两下，窗棂上火星四溅，黑衣人捂着肩膀翻下了窗。

宋余杭欲追，身后却传来金属利器坠地的声音。她仓促地回身，一把扶住了摇摇欲坠的林厌："林厌？！"

剧痛让林厌的额角渗出了豆大的汗珠，她脸色苍白，捂着自己的左手，鲜血直流。

关键时刻她竟用自己的手为宋余杭挡下了致命的一击。

"我没事、没事……快、快追。"林厌说着，被利刃割得血肉模糊的手攥上了宋余杭的手腕，微微喘着粗气。

"你……"宋余杭微红了眼眶。

"快啊！"林厌低吼了一句，一掌推开了宋余杭。宋余杭踉跄着后退两步，撞上了桌子。

她毅然决然地看了看林厌，咬紧下唇，翻身跃下了窗台。

"站住！不然开枪了！"宋余杭从草丛里爬起来，二话不说就朝天开了一枪。

黑衣人跑得跌跌撞撞，沿路洒下了斑斑血迹，然后冲出了大门。

宋余杭一边跑一边把枪口对准黑衣人的脑袋，掌心里汗津津的，扣紧了扳机。

半晌，她还是咬了咬牙把准星对准对方的腿，得抓活的，死人毫无意义。

一辆无牌照的黑车打着车灯鸣着笛冲了过来，车胎在石子路上摩擦发出了尖锐的响声，车子一个完美的漂移停在疗养院的大门口。

车门打开，黑衣人坐了进去，子弹紧随其后地打在车身上，砰砰作响。

就是这一耽误的工夫，宋余杭三步并作两步，离地起跳，径直去扒车门。

从破碎的车玻璃里伸出了一支自动步枪，黑漆漆的枪口径直对准了她的眉心。

宋余杭瞳孔一缩，浑身的汗毛都竖了起来。她下意识地撒手，被汽车提速而带来的劲风狠狠地扫到了一边，子弹擦着她的头皮飞过去，一股火药味夹杂着皮毛烧焦的气味涌入了鼻腔里。

宋余杭脸上一热，血已经流了下来，把原本英气的五官涂抹得面目全非。

她咬着牙，拼尽最后一丝力气也想从车窗里翻进去，整个人荡在车门上，手抓着扶手已被风吹得紫白，长长的腿拖在地上，皮开肉绽，血肉模糊。

车里的黑衣人靠在椅背上捂着肩上流血不止的伤口，低咒了一声，又拿起自己放在座位上的枪，把头伸到窗外，用枪托去砸她的手。

前面一个急弯，车子即将冲出小镇，旁边是波涛汹涌的河流，司机开始加速，发动机发出了愤怒的轰鸣，一个漂亮的甩尾把人抛向了半空。

宋余杭重重地跌在路面上，滚了几滚，翻下了山崖。

一切归于寂静。

良久之后，一只鲜血淋漓的手臂扒上路面，宋余杭咬着牙，使出了吃奶的力气慢慢往上挪着，直到彻底翻过去。

她躺在冰冷的石子路上大口喘息着，视线开始模糊不清。

江城市局。

张金海站在作训室的大屏幕前紧张地屏住了呼吸。

三天前，线人来报，就是那个黑作坊的老板光头男，说今日凌晨买家约了他去北斗工业园大门口送货。

警队众人蓄势待发。

隐蔽在林间的无人机已经起飞，岗亭里安装了隐秘的摄像头，外围布置了重重重兵把守。

这是宋余杭走之前就定下的计划，他们兵分两路，守株待兔，也是时候该收网了。

张金海看了一下表，约定的时间已到。

光头男的车准时开到了大门口，这是一个已经废弃的工业园，无人看守。

他和便衣警察一起下车，把几桶丁内酯从后备厢里抬了出来，一一放到岗亭里。

摄影头实时传输回了画面。

张金海端起茶杯抿了一口茶，拿起步话机：“吩咐兄弟们准备，提高警惕，一旦买家出现，立刻实施抓捕。”

耳返里传来清晰且整齐划一的“收到”。

他又把茶杯放下，心里有一丝得意，计划的人是宋余杭，具体实施的人却是他，如此重兵防守，应该会万无一失，这个案子上报到省厅，又是大功一件，年底的考评有指望了。

他这厢正喜上眉梢，现场便衣又发回了报道：“报告02，我已顺利完成任务，准备返程，嫌疑人大约十分钟之后会到，我会在外围配合抓捕。”

“好，注意安全。”

无线电被切断，画面又恢复了平静。

不一会儿，无人机率先捕获到有车往这边驶来的画面，警报响了起来。

张金海拿起了步话机：“全体都有，准备抓捕。”

这是一辆黑色桑塔纳，打着车灯转弯，隐在丛林中的特警们悄悄地抬起了枪口。

“什么鬼地方。”司机拍了两下方向盘，侧后方停车，从中控台上摸了一包烟点上，这才推开车门下车。

未等他走到岗亭里，就被一拥而上的刑警摁倒在了地上，冰冷的手铐铐上了手腕，枪口指着他的脑袋。

“别动，别动，警察！”

男人哪里见过这阵仗，双膝一软，裤子就湿了：“警察同志，警察同志，我犯什么事了？我、我就是收了钱来替别人取个东西……”

不远处的房顶上，男人用望远镜目睹了这一切。

他迅速收拾好东西，回了屋内。

“这个地方不能待了，我们得走了。”

坐在轮椅上的人罩在黑袍里，让人看不清面目，听声音却稍显年轻些：“又要躲吗？”

男人把东西放下，走到他身边蹲下来：“没错，不能让条子找到我们。”

“可是……”黑袍下的人咬了咬牙。

“你放心。”男人算得上是慈爱地摸了摸他的脑袋。

“你很快就会好起来的，我发誓。”

宋余杭醒来的第一句话就是：“林厌呢？！”

众人动了动唇，没人吭声。

宋余杭撑着床坐了起来，头还是很痛，她想揉一揉，然后摸到了一手纱布。

“李斌呢？”

方辛面上有一丝黯然之色：“死了。”

宋余杭掀开被子下床，自己拔了针就往外跑。

铁窗内。

林厌耷拉着脑袋一动不动，不管对方问什么，她既没有像从前一样激烈地反驳，也没有开口说一句话。

“你来找李斌干吗？为何深夜潜入他的房间？你是否对李斌有施虐行为？李斌是不是你杀的？”

……

林厌就静静地坐在那里，不抬头也不说话，发丝垂下来遮住了脸，再也没有之前的意气风发，身上散发出了一股行将就木的气息。

心如死灰，这是宋余杭看见林厌的第一感觉。

“开门。”宋余杭冷冷地吐出了两个字。

“宋队，这不符合规定，现场发现了大量她的指纹和足印，还从地上的绳子上检验出了和李斌身上一致的衣物纤维……”

宋余杭提起对方的衣领，她鲜少用权势压人：“我让你开就开，服从上级命令。”

她刻意咬重了“上级”两个字，小民警敢怒不敢言，唯唯诺诺地掏出了钥匙替她打开铁门。

宋余杭拉开门，一个箭步冲了过去，扶着林厌的肩膀：“林厌，林厌，你还好吗？看看我……”

林厌顺着她的动作抬头，没有反抗，眼睛彻底失了神采，一片死寂，仿佛外界的喜怒哀乐再也无法撼动她一丝一毫。

宋余杭的目光垂落到林厌腕间戴着的手铐上，一股无名火径直蹿上了心头：“谁规定的案件没有查清楚之前就可以给人戴手铐的？！你们基层部门就是这么开展工作的？！”

小民警被骂了个狗血淋头，忙不迭地跑过来替林厌打开手铐，派出所所长也来了，打着圆场。

“误会、误会，大水冲了龙王庙，一家人不识一家人了，原来是市局的林法医，也是宋队的朋友啊……”

宋余杭扶着林厌起身，将手铐往旁边一甩，“咣当”一声砸在了铁门上。

她抬头，一字一顿地道：“林厌不是凶手，昨夜我也在现场。我进去的时候犯人正在行凶，林法医随后赶到，要说有嫌疑，我的嫌疑是最大的。你可以如实上报，我愿意为我说的每一个字承担法律责任。”

所长神色一凛，这么报的话他的大好前程不要了？

未等他想太多，宋余杭已扶着林厌转身离去。

林厌受伤的手已经被纱布包裹得严严实实，隐隐有血迹渗出来。

“你不是说你的手可娇贵了，干吗替我挡？我皮糙肉厚，挨一下也死不了。”

林厌没说话，披散着头发，喉头微动。

“你饿不饿，想吃什么？我去给你买。那……想喝什么？这里可能只有啤酒了……或者打只山鸡给你烤来吃？昨天吃的土鸡肉还不错……你应该很少吃这种地道的农家菜吧？”

宋余杭没有问林厌为什么来这里，也没有追究她为什么深夜前去见李斌的行为，只是小心翼翼地在嘘寒问暖，体谅林厌的难处和心情。

可正因为这样，林厌心里越发不是滋味。追凶十四载，这是她离真相最近的一次，却永远和真相失之交臂了。

李斌死了。

她还有多少个十四年拿来浪费？

她甚至有一丝后悔，昨夜如果她不管宋余杭的死活，任由那白刀子进红刀子出，不浪费那几秒时间扑上去抓凶手的话，是不是就能离真相近一点、再近一点？

她好恨，恨自己的软弱无能，恨自己的一时善念，救了宋余杭却终究没能替初南找回真相。

她怎么对得起那六年的同窗情谊，怎么对得起别人对她拳脚相加的时候陈妈妈的倾心相护？

她不是人，是个畜生。

地面上落下了两滴水渍。

林厌顿住脚步，宋余杭也停止了话头，眼里含了一丝期待地微微偏头看着林厌。

“你该死。”

“什么？”宋余杭以为自己听错了。

林厌却又抬起头来，眼里都是血丝，盯着宋余杭一字一顿地道：“你、该、死。”

宋余杭分明从这陈述性的语气里听出了咬牙切齿的意味，浑身的血都凉了。

段城都看不下去了，冲过来吼道：“宋队也是捡回的一条命，我们昨晚找到她的时候她一个人躺在马路边上奄奄一息，头破血流！医生说那枚子弹要是再偏一厘米的话就会直接射进颅骨里，宋队会当场一命呜呼！你还能站在这里骂她吗？！啊？！”

林厌的嘴角微微勾起一丝讽笑：“呵。”

段城还想说些什么，方辛一把拉住了他：“别说了。”

宋余杭的手仍扶着林厌的胳膊没松，林厌把自己的衣袖从她手里抽了出来。

林厌叫她宋警官，不是宋队也不是宋余杭。

“宋警官，现在你看清了，我就是这么狼心狗肺、恩将仇报的人，我拜托你以后离我远点儿，我不需要同事，不需要朋友，更不需要你自、作、多、情的关心。”

林厌说完，转过身子，沿着台阶下楼，走不到两步就眼眶一热。

她强忍着情绪直到确认没有人再跟上来，直到确认对方已经看不见自己为止，这才放任自己的情绪有一个宣泄口，伸手捂住嘴，蹲下来小声呜咽起来。

天台上的风逐渐大了起来，林厌披散着头发，衣物被吹得猎猎作响，手边横七竖八地倒着一堆啤酒罐，脚下落了一地烟头。

宋余杭上去找她的时候，她正坐在栏杆边上，双脚晃荡在空中，背影瘦削且落寞，仿佛随时会乘风而去。

宋余杭心里一紧，勉强笑道："你不会这么想不开吧？"

林厌闻言抽烟的动作一顿，嘴角扯起一丝冷笑，幽幽地吐了口烟圈。

她当然不会，大仇未报，她要死也得死在凶手后面。

即使下午林厌刚对宋余杭恶语相向，宋余杭还是放心不下她："下来吧，到我这儿来，你已经一天一夜没合眼了，身上还有伤。"

林厌把烟头摁熄在易拉罐上："你是没长耳朵还是没长眼睛？"

"我没有别的什么优点，就是有一股子韧劲。你能跟我说话、骂我，说明情绪比下午好了一点儿，林厌……"

她话音未落，林厌抄起易拉罐就砸了过去："滚！"

宋余杭伸手挡了一下，易拉罐滚落，丁零当啷地砸到了墙角。

"好，你不想听这些，那我说点儿你感兴趣的事。1994年，你十八岁，刚刚高中毕业，那一年江城市出了一件震惊全国的案子，'汾阳码头碎尸案'。因凶手作案手段残忍，案情曲折离奇，没在现场留下任何痕迹而频频登上报纸头条，成为人们茶余饭后的热门话题。那时候我还在警校上学，对其略有耳闻，知道这是公安部挂牌督办的重点案件。"

"能破这样的大案、要案是每个警察的荣耀，我也不例外，还在上学的我也曾做过推演，可惜一无所获。当时技术条件有限，负责侦办此案的刑警一筹莫展，就连尸块都找不全……"

宋余杭有条不紊地说着，林厌却逐渐咬紧了牙关。

"后来警方陆陆续续抓了很多人进去，当时的江城市几乎被翻了个底朝天，符合凶手侧写的适龄男性几乎都做了血型检测，包括公职人员，其中就有我的哥哥和其他前辈。"

"林厌。"宋余杭上前一步，继续道，"警方不是没有努力过，十四年前没有公安内网，没有监控录像，没有痕迹鉴定，没有DNA检测……唯一被抓获的犯罪嫌疑人也因病死在了看守所里，这个案子也就因此一直被搁置了下来，成为一桩横跨十四年的无头悬案。”

“我相信每个有良知的正直警察都不愿意看到这样的结果……”宋余杭说着，表情难掩沉痛，伸手似想要触碰到林厌。

“我也没有想到十四年后，我会和这桩案子的当事人站在一起。你信我，我以我身上的警服起誓，有生之年，我必破此案，给你、给当年的死者、死者家属一个圆满的交代。林厌，你不是在孤军奋战了。”

远处群山掩映，偶有点点星火，旷野的风吹过山间发出了呜呜的声音，像极了谁在哭。

那双手即将触碰到自己的时候，林厌一巴掌将其甩了开去。宋余杭还想上前，林厌捂着脸，一只手的指间还夹着烟，做了一个让宋余杭别过去的手势。

林厌有一下没一下地吸着鼻子，眼泪大颗大颗地滑落了下来。她捂着唇无声哽咽着，努力调整着呼吸，哆哆嗦嗦地想去摸啤酒罐，却一连碰倒了好几个。

她想把烟拿起来抽，却发现烟已经灭了，又颤抖着手从天台边沿上摸到打火机拼命按着，却发现她的手已经抖到连打火机都点不着了。

宋余杭看着她慌张，看着她崩溃，看着她脆弱，从自己的兜里掏出了打火机，想要替她点烟。林厌微微偏头，就被人一把从栏杆上抱了下来。

仿佛一根导火线点燃了她十四年来的所有辛酸、苦辣、委屈、痛恨和不甘，林厌一把推开了宋余杭，流着泪嘶吼道："你懂什么？！你懂个屁！什么技术条件、什么嫌疑人死了都是借口，十四年，十四年了……"

她点了一下自己的心口，手握成拳，泪流满面："你知道我是怎么过来的吗？初南的妈妈又是怎么过来的吗？！我们没有过过一天好日子，没有一个夜晚能安眠！只要我一闭上眼，初南的脸就会浮现在我面前，一会儿是她对我笑，一会儿又是她变成了停尸床上的一堆碎肉。我想梦见她，又怕梦见她，就这么反复拉扯着，过了十四年啊，十四年！"

"你以为我为什么学医，为什么……"林厌说着，哽咽着，捂住了唇，弯下腰来，泪水从指缝间溢了出来。

"我不过是想求一个真相，一个真相而已……想当法医、该站在这里的，不是我，不是我啊……"

林厌脱力，手撑在地上跪了下来，随后被人一把拥进了怀里。

宋余杭有一下没一下地抚摸着她柔软的发，眼泪滑落进了她的发间，也吸着鼻子道："我知道，我都知道。你哭吧，哭出来就好了，没事，没事啊，我陪你，

我陪你，我们一起查，一起查……”

林厌一次又一次地推开了她，宋余杭一次又一次地扑上来。林厌趴在宋余杭的怀里，逐渐失了力气。宋余杭抱得紧，林厌挣脱不开，便一口朝着宋余杭的肩膀狠狠地咬了下去。

宋余杭吃痛，却仍抱着林厌的脑袋摁向自己怀里，由着她咬。

宋余杭知道，如果这些痛苦不发泄出来的话，林厌迟早会出问题，不是被逼疯就是在真相大白后结束自己的一生。

这些年来支撑林厌活着的，只有查明真相这一个念头了吧。

初南走后，林厌便将自己活成了初南。

第53章　吃醋

林厌哭够了，宋余杭的肩膀也破了皮。舌尖尝到一丝血腥味的时候，林厌松了口。

宋余杭敏感地察觉到她的变化，轻轻拍着她的后背：“回去吧。”

回到房间里，林厌由着宋余杭拆了自己手上的纱布重新包扎，也不看宋余杭。

宋余杭知道这个人是在不好意思刚刚抱着自己哭了那一大通，表面看着无所畏惧，实际上脸皮薄得很。

宋余杭往林厌手上撒药粉时，林厌瑟缩了一下，宋余杭抓着她的手腕缠着纱布不让她动：“还好没伤到神经，要是以后再也不能拿解剖刀了，看你哭不哭。”

“谁哭了？！谁……”林厌下意识地反驳，宋余杭拍了拍自己的肩膀，把胸前的衣服掀起来给她看，老实地道：“衣服湿了。”

“……”林厌一抹眼角的泪痕，抄起枕头就砸了过去。

宋余杭单手接住枕头，上前一步坐在床上把人按住：“好了，别胡闹，这里医疗卫生条件太差，你这手回江城了得好好看看。”

她不说这个还好，一说这个林厌心里更不是滋味了，尤其是看到她头上缠着的纱布，转过脸去别扭地道：“我没事，好着呢，倒是你……”

“别听段城瞎说，就是被子弹蹭破点儿皮……”

宋余杭有心宽慰林厌，林厌的手骤然捏皱了被单，身体紧绷起来：“你不必……”不必蹚这浑水，以身犯险。

“我言出必行。”林厌话还未说完，已被宋余杭打断。

宋余杭替她把纱布缠好，又细心地贴了胶条。

林厌略微弯了一下唇，很快又恢复一如既往的淡漠表情：“这次允许你反悔，我不希望你是因为一时可怜我而仓促做的决定……”

宋余杭笑了一下：“你太看得起我了，于理我帮你是为了追求公平正义，这是每个刑警的职责。无论案件过了多少年，只要凶手没有被缉拿归案，我就一天不会停止追凶。”

宋余杭顿了一下，继续道：“于情，我想帮你就是想帮你，没有什么理由。”

林厌低下头喃喃道：“我有时候也不知道这么做究竟还有没有意义……”

宋余杭动了动，把她的脑袋摁向了自己的怀里：“有。不是说人的一生会死亡三次，第一次，呼吸心跳停止，你在生物学上被宣告死亡；第二次，人们来参加你的葬礼，牧师宣告你的逝世，你在社会上不复存在；第三次，这个世界上最后一个记得你的人把你忘记，于是，你才真正死去，整个宇宙都再和你没有关系。林厌，你还记得她，这就是最大的意义。”

也许是宋余杭太温柔，也许是自己太脆弱了，林厌攥着宋余杭的衣服，把泪水揩了上去。

从小学到硕博连读，林厌接受的都是最优秀的高等教育，却从来没有一个人教过她该如何真正面对死亡，包括从业后，面对死者的遗体，她心里也是充斥着满腔的激烈恨意。

宋余杭不一样，既温和又有棱角，像是一块磨刀石，又像一把藏锋的宝剑，悄无声息地击中了林厌内心最柔软的角落。

刚刚的哭是情绪积压到顶点的发泄，现在的哭则是林厌放松下来后的肆无忌惮和对故人的怀念与追忆。

敲门声突然响起，方辛的声音传来：“宋队、宋队，您在吗？我来拿一下东西。”

林厌忙坐起来整理自己。

宋余杭走过去开门：“在，怎么了？”

“没事，我今晚不是睡单人间嘛，回来拿一下洗漱用品。”

方辛说着，一进门就看见林厌也在，“呵呵呵，林法医也在啊……”

等到方辛走出房门，宋余杭关上门又走了回来。

林厌收拾东西下床：“我回去了。”

“大半夜的，你回哪儿去？”宋余杭把人拦住。

林厌抿紧了唇，眼神飘忽不定，就是不看她。

“行了，难得见你扭捏一回，就在这儿睡吧。”宋余杭伸手把她的包拿过来放在方辛的床上，随即一阵窸窸窣窣地翻找，献宝似的把一个锦盒拿到林厌眼前，“打开看看。”

林厌微怔：“这是……”

“看看嘛。”宋余杭说着，见林厌迟迟不接，把锦盒塞进了她怀里。

林厌在她的眼神鼓励下缓缓打开锦盒，顿时怔住了，心里涌起一股暖流，以至于鼻头微酸：“这是……”

她扔掉的那根被打弯了的机械棍，被人捡了回来。

管身应该是重铸过的，不然恢复不到这种程度，又重新喷了漆，拿在手里乌黑透亮，在昏黄的灯光下反射出了冰冷的金属光泽。

宋余杭有些得意：“怎么样，不错吧？虽然这是进口货，但好在我有一个老同学也是做军工的，懂些图纸方面的东西，我就拿回来琢磨了好几个月……”

她指着那机械棍继续道：“喏，我连把手都给你包上了，软垫摸着舒服又不滑，最重要的是，你不是说它叫‘哨兵’吗？我把名字也给你刻上了……”

林厌摸着机械棍背面那粗糙的小字，刻得歪歪扭扭的并不好看。她逐渐抿紧了唇，攥紧了棍子。

宋余杭看着她表情：“怎么了，你不喜欢吗？”

林厌埋着头，没看她，嗓音有些闷：“你……为什么要把它捡回来？”

宋余杭挠了挠脑袋：“啊，我看你之前去哪儿都带着它，和我交手的时候也是用的它，我猜……”

她带了一丝小心翼翼的试探表情看着林厌，“它对你来说应该挺重要的吧，丢了……怪可惜的。”

她没有说出口的是，这么随身携带的重要东西，很有可能是初南送给林厌的，她不想让林厌断了这唯一的念想。

谁知林厌听完，却“扑哧”一声笑了出来，眼底还含着泪花，嘴角却带上了笑意：“我随身带着，只是因为用着称手，没什么别的含义，它只是一根普普通通的机械棍。”

宋余杭“啊”了一声，满脸写着震惊。

林厌微微弯起了嘴角道：“不过，现在它有了。”

宋余杭怔了怔，嘴角也泛起了柔和的笑容。

第54章　关心

食堂里众人三五成群地在聊天。

林厌端了碗白粥走到门外坐下来喝着。她能像交际花一样长袖善舞是真的，离群索居不喜欢凑热闹也是真的。

宋余杭看着她离去的背影，从盘子里拿了个花卷跟了出去："给。"

面对她的好意，林厌抿了一口粥没伸手接："我吃饱了。"

宋余杭只好又悻悻地收回手。未等她再说什么，兜里的手机振了起来。宋余杭也不管林厌愿不愿意，把花卷往她手里一塞，跑到旁边去接电话了。

林厌看着她那绷得笔直的身子就知道她在和谁通电话，不是冯局就是赵厅。

塞进手里的花卷还是热的，散发出了一股小麦的香气，林厌拿起来咬了一口，竖起了耳朵听宋余杭说话。

宋余杭把手机稍稍拿远了一些，听对方咆哮完，才开口："冯局……"

对方直接吼道："滚犊子，赶紧把林厌给我带回来！基层派出所的人都投诉到纪委了知道吗？！"

仿佛隔着屏幕都能感觉到他的唾沫星子喷到了自己的脸上，宋余杭有些嫌弃地又将手机拿远了些："将在外君命有所不受……"

那边的人沉寂了三秒，宋余杭赶在他即将破口大骂的时候接上了："您听我说……"

她看了一眼林厌，背过身去："林法医为了破案手段可能是激进了些，可是她确实没有做伤天害理的事。她要是做了我又何必出去追那个黑衣人，直接当场把她铐下不就完了嘛。"

冯建国冷笑了一声，端起茶杯抿了一口茶给自己消消火："我还不知道你们？一丘之貉！没有经过组织批准就是擅自行动，谁给你们的权力对证人妄动私刑的？！知不知道这是违法的？！"

宋余杭站直了些："报告，林法医不是擅自行动，是我让她来的，至于私刑倒也谈不上吧，顶多就是询问方式过激了些……"

她倒是说得理直气壮的。

冯建国"啪"一声把茶杯重重地放在了桌上，茶水四溢，气得发抖："宋余杭你听听，听听，你说的这是人话吗？"

宋余杭闭了一下眸子，似做了一个重大决定，始终没有把林厌跑来五里镇的真实目的说出来："总之，我既然是刑侦负责人，又是专案组组长，林厌的一切行动皆由我授意，等'白鲸案'结束后，我愿意接受组织上的一切处罚。"

宋余杭挂了电话，林厌挪开视线，面前的泥地上落下了一片阴影，宋余杭蹲下来看着她。

"好吃吗？"

林厌手里的花卷没咬几口，她也没抬眼看宋余杭："不必如此。"

"你又来了，昨晚不是都跟你说过了？"

林厌怔了怔，敛下眸子。

"你还是不信我。"

是块石头都该被焐热了，可是对方是林厌，戒备心比什么都强，不信任才是她的本能。

宋余杭有些黯然，但还是没说其他的："快吃，吃完带你去看看李斌的遗体。"

林厌一听这话，三下五除二地把花卷塞进嘴里，噎得连连咳嗽，眼角呛出了泪花。她抹了抹嘴角"噌"地一下站了起来，结结巴巴地道："我、我吃完了。"

镇上的殡仪馆没有冷气，其实就是停尸房罢了。

一踏进去，段城就捏着鼻子退了出来，深呼吸一口气，又戴了一层口罩才鼓足勇气又迈了进去。

林厌已经戴上手套在验尸了。她左手缠着纱布不是很方便，宋余杭替她拎着勘查灯。

“我闯进去的时候他正准备翻窗逃脱，正好打了个照面……”

宋余杭说着，林厌抬起李斌的小臂轻轻按了按，随后掰开了他的眼睑：“眼结膜有针尖大小的出血点，颜面部皮肤青紫。”

检查完眼球，林厌又轻轻掰开他的口腔，微微俯下身去观察：“口腔咬肌内可见出血。”

段城在本子上匆匆记着。

勘查灯照过来的时候，林厌又在他已经漏风、摇摇欲坠的门牙上发现了一根细小的衣物纤维。

“棉签。”

宋余杭把东西递给她。

林厌拿棉签把那根线头揩了下来放进证物袋里：“这是凶手身上的东西。”

她之所以能这么肯定是因为昨晚交手时间虽短，但她不仅过目不忘还眼力惊人，凶手戴了手套，准备得很充分，不然现场怎么可能找不到凶手的一枚指纹？

做完这些她才又撕开李斌的衣服，手在他的胸膛上按了按。宋余杭的勘查灯也随之照了下来。

“全身静脉及毛细血管扩张，初步确认死因为缺氧性窒息。”

这也就是民间常说的，活生生被人捂死的。

林厌看着李斌的目光有一些沉痛，手撑在停尸床上紧握成了拳。

宋余杭伸手拍了拍她的肩：“你要解剖吗？”

林厌沉沉地吐出一口浊气来：“不了，死因明确，不剖了，让老人家入土为安吧。”

等一行人出了停尸房，宋余杭问派出所所长：“李斌家里还有别的什么亲人吗？”

“没啦，他是五保户，三十多年前就和老婆离婚了，儿子、女儿都让女方带走了，退休后吃喝拉撒全靠政府。”

宋余杭点点头，伸手递了一根烟给他：“这样，我们再去一趟李斌的故居，下午去小河村，有劳你……”

所长受宠若惊，接过烟来忙不迭地就点上了：“好、好、好，宋队太客气了、客气了，我这就去安排。”

李斌的家离派出所不远，一行人走了百八十米就到了，前后都挨着农田，马路上不时有拉煤渣的车驶过，尘土飞扬。

院门紧闭着，宋余杭伸手把挂锁拿了下来，推门而入。院子已经破落了，满地枯树叶，篱笆里隔了几块菜地，土里都没种什么东西，墙角的一株梨花也已经枯萎了，只剩下光秃秃的树枝还矗立着。

这是一栋南方农村典型的二层建筑，宋余杭打量着院落。林厌则径直拎着勘查箱进了堂屋。大堂中央供奉着关二爷，香火寥落，案板上落了厚厚一层灰。

这是与“白鲸案”无关的侦查，是以宋余杭特意遣开了其他人。

“从这个院子的破败程度来看，少说也有十余年没住人了。”她随手一摸家具，手都黑了。

林厌检查完堂屋，连香炉都翻了一遍：“你不觉得奇怪吗？李斌十多年前才五十来岁，这么早就去住养老院了，还没到老年痴呆的程度吧？”

宋余杭怔了怔，跟着她走进里屋：“你是说，有人逼着他装疯卖傻？”

林厌想到他死前拉着自己的手，听到她说自己是法医的时候，眼中骤然迸发出的光彩，一时又不免心酸。

“我不知道，我一个人暗中查了这么多年，每一次觉得有进展或者即将有进展的时候，总感觉有一股无形的阻力把我打回原形，我不知道这究竟是命运还是阴错阳差。”

“你是法医，又接受的是西方教育，应该是坚定不移的唯物主义者才对，也信命吗？”

宋余杭说着，拿起卧室床头柜上的一个相框，轻轻吹走上面的灰尘，照片上的一家四口笑得特别开心。

那时候的摄影技术只有黑白照，她仔细端详着这画面上的两男两女，男的应该是李斌，女的则是他的妻子，小点儿的是他的孩子们吧。

宋余杭准备把相框放下时，却突然觉得照片里的小男孩有点儿眼熟，叫了林厌的名字。

“你来看看这像谁？”

林厌闻声过去，拿起照片看了半晌，皱眉道：“想不起来，你记错了吧？”

照片上的小男孩不过五六岁，瘦瘦小小的，眼睛炯炯有神，看起来很是清秀机灵。林厌感觉长得好看点儿的小男孩都这个模样。

宋余杭摸了摸鼻子，被这漫天灰尘弄得喉咙有些发痒，遂放下照片。

“好吧。”

两人检查完两间卧室，就剩下厨房和卫生间了，农村的旱厕和猪圈连在一起，臭气熏天。

林厌有些泄气：“按理说他一个工作几十年的老法医，家里不应该什么东西都没有啊，不说工作记录什么的，连本日记都没有，这也太奇怪了。”

宋余杭沉吟了一下道：“再找找吧，如果真照你所说，李斌是在装疯卖傻的话，即使有什么说不定也早就被他藏起来了。”

“就这么大点儿地方，他能把东西藏哪儿呢？”林厌转来转去，再找不到她们就只能去翻猪圈了。

宋余杭连房子背后的柴堆都找了，一搬开枯枝，一条拇指粗的菜花蛇受惊，闪电般蹿了出来。她来不及闪躲，食指一痛，轻“嘶”了一声，手里的柴火也落了地。

林厌听见动静跑过来，只看见咬伤人的动物拖着长长的花色尾巴蹿进了田坎里，额上的冷汗瞬间就下来了。她一个箭步就冲了过去，宋余杭退后了两步，被人一把扶稳。

“你怎么这么不小心？！”

“我……”也许是疼的，宋余杭脸色有些白，话还未说完，就被林厌的动作惊在了原地。

林厌使劲挤着宋余杭指侧的瘀血，见渗出来的不多，张口就含住手指轻轻吮吸起来。

宋余杭一时忘了动作，愣愣地看着林厌把瘀血吸出来又吐在地上，反复几次，直到伤口恢复正常的颜色。

林厌松一口气，抬起头来，嘴角还沾着点儿血渍：“没事了，我们现在就下山，去打一支抗病毒血清……”林厌安慰着她，话还未说完，对上宋余杭微笑的表情，忍不住大吼：“你笑什么？！”宋余杭一把把人揽过来道：“我笑你明明关心我也要装出一副凶巴巴的模样来，你的人生字典里是不是没有‘坦诚’这两个字？”

看她站了这么久，又说了这么多话，林厌也回过味来了，那条蛇压根没毒！

林厌想明白后，顿时有些咬牙切齿：“你早就知道那蛇没毒……”

她气得说不出话来，转身就走。宋余杭赶紧跟上：“不是……你听我说……我想到东西会藏哪儿了……”

宋余杭戴着手套从土灶里掏着炉灰。林厌拿了个簸箕接着，尘土漫天，几乎快睁不开眼。

“咯咯……你好了没？”

“好了，好了。”宋余杭说着，一手撑在灶台旁边，伸长胳膊掏到最里面，眼眸一亮，使劲扯出来半本已经被烧得差不多的书。

“我看这房子背后有柴，就在想既然是很重要的东西，李斌不想被人找到的话，会不会已经将其毁了，就来厨房碰碰运气，没想到真的……”

她说着，拂去笔记本上的灰，又拿袖子擦了擦。

笔记本封面是硬壳的，里面的纸张已经都被烧得差不多了。

林厌一页页地翻着，大多数页面是残缺不全的，有些失望地又将其递回给宋余杭。

“费了这么大的劲找到，却没什么用。”

宋余杭接过笔记本继续翻：“皇天不负有心人。”

林厌的那个案子没找到任何有价值的线索，不过宋余杭倒是敏感地看到了“余新叶”这三个名字。

她指着那泛黄被烧毁一角的一页给林厌看：“你看，这里说，死者余新叶和余新叶的家属血型检测不符，怀疑并非死者本人是什么意思？”

林厌浑身一震，又拿了笔记本过来，那时候DNA检测尚未普及，血型检测已经是较为准确的辨认死者遗体的方法了，尤其是在这种大型灾害事故中。

“有两种可能，一、余新叶没死，偷梁换柱，二、就是单纯血型检测出了问题。”

她话音刚落，一股穿堂风幽幽地吹了进来，在秋日温暖的午后也让人背心一凉。

在她们启程前往小河村的时候，五里镇、庆安县及江城市都开展了针对高速公路的设卡拦截和各大医院的排查。

“停车，停车，例行检查，身份证、驾驶证出示一下。”

司机骂骂咧咧地下了车：“赶着回家呢，怎么往常都不查就今天查呀？”

“少废话，让你出示就出示。”

男人这才不情不愿地掏出证件，在交警检查的时候，另外几个交警也围着男人的车走了一圈，见没什么违禁物品才放行。

“浪费老子的时间。”

他虽然满口脏话，但交警仍后退了一步，敬了个礼表示歉意后目送他远去。

庆安县。

“警察，你们医院最近有没有接收救治受枪伤的病人？”

前台护士一见几个荷枪实弹的刑警走进来，立马站起来翻着接诊记录："没、没有……最近一周收治的病人都在这儿了……"

诊疗记录写得很详细，从患者名字到病因、病情、入院时间都记录在案，前台留了一个刑警翻着，为首的刑警打了一个手势，其余人便走向病房四散开来。

走廊尽头，有两个男人远远地就看见了警察。

其中一个人退后一步，一屁股坐在台阶上，捂着肩膀，喘着粗气，脸色苍白。

他的同伴扶起了他："走吧，我们去下一家医院。"

男人额头上渗出了豆大的汗珠，失血过多加上连夜奔波已经让他精疲力竭了，他舔了舔自己有些干裂的嘴唇。

"不，警方已经开始怀疑了，去哪家都一样。"

"那你的伤……"

"走吧，我自己想办法……"

第 55 章　清楚

果真像那个派出所所长说的一样，出了五里镇，全部是石子路。

山路十八弯，旁边是湍急的江水，路的右边是高耸的群山，负责开车的是五里镇派出所的民警，为了防止在这样的路上出事，车速放得很慢。

两旁风景美则美矣，谁也无心观赏，一行人都被颠得七荤八素。

林厌拍了拍车门，示意司机停车。

车刚在路边停稳，她就拉开车门跳了下去，宋余杭紧随其后递给她一瓶矿泉水和纸巾。

早上林厌本就没吃多少，全吐了个干净。宋余杭看她脸色苍白地蹲在路边，轻轻拍着她的后背："给，喝点儿水吧，再坚持一下，就快到了。"

林厌接过水来，发现瓶盖已经被拧松了，嘴角泛起一丝笑意："没事，走吧。"

一行人走走停停，到小河村的时候天色已经黑了，带路的民警把车停在路边，指了指半山腰。

"宋队，那儿就是小河村了。"

半山腰上的村庄亮起了星星点点的灯火，远远看过去就像是繁星坠落在山间。

段城目瞪口呆地道："怎么还有村子建在山上的？"

民警抽着烟"嗐"了一声："穷呗，年轻有能力的人都出去打工了，就剩老一辈的人还死守着自己家的那一亩三分地，年年还能有点儿收成，不住山上住哪儿？几十年前因为锡矿村子也曾辉煌过一时，后来出了矿难，专家来了一评估，不符合安全生产规范，又给取缔了，就连这电灯也是前年才通上的。"

这样狭窄的山路，警车铁定是开不上去的，一行人跟着他深一脚浅一脚地往上爬着。

宋余杭伸手拨开拂面的刺桉子，还顺手揪了一把果子，把皮剥了回身递给林厌："尝尝，学名叫金樱子，很甜。"

"这是什么……能吃吗？"林厌有些嫌弃地看着掌心里这颗其貌不扬的果子，迟迟不敢下嘴。

宋余杭没回头，一边往上爬，一边又揪了些果子给其他人。

"能吃，我妈以前常拿来泡酒，还能入药。"

前面那个民警笑了："想不到宋队懂的东西还挺多的。"

林厌听了，这才小心翼翼地咬了一小口，酸甜的滋味瞬间在舌尖化开，晕车带来的不适感也减轻了许多。

她眉眼一弯，将果子全咽了进去，感觉口舌生津，眉梢眼角都写着愉悦。

宋余杭又适时地递来一把剥好皮的果子："别吃多，也分给其他人一点儿。"

林厌"哦"了一声，不情不愿地将果子分了下去。

宋余杭一边往上爬，看见有好吃的野果就分给他们，一边和那个民警有一搭没一搭地聊天。

"这里这么偏，你们大概多久来一次？"

这话问得民警有些不好意思起来："一、一个月……不是我们不想来……您也看到了，路忒不好走，村子里也没几个人，每次来处理的也都是偷鸡摸狗的小事。上个月我们还破了一桩偷鸡案，您猜，嫌疑人是谁？"

宋余杭倒也没真怪他的意思，笑了一下道："黄鼠狼吧。"

"您真聪明！"

民警拍了下大腿，年纪看上去比她还小一些，性格也比较活泼，爬上一个土坡后想回身拽她，岂料宋余杭根本不用他操心，手扶在树上长腿一迈就上去了，然后还转身把自己的队员挨个儿拉了上来。

"都上来了没？"等人到齐，她往底下看了一眼，黑黝黝的一片矮树丛，随即转身欲走。

“宋队，宋队，还有我……”郑成睿在底下抱着树，使劲挥舞着他粗壮的胳膊，气喘吁吁地道，感觉随时会瘫倒在地。

宋余杭又跳了下去：“来，帮忙。”

几个男刑警也下去了。

林厌站在土坡平坦的地方，看着他们几个人拽的拽，推的推，拉的拉，硬生生地把一个二百斤的胖子折磨得生不如死。

方辛：“谁给老郑的勇气让他跟着我们一起上来的？”

林厌：“梁静茹吧。”

庆安县。

深夜的街道已没什么行人，三两个酒鬼勾肩搭背摇摇晃晃地从马路上走过。

风吹倒了墙角的易拉罐，罐子又被人踩了几脚踹到一边。

隐在巷子里的私人诊所也准备关门了，小医生打了个哈欠，刚把卷帘门放下来，后腰上就顶了一个铁质的东西。

他咽了咽口水：“谁？抢、抢劫吗？我、我没钱……”

面罩挡去了大部分面容，男人只露出一双眼睛在外面，嗓音分外低沉凶狠：“开门。”

小医生哆哆嗦嗦地从兜里掏钥匙，不经意间回头看见了抵在他腰间的东西，顿时双膝一软，尖叫声还堵在喉咙里，就被人拿枪托砸晕了。

男人拉开卷闸门，把小医生拖进去捆在椅子上，又出来从街角扶着人进了诊所，卷闸门落下，黑暗吞没了一切。

即使林厌的体力比大部分女生要好一点，但晕车加上高海拔的爬山行动，还是让她有些吃不消了，更别提走在她身后的那些人。

“还有多久啊？”她扶着树喘着气。

“快了、快了，还有一公里吧。”走在前面的刑警按亮手电筒，看了看地图。

宋余杭回身，把林厌的勘查箱接来背在自己身上，伸手扶她：“还行吗？”

林厌攥着她的手，踩着枯枝烂叶又上了一个陡坡：“可以，走吧。”

宋余杭捏了捏她的手，掌心里都是汗：“不行就说，停下来休息会儿。”

“不用……”林厌把自己的手抽出来，去扒拉宋余杭肩上的勘查箱，“我自己来。”

宋余杭躲过，去拉其他人上来。林厌逐渐抿紧了唇，面上有些不悦，心底却流淌着一丝淡淡的暖意。

谁不喜欢被人照顾呢？再强大的女人也不例外。

“奇怪了，上次来明明记得就是这里的啊。”民警拿着地图和指南针在林中转了个圈，嘟囔着。

宋余杭走上去问：“怎么了？”

“指南针坏了。”

他拍了拍仪器又甩了甩，指针纹丝不动。

“老郑。”宋余杭喊了一声，郑成睿答应得爽快，过了许久才气喘吁吁地爬上来。

“定位一下咱们目前的位置。”

来之前宋余杭就是怕在深山老林里迷路，特意做了双重保险，备了一份纸质地图，一份GPS坐标。

郑成睿盘腿坐下来，打开自己的手提电脑，把坐标位置输进去，地图上闪烁着几个小红点，就是他们的位置了，目的地在西南方向不远处。

宋余杭眺望着林间的冠木找方向，又摸了摸身旁的大树的树皮，沉吟了一会儿：“走那边吧。”

林厌伸手一抹额上的水珠：“怎么——”

她抬头一望，林间本就不见天日，现在更是全黑了下来，一阵风过，树木摇晃，雨滴已经噼里啪啦地砸了下来。

高海拔地区说风就是雨，砸了众人一个猝不及防，眼看着机器都进水了，郑成睿赶紧将机器收起来抱在怀里，这可是他的命根子。

段城也把相机包取下来在外面套了一层塑料袋，在瓢泼大雨里喊：“宋队，咱们还走吗？！”

宋余杭往上爬了几米，一抹脸上的雨水，找到了一个凸起的山崖下的缓冲平台。

“不走了，过来避雨，等雨停。”

一行人挨个儿挤了进去，三女五男，四目相对，都是落汤鸡，未免有些苦中作乐的好笑感觉。

民警：“往常我们都是来解救迷路的游客，今天也当了一回游客哈。”

“给，烟还能抽，没泡软。”一个刑警拿了一包烟出来挨个儿发着。

段城是这里面年龄最小的，轮到他的时候，那刑警又给收了回去：“你、你就算了吧，未成年。”

一阵哈哈大笑过后，那民警接过打火机把烟点上了，幽幽地吐了一口烟圈：“我刚参加工作时也才这么大，前半生都快过完了还在这个山旮旯里……”

外面雨势渐大，几个人闲闲地聊着天，林厌抱膝坐在垭口边，没接烟也不说话。搁往常她总是人群中的焦点，是最闹腾的那个。

宋余杭知道，李斌死了，她的线索就断了，她心里难受，闹腾不起来，但她不说。

“宋队还没结婚吧？”基层民警还是对市里的女领导有些好奇的。

宋余杭回道：“没。”

那人笑了：“我猜就是这样，结了婚的人，拖家带口的，还有几个愿意跑一线？林法医呢？”

话题不知怎的又转到了她这里来。一路上这个女法医虽然不怎么说话，但长相实在是无法让人忽视她的存在。

民警想来想去也想不到一个准确的形容词，灵光一闪，突然想到了武侠里常用的句子：冷美人。

林厌回过头来勾唇一笑，有一些明艳动人的味道：“没啊，不过男朋友倒是有好几个呢，天天上赶着嘘寒问暖，挺烦的。”

段城在这时竖起了耳朵：“你们听，什么声音？”

众人屏息静气，天地间万籁俱寂，只有雨水砸在树枝上的噼里啪啦声。

他们缩在山坳里，外面一片漆黑，伸手不见五指。

方辛有些胆战心惊的，她还是头一次在荒野留宿。

“什、什么声音？我怎么没听见？”

她话音刚落，山野林间忽然响起一阵嘹亮的狼嚎，此起彼伏，令人毛骨悚然。

段城还是第一次近距离地听这种只在电视上和动物园里听过的动物嚎叫，鸡皮疙瘩都起来了。

随着这阵狼嚎，不远处的山林里也传来一阵窸窸窣窣的响动。

林厌不动声色地摸上了自己腰间的机械棍。

宋余杭把她往身后拉了拉，将子弹上膛，弓着身子走了出去：“我去看看。”

林厌拉了她一把没拉住，顿时又急又气：“宋余杭！”

宋余杭拿着手电头也不回地钻进了山林里。

其余人留在原地焦急地等待着。雨越来越大了，林厌站在垭口，伸手抹了一把脸上的雨水，攥紧了手中的机械棍，紧紧地盯着宋余杭离去的方向。

林间窸窸窣窣的声音越来越大，那束手电筒光晃来晃去，隔了有几十米，树木掩映间林厌已经看不见宋余杭的身影了，恍惚中听见宋余杭说了句什么，而后手电筒光猛地灭掉了。

林厌如离弦之箭般蹿了出去。

“宋余杭！”她提高声音喊道。

宋余杭被雨水和树枝砸了个劈头盖脸，一抹脸上的泥沙，手电筒光映出了上方林厌焦急的脸。

宋余杭拿起石头砸了砸树，发出声音吸引林厌的注意：“我在这里，有个老乡也被困住了，去叫人来。”

林厌将手电筒往下一打，看见宋余杭怀里还抱着位七八十岁的老妪，牵着头山羊。

刚刚的动静想必也是这一人一羊弄出来的，他们还以为狼来了呢。

林厌是真的想骂人：“不多管闲事会死是不是？”

那缓冲平台狭小，他们再往后退一步就是万丈深渊。

宋余杭只顾着笑了：“好了，我没事，快去吧。”

绳子很快拿了过来，老人先被吊上去，然后是羊，最后是宋余杭。

林厌本来不想伸手扶她，看她抓着绳子有些吃力的样子，还是不情不愿地把手递了过去。

宋余杭借力，翻身而上，后坐力让两个人同时后退了几步。

那老人嘴里叽里咕噜地说着当地的土话，一行人听得一头雾水，连民警都没听懂，挠了挠头。

老人又去扯宋余杭，把拴着羊的绳子递到她手里，叽里咕噜地说了几句。

宋余杭明白了：“您是让我们跟您走？”

老人看着她身上的制服点了点头，又比了一个大拇指，宋余杭便抬脚示意其余人跟上。

还是当地人轻车熟路，一行人冒雨走了没多久，地势便平坦起来，转过一片竹林，便到了老人的家——一座小茅屋。

他们人多，老人有些不好意思，又是说话，又是鞠躬作揖的，宋余杭一把把人扶了起来。

“谢谢老人家收留，不然我们就要淋着大雨在外面过夜了。”

宋余杭把羊赶进了篱笆里，把柴门关好。

老人年纪大了，腿脚有些不灵便，一瘸一拐地从屋里拿出毛巾递给她，示意她擦擦脸。

这毛巾已经脏得看不出本来颜色了，宋余杭也不嫌弃，接过来本想擦脸，却又突然想到什么似的，把毛巾递给了林厌。

林厌往后退了一步，不屑一顾道："你自己擦吧。"

宋余杭也不生气，这才擦了擦脸，又捋了捋短发。

老妪把屋里的煤油灯挑亮，生着了火，示意他们进来坐。

房间不大，四面透风，外面摆着张吃饭用的小桌，也是黑漆漆的，几个人挑着坐了，没有多余的板凳，老人又给拿了些干稻草进来。

一伙人就这么席地而坐地烤火。

老人又支支吾吾了一阵，走出去了，众人不解其意，方辛不放心地跟了出去，隔了会儿回来说："来个人帮忙烧火。"

他们这才恍然大悟，段城捋起袖子跟了上去："我来、我来。"

白天舟车劳顿，晚上冒雨爬山，一帮人早就筋疲力尽了，但听说有吃的，都激动起来，就连林厌都小小地期待了一下。

但等到东西端上来后，她傻眼了，拿汤勺搅了搅这土兮兮的米糊糊，里面还飘着菜叶子以及她叫不上名字的东西。

"猪食？"

段城难以言喻地一眼看向了她，还是端起了碗。

宋余杭抿了一口粥："尝尝，味道还不错。"

林厌坐了回去："不了，你们吃吧。"

话音刚落，她的肚子适时地"咕噜"了一声。

林厌别过脸，宋余杭有些无奈地摇头。

老人见她不吃，有些焦急，围着她叽里咕噜也不知道说了些什么，林厌置若罔闻。

老人又盛了一碗粥端给她，上了年纪拿着碗的手都在抖。

林厌有些不耐烦了，一巴掌拂开："说了不吃就是不吃，拿走！"

宋余杭把老人手里的碗拿了过来，扶稳她："林厌，你又要什么大小姐脾气，不吃就不吃，至于吗？！"

林厌憋着一口气没发，老人反倒过来劝着宋余杭："啊……啊……"

宋余杭这才又坐下来闷声喝粥。

林厌则没好气地拎着机械棍去门外听雨了。

过了会儿，宋余杭陪老人去灶房收拾好碗筷，也不知道两个人在门口说了些什么，老人伸手指了指后山，宋余杭便拎了一把镰刀出去了。

林厌抱着机械棍转了个方向靠在门口，不想搭理她，也没留意到她是什么时候回来的。

过了约半小时后，男刑警们都挤去柴房休息了，林厌伸手一摸兜里的烟全湿了，打不着火，索然无味地抛着打火机。

宋余杭过来拉她：“跟我来。”

两人一进灶房，暖烘烘的，老人蹲在灶台前，拿火钳拨弄着炉灰，从里面掏出两个黄澄澄的烤地瓜，一股甜糯的香气散了出来。

林厌咽了咽口水，没上前。

老人脸上有常年日晒出来的高原红，满头银发用布包着，皮肤褶皱，瘦得皮包骨头，门牙还漏风，明明其貌不扬，笑容却是那么真挚美好，在昏黄的烛光下有长辈看小孩的温情。

林厌越发不好意思了。

老人见她不动，拿着那烤红薯，做了一个剥皮的手势，嘴里发出“次（吃）”“次（吃）”的声音。

宋余杭把人推了过去，从老人手上拿过烤红薯，反复滚来滚去：“嘶……好烫，你自己剥还是我给你剥？”

林厌一把就夺过烤红薯，被烫红了指尖，顿时跳脚，宋余杭和老人就一起看着她笑。

她坐在灶房里小口小口地吃着烤红薯，宋余杭拨弄着炉灰里剩下的红薯，老人在门口收拾柴垛，把淋了雨的柴抱进来烘干。

宋余杭看了一眼老人：“我们今天吃的，可能是老人家半个月的口粮。”

林厌被噎了一下，香甜的烤地瓜都变得有些难以下咽起来。她拿远了些：“那你这个是从哪儿来的？”

“在后山的田里挖的，老人种来卖钱，自己都舍不得吃的。”

宋余杭还在捣炉灰，林厌看了一眼坐在门口剁猪草的老人。

“还有吗？”

宋余杭从土灶里掏出来给她：“有，不够吃吗？”

林厌拿起烤红薯也顾不上烫，垫了一层茅草就走到了门口，放到了老人的围裙上。

“吃。”

她只吐出一个单音节，老人不解其意，忙又推给她：“你次（吃）……你次（吃）……”

这次林厌听懂了，但向来是不擅长和人拉拉扯扯讲道理的人，有些急眼了。

“让你吃就吃！”

宋余杭没忍住，“扑哧”一笑。

林厌冷冷地瞪了一个白眼过来，硬是把烤红薯又塞回了老人怀里，走了几步，又扭头，把兜里所有的钱都掏出来塞到了老人手里。

老人拿着这些湿答答的钱更惶恐不安了，满脸都写着惊惧。

宋余杭站起来安抚她：“没事，您收下吧，她钱多，不差那一点儿。”

林厌没吭声，蹲在地上埋头啃红薯，像个做错事却不肯承认错误的孩子。

宋余杭看得好笑，怎么会有这么倔、这么口是心非的人呢？

第 56 章　共枕

江城市。

晚上又下了一场暴雨。

白灵起来关窗子，刚把破旧瓦房里唯一的一扇窗户合拢的时候，就听见了躺在床上的妈妈一连串急促的咳嗽声。

她赶忙跑过去，端了一杯温水扶她坐起来喝着：“妈，喝口水缓缓，又难受了吗？”

她话音刚落，妈妈的咳嗽声骤然变得尖锐起来，随后“哇”的一口淤血吐在了杯子里。

白灵惊慌失措地拍着她的后背：“妈、妈，你怎么了？我去给你找药、找药……”

水杯打翻在地上，白灵手忙脚乱地翻箱倒柜，从抽屉里摸出来一板薄薄的药片，想要塞进妈妈嘴里的时候却发现妈妈已经牙关紧闭了。

她瘦弱的妈妈躺在床上，还没她从垃圾堆里捡来的玩具熊大，翻着眼睛，口吐白沫，浑身抽搐着，一股难闻的味道从床单下蔓了出来。

白灵哭着喊她：“妈！妈！你再坚持一下，我去叫人来！”

她推开铁门跑了出去，在巷子里飞奔，挨家挨户地敲门：“有人吗？有人吗？

叔叔，叔叔，救救我妈……”

“去、去、去，哪儿来的小叫花子，滚、滚、滚！”

一户人家的灯亮了又灭了。

白灵冒着瓢泼大雨跑向了下一家，一边哭一边喊：“阿姨，阿姨，救救我妈妈好不好？她要不行了……不行了……”

女人厌恶地看了她一眼，“砰”一声摔上了门：“神经病吧？！”

“叔叔、叔叔……可不可以帮忙送我妈妈去医院啊？她要不行了，不行了，求求你，求求你了……”

她跪在雨中朝着街坊邻居磕头，砰砰作响，那男人也只是隔着雨帘扔了二百块钱出来，神色有些不忍。

“不是叔叔不帮你……街坊邻居的，我媳妇还经常给你家拿菜是不是？你这拉到一半人再死了多晦气呀，叔叔毕竟跑出租……”

他似不忍再看，关上了门，被媳妇一把拉了进去，屋内传来争吵打骂声。

“你又多管闲事！多管闲事！还给钱？！你是不是看上那个小贱蹄子了？！是不是？！”

女人的哭声和男人的怒吼声伴随着锅碗瓢盆落地的声音狠狠地敲击在白灵的心上。

白灵站了起来，转身欲跑，又倒回来把那漂在水里的二百块钱捡了起来，紧紧捏在手里冲进家门。

“妈，妈，我带你去医院，去医院！”她说着，眼泪大颗大颗地淌了下来，用床单把妈妈包裹起来，给妈妈套上雨衣，系了个死结紧紧地缠在自己身上。

长期的病痛折磨已经让一个四十多岁的中年女人失了人形，白灵背着她一边跑一边拦车。

“来人啊，救命啊，师傅，师傅，停车……停车……”

她在雨中声嘶力竭地喊着，被路过的车辆溅了满身泥水。

她抱着妈妈跌坐在泥水里，用手去抚摸妈妈冰冷的脸，泪水和雨水混在一起像断了线的珠子一样往下掉。

“妈，妈……”白灵泣不成声，“你坚持、坚持住啊……你不能死……你死了我在这个世界上就没有亲人了……”

“妈，妈……你再看看我啊，看看我……”她用自己的脸紧紧贴着妈妈的脸，泣不成声。

眼看着雨越来越大，路过的车辆也没有人停车，更有甚者疯狂地冲她按着喇叭，破口大骂让她别堵在路中间。

百灵心如死灰，又把妈妈抱了起来，一步一挪地往前走的时候，一辆车停在她面前，男人打着伞下来，依旧是一袭黑衣，让人看不清脸。

百灵抬眸看他："大、大叔……"

男人只吐出两个字："上车。"

医院里，抢救室的灯灭了，医生出来宣布最终结果。

白灵"扑通"一声跪在地上，去抱医生的大腿，号啕大哭着："您再救救她，救救她，求求您，求求您，我下辈子努力赚钱给您当牛做马，当牛做马……"

走廊深处，男人推着轮椅，坐在上面的小孩回过头来："她很可怜。"

男人笑了笑，摸了摸他已经剃干净头发的脑袋："活在这个世界上的，又有谁不可怜呢？不过没关系，她很快就会解脱了，而你将会重获新生，我的小公主。"

老人家里地方不大，男生们都自觉地挤去了柴房，剩下的主屋里只有一张炕，老人执意要让给宋余杭她们睡。

宋余杭连连拒绝："不了、不了，我看灶房里还有块木板，收拾一下凑合凑合，勉强能睡。"

一张床上睡两个人都挤，更何况是三个人。

宋余杭把林厌往外推："走吧，我们去睡灶房。"

林厌一脸不情愿："谁要跟你睡了……"

老婆婆跟在后面抱了一床被子给她们，拿抹布把硬木板擦了又擦，这才把被子放上去，给她们铺好。

她"啊啊"地比画着，宋余杭懂了个大概意思："您是说，冷的话就把灶台里的火生起来，晚上把门关好，怕雨漏进来是吗？"

老人连连点头，宋余杭放心了，嘴角泛起柔和的弧度："谢谢您。"

老人摆摆手，示意她们赶紧休息，轻轻替她们关上了房门。

第二天早上起床后，宋余杭收拾了被褥准备给老人家还回去。

昨晚黑灯瞎火的，她没怎么看清楚，如今手摸着这被子却觉得异常干净整洁，花色简单但针脚细密，一丝线头都没有，不像是手工做的。

她环视了一圈这个破落的草屋，怎么也不觉得这个老人家像买得起这种被子的人。

她俯下身，摁亮随身的手电筒，摸索着被子又翻了过去，总算在最底下发现一个小小的商标：江北织造。

宋余杭掏出手机，将其拍了下来。

秋天农活多，老人家一个人忙碌的话得做到大半夜，如今来了不少青壮劳力，一大清早民警就和另外一个刑警出去放羊了。

郑成睿帮着劈柴，胖是胖，还是有几下力气的，方辛则拿了个筐帮着老人家拾掇园里的瓜果蔬菜，施施肥什么的。

林厌洗漱完无所事事，捡了一把石子坐在廊下去砸园里下过雨后活蹦乱跳的青蛙，还不时扔几颗到段城头上，玩得不亦乐乎。

正在这时，老人从灶房里端了一碗煮好的羊奶给林厌，示意她喝。

林厌怔了怔："这……"

老人硬是把碗塞进了她的手里，做着手势，神色有几分焦急。

她知道这个城里来的姑娘娇气，心地却是好的，农村里的食物姑娘恐怕吃不惯，因此早上起来特意去挤了羊奶。

昨晚的一切还历历在目，林厌有些不好意思，见没人看自己，这才端起碗小小地抿了一口羊奶，结果出乎意料地好喝，没有牛奶的甜腻，也不知道老人家煮的时候放了些什么，似乎还有一股茶叶的清香，恰到好处地中和了羊奶的腥膻。

林厌很喜欢，眉眼一弯，露出了一个笑意。

老人见她喜欢，也心满意足地笑了，等她喝完，拍了拍她的手，又回了厨房。

林厌不解其意，直到老人又端出一碗羊奶给她，手里还捏着一块用井水打湿的帕子，指了指宋余杭，示意她去拿给宋余杭。

林厌走了几步，伸长了胳膊将羊奶递给宋余杭："给——"宋余杭抵着摇晃的木门，两手不空："我不喝，你喝吧。"

"让你喝就喝！"林厌大小姐的脾气又上来了。

宋余杭的额上已有一层薄汗："你看我这，真不得空，我手一松，门就垮了。"

她话音刚落，林厌已经把碗递到了她唇边："喝吧。"

宋余杭怔了怔，嘴角泛起柔和的弧度，就着林厌的手小口抿着羊奶。

一碗羊奶见了底，宋余杭心满意足，胃里暖烘烘的。

吃过早饭，宋余杭从井里舀了些水出来洗手，在自己的衣服上擦了擦，进灶房去给老奶奶抱被子，顺便问问她这事。

山里手机没信号，他们已经和外界失联了，现在只有卫星电话才打得通，郑成睿还在捣鼓他的电脑。

其余人都坐下来围着火盆取暖。

宋余杭拉着老人的手问她：“奶奶，您还有什么亲人吗？怎么不去城里住？”

一说到这个，老人又红了眼眶，抹了一把眼泪，颤颤巍巍地从炕上下来，从破旧的五斗柜上取了一本相册下来，打开来一页页地翻着。

相册外面很破，内里却很干净，清一色的黑白照片。

相处了一晚上，民警还有点儿当地方言基础，勉强能听懂老人说的几个词，翻译给他们听。

“婆婆说，她家里人都不在了，这是她丈夫……”民警指了指照片里的平头男人，老人家点了点头，抹着眼泪。

“这是她女儿……”民警又顿了一下，才道，“嫁去省城了，再也没回来过。”

林厌冷哼了一声道：“狼心狗肺的东西，说不定早就死在外面了吧。”

宋余杭拉了她一把，示意她别乱说话，林厌咬了咬牙，忍气吞声不再说什么。

宋余杭又去指照片上稚嫩的男孩子：“这个呢？”

老人抹着眼泪，摆了摆手，方辛赶忙递了一张纸过去。

说到儿子，老人彻底老泪纵横了：“七八岁……得了急病没来得及送卫生院就……”

民警抬头看了宋余杭一眼，复述给她听。

宋余杭轻轻拍着老人的背安慰她，林厌把老人膝头的相册拿了过去，继续往后翻着，手腕猛地一顿。

她似难以置信，掏出手机打开相册又看了几眼，这才把手机和相册一起递给了宋余杭。

“你看看，这是不是一个人？”

几个人都围了过来。

照片上的三个男孩子勾肩搭背地站在一起，二十来岁的年纪，都穿着背心和短裤，脚下踩着草鞋，头上戴着草帽，背景是一望无际的金灿灿的农田。

左右两个男孩子长相极为相似，一眼就能看出是兄弟，而最中间那个男孩子则叼着一根狗尾巴草，眼神有些豪放不羁，长相像极了林厌手机里的照片上的人。

那是年轻时的余新叶。

老人看着手机里的照片，也有些吃惊地“呀”了一声，伸手抹了一把眼泪：“这、这是我侄子……”

真是踏破铁鞋无觅处，得来全不费功夫。

宋余杭有些激动地道："您确定吗？您侄子也是死于二十年前的那场矿难？"

老人点了点头，看着这一屋子穿着制服的人，神色有些惊惶地拉住了宋余杭的手，用土话问："叶、叶娃子咋了？"

几个人对视一眼，宋余杭安抚她道："没事，我们例行询问而已。那您这几年既没什么亲人，收入也少，您这日子怎么过啊？"

说到这里，老人脸上才露出一丝欣慰来："政府有低保，种的庄稼也够吃啦，况且……侄媳妇隔三岔五地也会寄东西到镇上的邮局……"

宋余杭摸了摸这床上的被子："这也是她寄的？"

老人点了点头，"啊"了两声。

"既然余新叶有老婆，为什么户籍上没写啊？"林厌敏锐地抓到了一个疑点。

老人面色有些赧然起来："他们结婚早，那时候农村不兴领证，都是办流水席。"

宋余杭指着那照片上剩余的两个男孩问她："那这两个人呢？"

老人看着那照片，神情露出了一丝怀念。

她儿子死得早，女儿也嫁得早，家里家外十几亩农田全靠这个侄子和她一起打理，每天都是起早贪黑，从早干到晚。

直到那两个知青来到了小河村。

那时候兴责任田，联产承包制，他们孤儿寡母的，自然没人愿意帮扶他们。

"姑，再翻一亩，咱们就可以回去休息了。"月上中天，余新叶擦了擦额上的汗，又是一铁锹挖了下去。

"哎！回去想吃啥，姑给你做。"

"忒麻烦，随便吃口面得了。"

两个人说着，对面的田坎上传来了嬉笑声。

几个本地人在欺负新来的知青。

"瞧这细皮嫩肉的，别是个姑娘吧？！"

"哎哟，你看、你看，还害羞！"

"滚！别碰我弟弟！"

随着男孩子凄厉的哭叫声，那时候还年轻的女人抄着镰刀就冲了出去："做啥哩？！活都干完了？！欺负人家城里人，不要脸！"

"哟，这不是老寡妇嘛。"几个年轻人悻悻地收回了手，余新叶也拿着铁锹跳上了田坎，拿毛巾擦了擦头上的汗。

“麻利地赶紧滚，不然我告诉村长了。”

“行，算你们厉害。”为首的地痞把拽着的年轻人狠狠地往地上一搡，又吐了几口唾沫，扬长而去。

“弟弟，弟弟，你没事吧？”

躺在地上的男孩子额头上青肿了一大块。他摇了摇头，看着那一老一少二话不说又回到了自己的田里干活。

“没事就起来吧，今天干不完明天又没口粮了。”大点儿的男孩子说着，把人扶了起来。

一直到日渐西沉，他们拖着疲惫的身子准备收工，走上田坎的时候，那头儿的人还在忙碌。

刚刚被打的那个年轻男孩子回头看了看，被年长的男孩子拉着往前走。

“走吧，走吧，回去睡觉了。”

男孩儿顿住脚步：“哥，我们去帮帮他们吧。”

“哎，你——”不等他回话，男孩儿已经拖着锄头跳了下去。

“姨，我来帮你们。”

就这样，两兄弟白天干自己的责任田，晚上偷偷帮他们干活。余新叶看见别人欺负他们也会出手相助，余姨见他们两个人都不会做饭，饿得面黄肌瘦，更是拿出为数不多的口粮，时常叫他们来家里吃饭。

一来二去，他们也和余新叶成了好兄弟，对两个年轻人来说，离家千万里，余新叶不仅是朋友，余姨更是亲人。

在那个年代里，陌生人之间的感情就是这么奇妙，有时候可能只是一句牵挂的话、一碗温热的粥、困难时伸出的援手，就足够构成两个城市的年轻人心里最大的温暖和挂念。

老人想到这里，有些感慨，悄悄地湿润了眼眶：“他们、他们都是叶、叶娃的朋友……三个人好得能穿同一条裤衩。”

宋余杭点头，扯了纸笔过来递给老人：“婆婆，您会写字吗？”

老人点了点头：“会、会一点儿。”

“麻烦您把您侄媳妇的名字、余新叶的两个朋友的名字都写下来我们认认。”

老人有些局促不安起来：“这、这是什么意思？”

林厌欲言又止，宋余杭率先开了口，撒的却是善意的谎言：“没事，我们是县上户籍科的人，做人口普查，顺便了解一下当年知青上山下乡的事迹做宣传。”

老人听不太懂，只觉得做宣传是好事，便拿了笔一笔一画地写起来。

林厌用眼神示意宋余杭：张嘴说瞎话，你的良心不会痛吗？

宋余杭苦笑：那不然呢，告诉她她的侄媳妇、侄子的好朋友有可能牵扯进了一桩连环杀人案里？

老人不当场心肌梗死才怪。

等老人写好，几个人拿过来一看，老人的字迹歪歪扭扭，他们勉强认了好久才看清。

宋余杭：“侄媳妇叫魏凤珍对吗？”

老人“啊”“啊”地点着头。

宋余杭指着左边的男孩子：“哥哥叫……”

她的瞳孔猛地一缩：“李海。弟弟叫……李洋？！”

第57章　重逢

空地上，卫星电话已经架了起来。

郑成睿捣鼓了一阵，过来叫宋余杭："宋队，好了。"

宋余杭跑出屋子，拿起步话机把天线拉出来，一个电话直接拨到了江城市局的作训室。

郑成睿敲着电脑做着实时通信记录。

作训室的大屏幕上的蓝点一闪一闪的，张金海正来回踱步，接线员叫了起来："张队，宋队他们有消息了。"

张金海一个箭步就冲了过去："宋队啊，你们已经失联一天一夜了，再没点儿消息咱们都要派救援队去搜山了。"

宋余杭神色严肃地道："出了点儿事故，我们被困在山里了，恰逢大雨，随身携带的电子设备都进水失灵了，今天刚修好。"

闲话不多说，她直接切入主题："北斗工业园区的抓捕行动怎么样了？"

张金海揉了一下眉心："打草惊蛇，失败了。"

宋余杭心想，果然如此。

"没关系，如果这么容易就能抓到他的话，那他也就不是'白鲸'了……"

张金海怔了怔，却听她的语气凌厉，是之前从未有过的。

“张队，我们被耍了这么久，也该收网了。”

“你的意思是……”张金海的大脑暂时有些跟不上她的节奏。

宋余杭继续道：“我们在这边得到了一些线索，余新叶当年在小河村的时候还有一段事实婚姻关系，女人名叫魏凤珍，曾为余产下一女。矿难发生后其妻女不知所终，我怀疑她早已改名换姓离开了庆安县。你们去查一下江北织造厂，看看近期有没有人向五里镇上的邮局寄过棉被。这地方偏，应该很好找才对，找到那个人带回来好好审。另外，查一下李海和李洋这两个人，如果不出我所料的话，他们之中一定有一个人就是凶手。”

电话挂断之后没多久，数辆警车开出了江城市局，一路风驰电掣地赶往了目的地。

宋余杭也准备下山了，林厌在屋里收拾东西，把机械棍装进包里，手在背包内侧摸了摸，取出了一个拇指大小的读卡器。

宋余杭走进来敲门，问道：“林厌，好了吗？”

林厌犹豫了一下，还是把读卡器递给了宋余杭：“给。”

宋余杭奇怪地道：“这是什么？”

林厌把包背上肩头：“罪证。”

宋余杭瞳孔一缩：“你……”

林厌苦笑了一下：“那天我去得比你们早，在李斌的房间里装了微型摄像头，本来是想监视他录下他的笔录，却意外地拍下了自己对李斌……”

她顿了一下，才道：“施暴的过程，怪我自己太盲目自信了，没能保护好他。”

宋余杭捏着薄薄的一张内存卡，神色难辨：“你明明可以销毁它当作什么事都没有发生过，为什么不……”

林厌摇头：“一人做事一人当，没有我做错了事却要把你拉下水的道理，李斌的死总要有人承担责任，这个人不该是你。”

宋余杭捏着读卡器感觉好似捏了一块烫手山芋，拿也不是放也不是。

林厌走上前轻轻拍了拍她的肩膀，嘴角挑起一丝轻快的笑容。

“反正我已经把罪证给你了，怎么处理就是你的事了。”

宋余杭回过身来：“有没有可能拍到凶手的脸？”

林厌脚步一顿，脸上笑容一僵：“不知道，我还没来得及看。”

宋余杭小心翼翼地把读卡器揣进上衣兜里，将扣子系好，这才抬眸看她：“这是凶手的罪证，不是你的，林厌，我信你。”

林厌怔了怔，没说话，推开门大踏步地走了出去。

宋余杭抬脚跟上。

老人听说他们要走，从后山上又挖了一大袋红薯下来，连拖带拽地塞到了林厌的手里。

林厌推辞着："不要，您自己留着吃吧……"

老人急了，微微红了眼眶，嘴里念念有词。

宋余杭走过去把那袋红薯提起来扛在肩上，安抚着老人。

林厌瞥她一眼，凉凉地道："三大纪律，八项注意，不拿群众的一针一线啊，宋警官。"

宋余杭把兜里仅剩的二百块钱掏给了老人："我这不是拿，是买。"

林厌翻了个白眼，走远了。

宋余杭背着个蛇皮口袋，冲老人挥了挥手，转身离去。

等他们走出竹林，回头一看，老人还站在屋前踮着脚冲他们挥手。

林厌被这个场景狠狠地刺了一下，扭头就走，宋余杭跟上她，两个人落在后面。

"下次再见还不知道是什么时候，怎么不去打个招呼啊？"

林厌拨开拂面的树枝，跳下了土坡："没必要，反正也只是萍水相逢。"

宋余杭拖着那一大袋红薯下坡，还有些艰难，扶着树一步一挪，有些气喘。

"正因为是萍水相逢，所以才越发显得弥足珍贵啊。"

林厌走在前面，脚步顿了一下，没回头："真正珍贵的不是相遇。"

"那是什么？"

"久别重逢。"

有多少人这辈子就只能遇见一次？

星辰轮转，四季更迭，昼夜交替，这个地球有5.1亿平方公里，光是中国就有十四亿人口。

有统计学家做过两个人相遇的概率运算，如果一个人能活到八十岁，一生中大概有29200天，平均每天可以遇到1000个人左右，那么两个人相遇的概率为0.00487。

而两个人要重逢呢，大概就是彗星撞地球的概率了。

自从十八岁之后，林厌许的每一个生日愿望都和重逢有关，虽然她知道这不可能，但不止一次地期待过世界末日到来，时光倒流，回到和初南相遇的那一天，说一句："嘿，初南，好久不见。"

也许是随着侦查逐渐深入，她遇到了前所未有的危险和阻力，也越来越容易想起初南，想起从前的那些事。

林厌正在走神的时候，却听见耳边传来了宋余杭的惊呼：“小心！”

林厌站在下一个土坡上，宋余杭拎着蛇皮袋子没站稳迅速滑了下来。

宋余杭让她躲，她却想也未想地冲了上去，用身体做了宋余杭和山石树木之间的缓冲带。

林厌被撞到了松树上，预想中的疼痛却并未随之而来，宋余杭把手垫在了她的身后。

“你……”林厌说不出话来。

宋余杭却又像往常那样笑了笑。她不常笑，笑容也是淡淡的，像秋日午后的太阳，不浓烈也不耀眼，却始终让人觉得温暖。

“你说得对，但我觉得，两个人能遇见已经很了不起了，正是因为不知道还会不会再相逢，所以每一次相遇都要像第一次一样用力地去拥抱生命、拥抱对方，尽力不让自己留下遗憾。”

她们正说着，底下的队员轻轻叫了一声。宋余杭松开林厌，把话中之意留给林厌细尝。

林厌靠在树上，耳边是队友们叽叽喳喳的声音。

她抬眸望向虚空，一行飞雁掠过树梢飞向了南方。

遗憾吗……

她如今对初南的死念念不忘、耿耿于怀的原因，除了想查明真相之外，究竟有没有遗憾的原因呢？

她想，是有的。为了那些年没来得及说出口的话、没来得及和初南一起做的事，她悔恨了十四年，那是人生中最美好的十四年。

如今……

林厌将目光落到了宋余杭身上。

宋余杭穿着一袭黑色作训服，没戴帽子，头发有些凌乱地别在耳后，正吃力地拎着一大袋红薯下山。

宋余杭没有催促她，专心走着自己的路，却突然觉得手上一轻，回眸看去，林厌帮她拉住了红薯袋子的另一边。

“走吧。”

宋余杭嘴角泛起了柔和的笑容：“好。”

一行人到了山下，警车还停在路边，发动机泡了一夜水，需要紧急抢修。

宋余杭脱了外套，去水沟里洗了几个红薯抱回来，在衣服上擦了擦才递给林厌："给，生吃很甜的，你垫一垫，不然一会儿又要晕车。"

早上林厌就喝了一碗羊奶肯定是不够的。

林厌有些嫌弃地看着那山沟里的水："能吃吗？"

"纯天然山泉水怎么就不能吃了？"宋余杭怕林厌不信，自己先咬了一口做示范，"喏，很甜，又脆，还止渴。"

林厌将信将疑地接过红薯，却下不去嘴。

宋余杭看得忍俊不禁，又伸手将红薯拿了过来："得了啊，你还真的是大小姐的命，除了在验尸上不讲究，其他方面真的是讲究到令人发指。"

她一边数落林厌一边从兜里掏出了战术小刀给红薯削皮。

林厌站在旁边看她忙活："哎，这你可就说错了，我验尸的时候不讲究是因为全副武装，污染物都被隔绝在外，你让我徒手摸尸体我也是不干的。再说了，现在这是野生环境，水里有什么微生物、细菌什么的你看得出来吗？吃坏肚子事小，吃进寄生虫事大啊宋警官！"

宋余杭失笑，把削好皮的红薯递给林厌："得，就你事多，我就不应该跟一个法医探讨这些问题，影响食欲。"

"还有什么西红柿炒鸡蛋、大肠刀削面、绿豆苍蝇炖脑花、五香肋排骨，法医界四大名菜了解一下？"

林厌穷追不舍，说不赢宋余杭也要恶心死她。

一番话说得段城又想到了镜头下那些花花绿绿的画面，顿时面色发白，几欲作呕。

"宋队、宋队，你管管她好不好？还让不让人吃饭了……"

宋余杭耸肩："我管得了吗？"

林厌眉眼一弯，嘴角有了弧度，总算露出了几天以来发自内心的笑容。

"宋队，市局来电话了。"

郑成睿叫道。

宋余杭一个箭步就冲了过去，扒上车门，从里面扯出了步话机。

"喂，我是宋余杭。找到李海了？什么？！他已经死了？！"

修好的车飞驰在盘山公路上。

宋余杭从包里取出本子，正四下找着笔，林厌已经递了一支过去。

宋余杭头也没抬地道："谢谢。"

笔记本上记录着这次新获得的线索，宋余杭分门别类地写得很整齐，通俗易懂。

她一边写一边说，众人屏息静气地听着："李海从小河村返城之后，本也是医学院毕业，靠着家里的关系进了江城市医院工作……"

一提到江城市医院，林厌模模糊糊地想起了些什么。

那个黄昏，女人坐在沙发上拿纸巾揩着眼泪："老公去世得早，留下我们孤儿寡母，要不是儿子身患重病，我还得照顾他，起码也要将他养大成人吧，不然我早就跟他一起去了。"

"什么病？"

"尿毒症。"

仿佛一道闪电劈开了混沌，林厌脱口而出道："我知道魏凤珍是谁了！"

宋余杭也正好抬起头来："如果我猜得没错，李海现在的妻子卫丽红，就是从前余新叶的老婆魏凤珍。"

方辛也总算回过味来了，上次去江城市医院家属院的时候，他们还算对这位叫卫丽红的中年妇女有点儿印象，不过谁也没深想，因为当时作案目标锁定的是三十岁以上的中年男性，谁能想到一个独居单身带着孩子又瘦弱的女人，也会和一桩连环杀人案有扯不清的关系呢？

"那还愣着干吗？！赶紧先把人铐回局子里啊！"林厌急了，生怕刚找到的线索又断了。

宋余杭伸手揉着眉心，山路七拐八拐的，大家都被晃来晃去，可是她不能乱，必须时刻保持清晰的思维和理智的头脑。

"你刚才说，卫丽红的儿子患有什么病？"

"尿毒症。"林厌重复了一遍，"可是她儿子有病，这也不能成为不羁押她的理由吧？"

宋余杭摇头道："不，你还记得吗？老婆婆说过，当年魏凤珍为余新叶生了一个女儿，可是矿难后，她和女儿都消失了，如今身边的却是儿子，那……那个女儿呢？"

林厌想到这里莫名感觉有些毛骨悚然："是死了还是……"

"我们不要忘了，还有一个关键人物李洋，他也消失了。"

关键时刻，宋余杭的话总是能替大家拨开迷雾。

"我们做个假设，假如这个孩子当年没死，如今应该也二十岁了，而'白鲸案’中遇难的死者大部分和她年龄相仿，这是某种意外的巧合还是凶手设计好的环节？”

“他为什么这么设计？为什么不去伤害诱导更年轻的人，无论是从精神上还是肉体上来说，应该更容易得手。”

凶手以心理暗示杀人，看似天衣无缝，实则作案次数越多，留下的痕迹也就越多。

无论是一开始“何苗案”时黑衣人出现在现场，还是后来“吴威案”时从尸体里检测出来的γ-羟基丁酸，都在引导警方一步步接近真相。

宋余杭闭上眼睛，把自己带入那个情境：“我要是凶手的话，为什么要找青少年下手？为什么？为什么？……”

“青少年活泼有朝气，正是人体代谢最旺盛的时候，他们有着最强健的体魄，最新鲜的血液……最重要的是……和她年纪相仿！”

仿佛一语惊醒了梦中人，宋余杭霍地睁开眼睛，一把拉住了林厌的手：“尿毒症会遗传吗？！”

方辛是痕检员，也有生物学方面的基础，摇了摇头道：“不会吧，遗传的概率很小。”

几个人的目光“唰”地一下投向了林厌，都在等着她的权威解答。

林厌使劲揉着眉心，回忆着自己在国外看过的文献，把眉头掐出了一道红痕：“概率很小，但并不代表没有可能，能否遗传取决于病因，如果是先天性肾病导致的，如多囊肾、Alport综合征等，是有遗传的可能的。”

那个什么病宋余杭没听明白，不过懂了意思，一把抓起了步话机。

“喂，我是宋余杭，马上带人去卫丽红家里把他们母子保护起来，对，马上过去！”

她没有说出口的话是：再晚就来不及了。

第58章　橘子

警车打着转向灯，在繁华的街道上猛地拐了个弯变道，驶向了另一条路。

那正是去江城市医院家属院的必经之路。

男人推着轮椅在人行道上散步。

戴着帽子的人回过头来："不通知他们吗？"

出门在外，男人也戴了口罩和鸭舌帽，看起来就像是普通病患家属一样。

"怎么，你心软了？"

坐在轮椅上的人抓紧了扶手："我……"

"别忘了是谁抛弃你的。"男人推着他过斑马线，淡淡地道。

一旁在路口执勤的民警看他们一老一少还推着轮椅，赶紧跑过来帮他们把轮椅抬上台阶。

男人眼里露出一点儿真心实意的感激之意："谢谢。"

"不客气，有需要随时向我们求助哦。"

男人笑笑，推着轮椅远去，转身的那一刹那，眼神冷了下来，那笑就像浮在冰面上，没有一丝温度。

"这是她欠你的，欠新叶的，我让她多活了这么些年已经是恩赐了，现在到她该还债的时候了。"

他爱怜地摸了摸轮椅上的孩子的脑袋："再说了，没有她遮挡警方的视线，我们又怎么能这么容易得手呢？"

"好了，现在该去完成最后一件事了。"

卫丽红这几天一直有些心神不定，中午下了班后就匆匆赶回家给儿子做饭。

等水开的工夫，她把儿子从床上扶了起来替他擦洗着身子，十来岁的人因为病痛的折磨，胳膊腿又细又软，看上去竟像个七八岁的幼童。

她心一酸，背过身去抹了一把眼泪。儿子嘴角挂着憨憨的口水，见她哭了，一边拍手一边笑。

卫丽红无奈，又把人摁下来躺好，示意他别乱动。

正在这时，电话响了，她接起电话捂着听筒："喂？"

男人阴森可怕的笑声传了出来："魏凤珍……"

一听到这个名字，她几乎是下意识地发起抖来，全身起了一层鸡皮疙瘩。

然而，她看着病床上痴痴傻傻的儿子，勉强定了定神道："上次你不是说找到合适的肾源了吗？"

"是呀，可惜你没机会看到你儿子活蹦乱跳的那一天了呢。"

男人尖锐的声音透过听筒传出来，似乎无处不在。

女人心中那一丝不安的感觉越发强烈了，她猛地回头，有些气喘，环顾着自己的屋子："你、你是什么意思？"

"我的意思是……"

男人微微一笑，漫长的留白里门铃夹杂着敲门声响了起来。

"有人吗？警察，快开门。"

女人仓促地后退了几步，撞翻了椅子，而门外的敲门声停息了片刻，越发急促起来。

听筒里魔鬼般的声音还在继续："想让你儿子活吗？想吗？想的话你知道该怎么做。"

嘟嘟嘟——

电话断线，警察破门而入。

卫丽红主动伸出了双手："我自首。"

铁窗内，卫丽红戴着手铐耷拉着脑袋坐着。

张金海走进来，在主位上坐下，叫了她的原名："魏凤珍？"

对方点了一下头，眼神是黯淡无光的。

张金海打量着她：“你是李海的妻子？为什么改名？”

卫丽红舔了舔干裂的嘴唇，声音沙哑地道：“我和李海是私奔的，当年离开小河村到江城上户口的时候就改了。”

几个刑侦人员对视了一眼，其中一个推过去一张照片：“认识余新叶吗？”

黑白照上的余新叶还年轻，浓眉大眼，五官端正，算是个俊俏小伙。

卫丽红却仿佛被什么东西刺了一下，猛地往后一缩，低下了头，不敢再看照片。

“认、认识，他、他是我的前夫……”

这是典型的愧疚逃避心理，张金海在心想。

“当时你和余新叶新婚燕尔，你又刚为他产下一女，为何还要和李海私奔？”

卫丽红听了这话，脸色就变了。

1988 年深冬，小河村。

“弟，你看，县上的正式文件下来了，咱们这一批知青可以回家了！”李海捏着薄薄的一张纸满头大汗地跑到了李洋身边。

矿上中午歇工，李洋正坐着休息，手里捏了半块干面馒头，余新叶又给端了两碗凉水过来。

“哟，这不是好事嘛，你们可以回城里享福了！”

李洋就着凉水下馒头，拖长了声音懒懒地道：“回去享什么福？我爸又要整天逼着我去考医学院，没兴趣，我不想考，还不如在这儿挖煤来得轻松。”

“你说说你，怎么一点儿也不上心呢？这是好事！”李海趁余新叶不注意，偷偷拉了李洋一把。

“咱们这一批知青可只有两个名额，你给我抓紧点儿。”

“老余，吃饭啦！”女人站在矿场门口一叫，余新叶顿时像闻到腥味的猫一样跑了过去，一把把人抱了起来。

“你咋来啦？你不是在家里看小宝？”

“宝睡啦，我这不寻思着，怕你在矿上吃不饱，中午烧的饭还剩点儿，给你带了过来。行了、行了，这么多人看着呢，快把俺放下来！”

“就不放咋的？这是俺的媳妇，让他们看去吧！”

余新叶不仅不放，还把女人抱起来转了个圈。

穿着花布衣衫的女人羞得粉面通红。

李洋嘴里叼着根狗尾巴草靠在山石上：“余哥和嫂子的感情真好。哥，等你回去，爸是不是也该给你说亲了？”

李海的视线牢牢锁在那女人身上，李洋又叫了他好几声，他才回过神来。

“啊？怎么了？你刚才说啥？”

李洋把那狗尾巴草吐了出来，笑骂道：“哥，你想女人想疯了吧？！”

李海向来白皙的脸涨了个通红：“瞎说什么呢？！我告诉你，晚上下工了一起和我去公社报名，听见了没？！”

李洋扛起锄头走向矿洞，拖长了声音道：“知道了哥，真啰唆。”

李海摇摇头，拿李洋没办法。李海是家中长子，父母从小就对他寄予厚望，对李洋这个小儿子就有些疏于管教了，所以李洋才会这么大了还性格散漫。

即使上山下乡这么多年了，李洋依旧改不了这个死德行。

不过，李海一想到要回去……

李海又回头看了一眼那花布女人刚生过孩子的丰满身材，舔了舔唇，也下了矿洞。

到了晚上，噩耗传来。

魏凤珍正围着灶台做饭，刚刚满月的女儿躺在床上咿咿呀呀地喊着，魏凤珍哼着一首乡村小调烧着火。

同村的老汉跑了过来：“凤珍，快去看看吧，矿塌了！”

魏凤珍愣了愣，就要往外冲，鞋都跑掉一只，孩子哇哇大哭起来。

她又倒回来，把娃用布条一勒背在了身上，光着脚就往矿场跑去。

魏凤珍记忆里的冬天，从未那么冷过。

天空下着鹅毛大雪，她赤着脚走在凹凸不平的石子路上，脚下是半结成冰的路面。

现场一片狼藉，矿场的门都塌了，矿洞已经看不见顶了。

有村民自发前来救人，一具具尸体从石头堆底下被抬了出来。

她抱着孩子挨个儿问道：“看见新叶了吗？”

“没有，没有。”

村民摇摇头路过她身边，继续去挖下一个人。

魏凤珍就跑到放尸体的地方跪了下来，胆战心惊地掀开塑料布，底下的人已经被砸得面目全非了。

她“哇”一声吐了出来。

那天，她在矿场上一直待到深夜，摸了七八具遗体也没找到余新叶，直到县上的救援队和专家到来。

她抱着孩子在寒风里瑟瑟发抖，眼泪鼻涕刚一下来，就被风吹没了。

村民们纷纷劝她：“回去吧，回去吧，孩子要紧，新叶有消息的话，我们会通知你的。”

她浑浑噩噩间，始终觉得有人在自己耳边哭，等回过神来的时候，孩子已经没有哭的力气了，小脸被冻得煞白，浑身冰得像一坨冰。

她解了衣服，把女儿包进怀里，拖着鲜血淋漓的脚跌跌撞撞地往家走去。

听她说完，审讯室里的刑警沉默了一会儿道：“所以最后你和死里逃生的李海离开了小河村，那你刚满月的女儿呢？”

说到女儿，卫丽红摆了摆手，捂着唇哽咽着道：“养、养不活。”

那是矿难发生后的第三天。

1988 年，大旱，又逢暴雪深冬，田里颗粒无收。

余家没有了劳动力，家里却还有两张嘴要吃饭。

魏凤珍已经没有奶水喂孩子了。

余姨把家里仅剩的一点儿小米一股脑地给魏凤珍拿了过来。

“姨，这使不得、使不得……”

“命苦啊……”听闻余新叶出事，余姨一夜之间头发全白了，也是天天以泪洗面。

“姨家里的粮食也不多了，你和娃先凑合着吃，新叶已经不在了，你和娃娃再出事，叫我怎么活？”

老人抹着眼泪，和魏凤珍抱头痛哭。

灾后第四天，魏凤珍背着孩子走出家门，先去了矿上。

“还在挖，还在挖，不过我估计是没希望咯……”

施工人员这么告诉她。

魏凤珍临走的时候一个面善的、穿着大棉袄的警察叫住了她：“哎，这个给你，给孩子吃吧。”

她接过来，是当时很少见的半包饼干。魏凤珍感激地笑了一下，眼里渗出泪花来：“谢、谢谢你……恩人哪……”

说着她就要磕头，被人一把扶了起来。

“你是遇难者家属？”警察这么问道。

女人愣愣地点头，又摇头：“还没、没挖出来……”

警察点了一下头，呼出来的气变成了一团白雾：“这样啊，你男人叫啥名字？

我是法医，等出结果了我第一时间派人告诉你。”

“叫、叫余新叶。”

女人三步一回头地看着矿场，见那警察还站在风雪中冲她挥手，又转身抱着孩子鞠了个躬，这才恋恋不舍地离去。

第五天，上次余姨送的那一点儿小米也吃完了，孩子饿得嗷嗷直叫，魏凤珍只好挨家挨户地求人家施舍点儿剩菜剩饭，或者有生产过的妇女给点儿奶水也行。

“没有，真的没有，俺家也快揭不开锅了。”

“大家乡里乡亲的，要是有，肯定就给你了。”

“拿着这个赶紧走吧啊，去别的地方看看。”

一户人家扔了个硬邦邦的发霉馒头出来，魏凤珍还没来得及捡，就被路边觅食的野狗叼去了。

魏凤珍扑过去从狗嘴里夺食：“给我，给我，畜生，畜生！”

狗毛乱飞，她的手鲜血淋漓，也不知道她究竟是在骂谁。

她一边说，办案人员一边做着笔录。

张金海：“那后来呢，李海是怎么出来的？”

女人捂着脸哭了一会儿，谁也没催促她，一个女警递过去一张纸巾。

卫丽红擦了一下鼻涕，眼眶通红，脸上有些皱纹，但好看的女人就算老了、哭了也是好看的，风韵犹存。

她在刑警讯问的时候短暂地想起了自己的女儿，之所以是短暂地想起，因为她后来又有了一个儿子。

她付出大量时间、精力、金钱的，只有这个儿子，农村不也有一句老话嘛，养儿防老，嫁出去的女儿就是泼出去的水。

所以当李海跟她说，要她抛弃女儿跟他回城里过好日子的时候，她动摇了。

李海举着手指朝天发誓道：“凤珍，你信我，我一定会比新叶对你还好的。我们回城里见我父母，请他们为我们指婚，你会穿上大红嫁衣嫁给我，我们光明正大地举办婚礼，你再也不会吃苦受穷了……”

他说着，一把把她手里捏着的馊了的窝窝头扔了出去：“像这种东西别说吃了，我以后见都不会让你再见到它！”

后来她也曾追问过李海有关余新叶和李洋的下落，每次得到的都是语焉不详的回答。

七天后，到了知青该回城的日子，也到了她山穷水尽的时候，矿上还是一直没有消息传来。

李海从她的床上爬起来，系着裤带：“走吧，别犹豫了。”

十年后，李洋找到了她，她仍觉得那就像是一场梦，一个永远也醒不过来的噩梦。

李洋是来复仇的。

一想到这里，卫丽红不可避免地发起抖来。办案人员以为她害怕，安慰道：“你别怕，坦白从宽，抗拒从严，你现在说，将来上了法庭，只会对你有好处没坏处。”

卫丽红是真的害怕，只不过她不担心自己，担心的是自己的儿子。

她又想起了李洋跟她说过的话：“经验丰富的刑警什么看不出来？你别试图跟他们撒谎，知道就是知道，不知道就是不知道，这是最稳妥的答法。”

卫丽红老实地摇头：“我真的不知道他是怎么从矿场底下出来的。”

她确实不知道，如今知道这个秘密的，只有长眠于地下的余新叶和活得人不人、鬼不鬼的李洋了。

宋余杭和林厌在警车里远程监听着这场讯问。

卫丽红的话音刚落，宋余杭就皱了一下眉头。

林厌敏锐地捕捉到了她的动作：“怎么了？”

宋余杭摇头，继续听着讯问。

“这个号码，是你过世的前夫的吧？”

看着面前被抠出来的号卡，卫丽红点了点头。

“你每隔一个月就会通过这个号码联系小作坊的老板订购一批 γ-丁内酯送到北斗工业园区大门口的岗亭里，这是对账单，你还有什么好说的？”

卫丽红摇了摇头，脸色惨淡地道：“我没什么好说的。”

张金海拍了一下桌子：“十几条人命叫没什么好说的？！你弄这么多 γ-丁内酯干吗？从实招来！”

卫丽红这才抬眸看了他一眼，脸上的神情十分平淡：“做 γ-羟基丁酸，可以用来麻醉人的。”

“你一个农村妇女，谁教你的？”

“我老公是医生，看着看着我就会了。”

“这几个人的死，和你有没有关系？”

面前的桌子上一一摆出了几张照片，都是少男少女，十分年轻。

卫丽红看了一眼，又冷漠地收回了视线：“有，我先是在网上发帖吸引想自杀的人的视线，和他们聊熟之后，约他们在线下见面，给他们吃药，麻痹他们的神经，加深他们的抑郁倾向，最后让他们自杀。”

“作案动机呢？”

她稍稍动了一下身子，在审讯室昏暗的灯光下，那张脸变得有些阴森可怕。

“凭什么我儿子想活不能活，他们有手有脚、身体健康、家庭幸福美满却想死？既然他们想死，那我就成全他们好了。”

卫丽红身子前倾靠在桌子上笑到发抖，泪水溅了出来。

张金海从牙缝里蹦出了两个字：“疯子。”

宋余杭一把把耳机摘下来扔在座椅上，车停在加油站里加油，其余人也都下去活动着身子。

她把车窗玻璃拉开了一条缝，探出脑袋问段城：“还有多久到？”

段城看了一下表：“路况好的话，到江城市区估计还得两个多小时吧。”

宋余杭点了一下头，那边的审讯也暂时告一段落。

她这才有空回过头来看林厌：“在想什么？”

林厌靠在座椅上，脸色有些白，一直看着窗外。

听见宋余杭问话，林厌才回过神来：“想案子，我觉得卫丽红在撒谎。虽然表面看起来她的说辞天衣无缝，但深究的话其实逻辑不通。”

她似乎有些难受，轻轻地皱了一下眉头。

宋余杭也是这么觉得的：“就算 γ-羟基丁酸这事解释得通，那个程序可不是一般人做得出来的。”

末了，看林厌不舒服，宋余杭又把窗户开大了一些：“晕车难受吗？你等等——”

宋余杭四下张望着，似在找什么东西，透过车窗看见外面的山路上有村民卖橘子，顿时兴奋地跳下了车。

林厌已来不及阻止：“哎——”

果不其然，宋余杭身上的钱都给李斌和老人了，还是跟方辛借的钱去买橘子。

林厌摇头，从自己的背包里翻出口香糖瓶子，倒出两粒塞进嘴里嚼着。

宋余杭回来的时候，林厌已经就着矿泉水将其咽了下去，口香糖瓶子还拿在手里来不及塞进包里。

林厌冲宋余杭晃了晃：“来两粒？”

宋余杭怔了怔，将口香糖瓶子拿了过来。

林厌又劈手将瓶子夺了回来："谁要给你了，想得……嗯……"

橘子酸甜的汁水在唇齿间漫延开，恰好中和了苦涩的药味。

林厌一怔，宋余杭又剥了一瓣橘子给她："小气，随身带糖还护得死死的，你是小孩吗？"

嘴里塞着橘子，林厌不想跟她说话，将橘子咽下去了才开口："童心未泯，你有意见？"

"不敢不敢。"宋余杭学乖了，不跟她正面对上。

第 59 章　试验

众人回来后，车辆继续行进。

过了片刻，前面的郑成睿把步话机递了过来："宋队，张队找。"

"她咬死了所有事情就是她一个人干的，不管我们怎么问都坚决不松口。"

现代审讯早就不兴严刑逼供那一套了，无处不在的监控录像不光是为了监视犯罪嫌疑人的一举一动，也是在时刻提醒刑警们以身作则不能越雷池一步。

张金海在审讯室外来回踱着步。

宋余杭听他说完，也皱了一下眉头："她儿子呢？"

"送去市医院保护起来了。"

"多派几个人，二十四小时不间断地巡逻，一定不能让人有可乘之机。"

张金海很快吩咐下去，又是一队刑警带枪赶去了医院。

宋余杭琢磨了一下道："这样吧，我来审，麻烦张队戴耳机进去，我说一句您说一句。"

一个月之期在即，破不了案子他们都压力山大。

张金海很快就抛弃了那点儿成见："行，你是审讯老手，试试吧。"

在"丁雪案"中林厌是见识过宋余杭审犯人的架势的，知道此人不光能灵活运用微表情、心理学，还惯会攻心为上，一步步击溃对方的心理防线。

就是自己这样经验丰富、极具反侦查意识的人遇上宋余杭也得掂量掂量。

“哟，宋警官终于忍不住要亲自下场了。”

宋余杭把耳机递给林厌一只：“要不要旁听？”

林厌一把将耳机夺过来戴上：“那必须的，开始吧。”

宋余杭听见那边传来了铁门打开又落锁的声音，然后张金海又坐了下来。

“魏凤珍，既然余新叶都已经死了这么多年了，你还用着他从前的号码，说明你并不是一个无情无义的女人。你是一位母亲，为母则刚，我有理由相信你会为了保护孩子而做些什么，却不相信你会为了孩子去杀人，因为死的那些孩子也有家庭、父母。你已经抛弃过一个女儿了，那种撕心裂肺的痛苦，我想你应该能体会。人和动物的区别就在于人有趋利避害的本能，也有共情的天赋，你已经遭受过这种痛苦，又怎么忍心再将其加诸他人？我们全体警方对你的遭遇深表同情，但法律是公平正义的，不会放过一个坏人，也不会让一个原本清白正直的人蒙受不白之冤。你想清楚，你儿子还小，你要是真的担下这罪名，搞不好就会在监狱里蹉跎一生，或者……”

宋余杭顿了一下，才又道：“再也见不到你儿子了。人活着，可以求生，就不要求死。”

张金海接着她的话说：“你还有什么顾虑，说出来看看我们能不能帮到你。你要相信我们警方，这个世界上没有人能比警察更希望真理及正义得到伸张。”

这番话要是面对面说，估计林厌早就被感动得五体投地了。她一边在心底唾弃此人的善良天真，一边又不免因宋余杭的这番话感到心怀激荡。

宋余杭就是这样的人，无论是说话、做事还是做人，天生带着一股令人信服的力量。

张金海把宋余杭的语气学了个七八分像，不过这样也足够了。

对面的卫丽红已经从哽咽变成泣不成声：“不，我没有……那些人就是我害的，都是我害的……”

宋余杭丢出了一记重磅炸弹。

“你在害怕什么？害怕有人威胁你儿子的生命安全吗？”

“你放心。”张金海说着，从下属的手里拿过平板电脑递过去，“你儿子在医院里很安全，你可以看看他。”

医院监控实时传输回来的录像上，病房门口站了两个荷枪实弹的警察，病床边也坐了一个，医护人员正在替孩子擦洗身体，又给他换了新的尿袋。

“市中心医院是和我们警方有合作的医院，你儿子在那里很安全，我们会二十四小时地保护他，医护人员也会全天候地照料他。”

卫丽红抚摸着屏幕上她儿子苍白的侧脸，眼泪大颗大颗地砸了下来。

宋余杭接着说：“他最新的检查报告出来了，尿毒症终末期，每周至少要做三次透析，你不仅要照顾他，还要承担经济上的压力，试想一下，如果你丈夫李海还在的话，你们的日子应该不会这么拮据。”

“那么，告诉我，李海是怎么死的？是那个人杀了他，还是你们一起杀了他？”

“不！！！”

听着耳机里传来女人声嘶力竭的哭号，林厌稍稍将耳机拿远了点儿，压低了声音道：“你怎么知道李海是他们杀的？”

宋余杭比了个口型：“猜的。”

前方经过最后一个收费站车子就将下高速了，离江城市越近，一行人就越紧张。

这种氛围也间接影响到了林厌，她揉了揉眉心，深吸了一口气，看着前方江城市区的路牌越来越近。

她深知，犯罪嫌疑人目前还没有露出头尾，就藏匿在江城市区里的某个犄角旮旯里。

敌在暗，他们在明，不知为何，林厌总感觉有一丝不安感萦绕在心头。

她摇了摇头，努力把这种感觉甩出去。

越是这种情况，宋余杭越是镇定。她安静地等着对方吼完，在即将倒地的骆驼上压了最后一根稻草：“我猜猜吧，你和李海婚后并不幸福，首先是他父母并不能接受出身农村的你，但拗不过儿子的意愿，你们还是结婚了。婚后新鲜感很快就过去了，李海开始夜不归宿，在外面寻欢作乐，在你有了孩子之后变本加厉，只是碍着面子没有与你离婚。你心如死灰，把全部的爱都给了孩子，可是好景不长，儿子生病了，送去医院检查，患先天性肾病吧？李海不仅不想着掏钱为孩子看病，还着手准备离婚。就在这时，那个人出现了。他已变得面目全非，是回来找你报仇的，可是没有杀你，反倒是你们一起杀了李海。”

张金海身子微微前倾，牢牢盯着卫丽红的每一个表情。

卫丽红的脸上布满了泪水，她拼命地摇着头，戴着手铐，全身都在抖：“不、不、不……我没有杀他……没有……没有！！！”

宋余杭骤然提高了声音：“案发现场在哪儿？！你们是怎么杀他的？！”

卫丽红崩溃了，呜呜地哭了起来，把头埋进了掌心里：“不、不是……我不是故意的……不是……”

宋余杭决定再下最后一剂猛药：“你坦白交代算是戴罪立功，你儿子后续的治疗费用政府会承担一大部分，这也算是仁至义尽了。”

卫丽红哭得上气不接下气：“我说、我说……我都说，只要你们好好保护我的儿子……”

这还是白灵第一次来他的家。

隐在郊区工业园垃圾堆旁边的民房里，男人取下了挂在门上的大锁，有点儿像是锁仓库的那种又大又结实的铁锁。

黑暗随之而来，白灵有些害怕了。

男人伸手进去拉了一下油腻的灯绳，整个屋子豁然变得明亮，竟然被分为上下两层。

“进去吧，她和你年纪差不多大，你应该会喜欢她的。”

这个“她”是谁？

白灵这些日子总是有些浑浑噩噩的，手腕上有被刀划出来的伤口，那是她自己弄的。

不过还好，大叔又一次救了她。

很快白灵就见到了他口中的她。

这似乎是一个废弃的仓库，门口堆放着杂物，洗漱池在旁边，散发出了一股消毒水的气味。

她再往里走，坐在轮椅上的人转了过来，戴着绒线帽，皮肤很白，脸上有很多因为肾病代谢不畅沉积出来的斑点。

那双眼波澜不惊，整个人罩在一袭黑衣里，看起来分外瘦弱。

白灵好奇地睁大了眼睛看着她，女孩子却一下子又转过了身子，操控着轮椅挪到了电脑面前，继续打字。

男人笑了笑道：“她不太爱说话，你们玩，我出去一下。”

他说罢，走到了轮椅上坐着的人旁边，假装替她捡东西，实则低声道：“别让她活着离开这里。”

“那你呢？”女孩子终于舍得从电脑屏幕前回头来看他了。

男人意味深长地笑道：“我？当然是去找咱们的最后一位试验品了。”

江城市中心医院。

病房门口执勤的刑警已经站一下午了，把自己的手机交给了同伴。

“哎哟我不行了，去一趟厕所，你先帮我看一下。”

“行吧、行吧，快去快回，就你事多。”

同事笑骂，仍是挥手让他去了。

他刚跑进厕所没多久，走廊上出现一位推着车的清洁工往这边走来。

“站住，特护病房，未经允许不得进入。”刑警一把拦下了他。

中年男人戴着口罩，头上套着蓝色一次性手术帽，鬓角露出些斑白的发来，脚上也穿着鞋套，操着一口方言。

“不是赵医生让我过来的吗？说是这位病人拉床上了，让我过来换一下床单。”

赵医生？

刑警愣了一下，好像刚刚给里面的病人检查身体的时候是来过一位姓赵的医生。

他下意识地去看此人的证件，姓名、职务、医院钢戳齐全。

他让开了一条路：“行，进去吧，快点儿啊。”

“好，谢谢警察同志，警察同志辛苦了。”男人脸上露出憨厚的笑，推着车擦肩而过的时候，刑警却突然觉得哪里不对，那是一种面对危险的本能直觉。

他下意识地就把手放到了枪上，比他更快的，是对方的刀，直直地捅进了他的肚子，还狠狠地转了一圈，疼得他说不出话来。

男人握着刀柄又往深处扎了一些，刑警踉跄地退后几步，被人一把扶稳了。

屋里的刑警听见门口有动静，一个箭步就冲过去拉开门。

门外站着一位四十多岁的清洁工：“你好，我是来换床单的。”

屋里的消毒水气味掩盖了他身上浓重的血腥味。

刑警退后一步，让开门：“进来吧，奇怪，门口的那两个人呢？”

清洁工推着足以装下一个人的手推车往前走：“刚才看他们去上厕所了，我就直接敲门了。”

“去洗手间也该留一个人啊。”刑警嘀咕着，把枪放回了枪套里。

清洁工从自己的手推车里取出干净的床单：“兴许是尿急吧。”

刑警见他一个人有些忙不过来的样子：“我来帮你吧。”

“不用——”男人话音刚落，刑警已一把掀开了手推车上罩着的白布，顿时露出一个黝黑的脑袋。

他瞳孔一缩，还没来得及回过神来，男人已经抄着刀扑了上来。

他力大无比，死死卡着刑警的肩膀，直接一刀封喉，飞溅的血洒在了雪白的墙壁上。

男人舔了舔刀锋上新鲜的血液，满脸写着嗜血的疯狂与兴奋。

医院24楼的窗户被打开了，随着“砰”“啪”两声巨响，楼下的人群中响起了一阵尖叫。

男人把那个孩子从床上抱下来塞进车里，堵着他的嘴，又把那两位刑警的配枪别进了后腰里，把沾着血迹的外套也扔进了手推车里，大摇大摆地往外走去。

整个作案过程一气呵成，不超过五分钟。

因为上洗手间而逃过一劫的刑警跑回来看到房门大开着，就知道出事了，一个箭步冲进去，一股浓重的血腥味扑面而来，差点儿把他呛晕过去。

窗台上也沾了血迹，他趴过去往下一看，顿时目眦欲裂。

值班室铃声大作，接线员一下接起了电话：“喂，江城市公安局。”

对方话还未说完，他的脸色瞬间变得煞白。

张金海也紧急地从审讯室里被叫了出来，一死就死了两位刑警，凶手穷凶极恶到令人发指！

冯建国“啪”的一下一巴掌拍在了作训室里的桌子上，茶杯都跳了跳，一室的人噤若寒蝉，就连刚踏进来的张金海都缩着脖子不敢说话。

冯建国来回踱着步，似烦躁至极：“给宋余杭打电话，问问她到哪儿了，她就是个乌龟爬也该爬回来了吧！”

死的那两位兄弟都是她组里的人，宋余杭得到消息的时候怔了片刻，慢慢红了眼眶，把头靠在了前面的座位上。

林厌看着她张了张嘴，然后缓缓地抬起手，慢慢放上了她的后背，给予她无声的安慰。

他们已经进入市区，车水马龙，正是晚高峰时间，车子行进得很慢。

宋余杭倏地抬起头，眼里都是血丝，眼神在黄昏的光线下显得滚烫又炙热，喘着粗气，咬牙切齿道：“不能、不能再有人死了……我们得赶快找到那个小男孩以及下一位受害者。”

林厌怔了怔，被她点醒了：“那个小男孩也有尿毒症，他的肾源就不能再用了，那凶手抓走那个小男孩只是为了在进行肾移植之前练手？！”

她狠狠地啐了一口，也有些坐立不安起来：“他是疯子吧。既然他已经不怕暴露，敢光明正大地杀人了，说明已经到了破釜沉舟的时候，也就是说他找到合适的肾源了……”

宋余杭嘴里念念有词：“会是谁呢？会是谁呢？会是谁呢？……”

她一边说一边有些急躁地揉着眉心，得知战友牺牲的悲伤都被凶手即将杀人取肾的紧迫感冲淡了。

他们必须赶在凶手前面找到那个人。

郑成睿打开了电脑，整座城市的卫星地图跃然于眼前：“宋队，我们现在在南一环路，走北五路能避开车流。”

负责驾车的段城立马转了个弯。

林厌也在回想这个案子从开始到现在的所有线索。

“死者为青少年，女性居多，之所以没有被取肾是因为配型不符，那么我们是不是可以确认，受害者群体也为青少年？”

宋余杭点了点头：“没错，他们还有一个共同点，大部分和父母关系紧张，或者单亲留守家庭居多，这种家庭子女最容易受到忽视，进而给凶手犯罪制造机会。”

方辛不明白了：“那为什么？凶手看上谁直接抢就行了，还费那么大工夫去心理暗示他们？”

宋余杭微闭了一下眼睛，皱起了眉头：“或许是……凶手极端心理变态，享受这种把人玩弄于股掌间的快感，这种予我生杀的感觉，让他觉得很刺激、很舒服，在那个世界里他就是上帝，他说了算。即使配型不成功，他也要用一种自己以为‘善良’的方式送他们摆脱‘痛苦’，早登极乐。”

她又想起了卫丽红在接受讯问时的那句话：“既然他们想死，那我就成全他们好了。”

恐怕这句话也是出自凶手之口。

单亲、离异、留守……

林厌脑海里仿佛闪过一道光，她一把攥住了宋余杭的手腕，用力过猛到指尖都泛了白：“宋、宋余杭，我知道下一个受害者是谁了。”

第60章　遗体

家境贫寒、单亲家庭、一个大叔介绍她来的……

林厌一想到这里，只觉得白灵完美地符合凶手的狩猎目标，顿时心都狠狠地揪了起来。

宋余杭一把抓住她的手，用力攥了攥："没事、没事，会没事的。"

林厌强迫自己冷静下来，宋余杭已一把从郑成睿那里扯来了地图，铺在膝盖上。

"你刚才说，你第一次见白灵的时候，是在哪儿？"

"格林大厦旁边的巷子里。"林厌伸手指了一下，脸色有些发白。

宋余杭用笔圈了起来。

"她白天上学，夜晚在米兰酒吧工作。"

宋余杭在附近分别圈出了一所学校和酒吧，把这两点连接起来画了一条垂直平分线，然后把这三条线分别延长并相交，确定出了圆心，然后大笔一圈一把抓起了步话机。

"以西城区北部巷为圆心，辐射半径五公里搜索白灵的家，年纪为十五岁女孩，身材瘦弱，个子不高，一米六左右，单亲，高档住宅区可以排除，重点搜索城中村，明白吗？！"

“明白！”耳机里传来了铿锵有力的回答，段城也打着转向灯飞快地驶向了另一条路。

半个小时后。

他们是第一个到达现场的。

民房门口挂着锁，技术人员还没到，宋余杭是直接踹开门的，漫天灰尘里林厌头一个扎了进去。

她跑了两步，却又猛地顿住了脚步，看着屋内溅落的斑斑血迹，难得在这种时候还保持着一丝专业人员的冷静：“都别动，戴手套和鞋套！”

宋余杭把勘查箱给她拎了进来，林厌趴在地上埋头拿着放大镜检查着沙发旁边滴落的血迹。

寻常人看来这些血迹可能没有用，但对法医来说，这些都是异常珍贵的线索。

即使心急如焚，林厌还是耐着性子认真推敲起来：“滴落状血迹，边缘毛刺完整，说明事故发生时，白灵处于完全静止的状态……”

她把放大镜沿着沙发脚推上去，在沙发布上也发现了长条状的滴落血迹。

“她很有可能是……”

林厌脑海中慢慢浮现白灵躺在沙发上一边割腕一边哭的模样，顿时咬紧了下唇。

方辛检查着茶几上的那把水果刀，反复刷着碳粉，猛地叫了起来：“宋队，刀柄上只有一个人的指纹！”

宋余杭把手里的黑白遗像又放回了供桌上，看来在他们不在的这段时间里，白灵的生活发生了翻天覆地的变化。

供桌前的香还燃着，青烟袅袅。

她大手一挥，带头冲了出去。

“看来他们离开不久，追！”

后续增援部队也到了，宋余杭将白灵的贴身衣物放在警犬的鼻子底下让它嗅了嗅，拍了拍它的背，高大威猛的狼犬顿时抖擞精神，狂吠起来。

一行人火速上车出发，警灯闪烁着，警笛盘旋在这座城市的上空。

乌云笼罩了下来，山雨欲来风满楼。

江城市局。

“你好，我们是每日新闻台的……”

“你好，我们是惠民报的……”

“请问前段日子闹得沸沸扬扬的青少年陆续自杀案是有幕后主使吗？”

“听说今日上午在江城市中心医院死了两位刑警，是真的吗？”

偌大的市公安局门口被堵得水泄不通。

“各位少安毋躁，案件正在侦破中，无可奉告，但一旦结案我们会立刻召开新闻发布会，给死者、死者家属、社会大众、媒体记者一个圆满的交代。”

发言人在镜头前深深鞠了一躬。

冯建国在作训室里负着手走来走去，面前的大屏幕上出现了各小组实时追捕的画面，技术人员都在忙碌。

他的眉头几乎皱成了一个“川”字，小刑警送到手边的茶杯他也没接，挥挥手让小刑警走开了，又走回大屏幕面前，抓起了步话机。

“宋余杭。”他的语气前所未有地严肃。

宋余杭下意识地绷紧了身子：“是！”

“这是一场硬仗，对方虽然只有一个人，但其胆识、心智、反侦查意识、格斗经验不比训练有素的刑警弱，而且……”

他顿了一下，继续道：“上午牺牲的那两位兄弟，配枪丢了，也就是说他手里现在不仅有人质，还有火力武器，随时有可能威胁本市任何一位市民的生命安全。宋余杭，江城市全体公安干警都是你坚实的后盾，同时，你也将为守护整个江城市的平安而担起责任，这个担子不轻，你做好准备了吗？”

冯建国这人哪里都好，就是有一点跟赵厅学得不好，行动前老爱给人灌“鸡汤”。

宋余杭答得波澜不惊：“从警第一天起，我就做好了随时奉献、随时牺牲的准备，现在我请求，您赋予我现场最高指挥权，我必将凶手捉拿归案，绳之以法。”

后两个词她说得有点儿咬牙切齿，想到那两位死去的弟兄、那么多死去的孩子以及下落不明生死未卜的白灵……

只觉得胸腔里有一团激烈的火在燃烧。

“好！”冯建国猛地提高了声音道，“我不光给你指挥权，还给你优先射杀犯罪嫌疑人的权力，只要他暴力拒捕或者有伤害人质的行为，直接开枪射杀，不必跟上级报告，这个责任，我来担！”

宋余杭听得心怀激荡，要不是坐着，她能直接站起来敬个礼。

冯建国接着道：“特警已经全体待命了，接下来，就等你的好消息了。”

好消息他没有等到，等来的却是噩耗。

警犬站在码头上狂吠个不停，作业人员从海平面上捞回了一具尸体。

“涨潮了，要不是这女孩子的衣服被鱼钩钩住了，说不定早就……”

林厌“唰”地一下拉开车门跳下车，宋余杭紧随其后，一把拽住她的手腕，把人拉了回来。

林厌挣扎起来，宋余杭扶着她的肩膀，彼此的眼睛都是红的：“林厌，冷静，你要冷静！”

林厌咬牙切齿，眼里渗出一点儿水光来。她一把推开了宋余杭：“冷静？你要我怎么冷静？！白灵的尸体就躺在那儿，你要我怎么冷静？！”

海上的风逐渐大了起来，吹乱了她们的发。

林厌吼完之后就仰头逼着眼泪，背过身去抹了一把脸，径直冲向了海边。

“让开！”她大力搡开几个打捞人员，在白灵身边跪了下来，看着这张熟悉的脸，仿佛还能听见白灵在耳边叫“姐姐”。

“别、别打我……我见过她。姐姐，你没事吧？”

“怎么来米兰上班了？”

“反正我白天上学，晚上兼职，一个月下来就凑够学费了。”

“拿着，姐姐送你的礼物。”

她把银行卡塞进女孩儿的兜里的时候，女孩子脸上的那种惊慌失措，多么像年幼时的自己，因为得到了父亲偶然的一句夸奖或关心，而生怕自己配不上这表扬的那种受宠若惊的表情。

喜出望外背后是深深压抑于心底的自卑。

而林厌最后跟她说的话是什么呢？

“报答就不必了哈，姐姐不吃这一套。”

那一瞬间女孩子脸上浮现出来的难过和伤心深深刺痛了林厌的眼。

如果那一天自己给了白灵姓名和联系方式，也给了她最基本的尊重和信任，那么在她最绝望的时候，在她遇险的时候，她是不是也会有某个瞬间想起自己这个不是姐姐的“姐姐”？

那么有没有可能，她就不会死？

林厌似乎想把手放上去，看着白灵毫无血色的脸又缩了回来，咬着牙，挣扎着，肩膀剧烈抖动着。

宋余杭从背后追上来，在林厌旁边蹲了下来，把手放上她的后背，像她安慰自己一样安慰着她：“林厌，这不是你的错。”

林厌吸了一下鼻子，拂开宋余杭的手，那一瞬间宋余杭分明看见了她的眼角滑过晶莹的泪滴。

然而，这也只是一瞬间的事，林厌深吸一口气，打开勘查箱，拿出手套“唰”地一下戴上了：“让开，我们没有时间在这儿伤春悲秋了，去做你该做的事。”

林厌的情绪似乎总是游走在两个极端，不是特别激烈，就是特别冷静。

但宋余杭知道，其实奓毛、生气的那个人才是真正的她。

现在这个强迫自己冷静下来验尸的林厌其实内心早就压抑到了极点。

她的情绪就像紧绷的丝线，随时有断裂的可能。

有些时候宋余杭还是希望她能哭一哭的，可不是现在。

她们一个是技侦负责人，一个是现场最高指挥官，要是乱了，只会给凶手更多可乘之机。

所以即使她的内心也极度愤怒、极度悲伤、极度痛恨，但她也只是又拍了拍林厌的肩，站了起来，那双眼睛变得雪亮而锐利。

她说：“林厌，我会亲手毙了他，等案子结束，我陪你喝酒。”

林厌埋着头，没忍住，想笑却还是哽咽了一下。她用肩膀上干净的衣物迅速蹭掉眼泪，以免眼泪掉到尸体上污染尸源：“好，不醉不归。”

技侦的人抬着裹尸袋回到车上的时候，林厌回头看了一眼。

宋余杭也在看她。

狂风汹涌起来，带来海洋咸湿的气味。

林厌做了一个口型：小心。

宋余杭戴着半指战术手套，并拢两指轻轻挨上自己的脑袋点了两下又伸直手背，做了一个潇洒又帅气的手势，表示让林厌放心。

随后她猛地一翻手腕，眼神变得凌厉，示意全体出发，前往下一个目标点。

两辆车擦肩而过，奔向各自的战场。

解剖行动迫不及待。

现代刑侦中的所有技术手段都是在为锁定犯罪嫌疑人或者破案提供重大线索，在此案中也不例外。

林厌自学习法医学这门课程开始，就始终坚信罗卡交换定律，如同宋余杭相信“世界上没有所谓的完美犯罪”一样。

——他站过的所有角落、碰过的所有器物、留下的所有东西，不仅仅是他的指纹和脚印，他的头发、他衣服上的纤维、他碰碎的玻璃、他留下的工具、他刮去的涂料、他留下或采集的血液或唾液……即使他毫无意识，也会留下一个对抗他的沉默证人。

林厌在飞速解剖白灵的遗体的时候，脑海里甚至回想起了大一第一堂解剖课时老师曾说过的这段话。

她嘴里念念有词，只是自己毫无意识。

段城扛着机器，凑近一听却是："白灵，告诉我，告诉姐姐，告诉我你没有说完的话，告诉我那个人是谁……"

段城怔了怔，看着林厌微红的眼眶、堆在手术帽下凌乱的发，神色有些复杂起来："林法医……"

林厌已经拿剪刀剪开了尸体腹部缝合好的线，顿时一股血水夹杂着内脏碎片涌了出来，逼得段城生生后退了几步。

林厌将手撑在解剖台上，微微喘着粗气目眦欲裂："告诉宋余杭，我知道他是谁了，他不是余新叶，是李洋！"

"你真的要这么做吗？"

被问话的男人摇晃着高脚杯中猩红的液体，俯瞰着这座灯火通明的城市。

"对，我就是想看看，她能做到哪一步。"

"不怕我杀了她？"

"你要是有这个能力就去吧。"

男人转身就走，黑色袍子掠过他身边带起一阵浓重的血腥味。

男人皱了皱眉，似在厌恶，端起红酒一饮而尽。

楼下响起了警笛声。

解剖室里，段城拿着手机凑到了林厌的耳边，林厌手上动作没停，舀着腹水。

"对，两个肾都没了……"

宋余杭顿时被噎了一下，咬着牙道："为什么确定是李洋而不是余新叶？"

她之所以觉得凶手是余新叶而不是李洋，是因为李洋没有作案动机去杀李海，一来李海是李洋的亲哥哥，二来如果他是余新叶的话，好不容易死里逃生，媳妇却背叛了自己，还抛下年幼的女儿和人私奔了。

任何一个有血性的正常男人都难以容忍这种事，更何况是在矿难底下被埋了七八天的人。在那个黑暗、没有水和食物、封闭、随时有生命危险的境地里，即使人活着出来了也会留下创伤后应激障碍。

这也可能就是他变态杀人的诱因。

林厌听她说完，摇了摇头道：“你忘了吗？余姨说过，李海和李洋都是学医的，家里祖辈都是医生，李海考上了医学院，李洋却半途退学了，就这个切口和缝合方式，没点儿医学基础还真做不出来！”

宋余杭仿佛醍醐灌顶，“噌”地一下从旁边的人手里扯过地图，语速加快：“也就是说，他有一定的医学基础，也应该知道肾移植手术必须有完备的手术器械和无菌条件，那么他可能出现的地点就在……”

宋余杭拿笔在地图上画了一个圈。

“各大型医院都加强戒备了，他刚刚取了肾，为了保留器官的活性必须尽快进行移植，所以他的活动范围不会超过江城市。”

宋余杭将目光挪向了郊区，林厌听见她在那边喊：“全体都有，马上出发，目标郊区各私家医院、卫生院，要是嫌疑人暴力拒捕，可以就地击毙！”

林厌的嘴角浮起了一丝欣慰的笑意，但未等她高兴太久，她将手伸进胸腔里的时候就愣住了。

她似难以置信，拿解剖刀从上到下一字划开，用咬骨钳剪断肋骨，整个胸腔、腹腔暴露眼底。

段城扛着机器，生生被吓退了几步，撞翻了一旁的器械盘，指着解剖台脸色惨白，半晌说不出话来。

“内、内脏呢？”

死者的整个胸腔竟然被人掏空了，这场景阴森、诡谲又恐怖。

林厌咬紧了牙关，听见自己的牙齿“咯咯”作响，是战栗、颤抖、害怕，也是兴奋。

她那双眸子已经被仇恨染得血红。

她一字一顿、咬牙切齿地道：“是你……你回来了吗？”

第61章　黑暗

耳机里传来杂乱的电流声，宋余杭大声喊着林厌的名字。

林厌咬紧牙关，舌尖品尝到了一丝血腥味。她闭了几下眸子，长睫颤动着，宋余杭的声音由远及近地传来，把她从濒临崩溃的边缘拽了回来。

林厌这才感觉到掌心一阵钝痛，摊开一看，因为把解剖刀攥得太紧了，刀锋已经划破手套，猩红的血涌了出来。

段城一只手举着机器，一把从托盘里抄起纱布替她捂着伤口："林姐！"

职业暴露这种事可大可小，白灵还没来得及做各项检查，万一有什么血源性传染病，林厌就惨了！

宋余杭在那边听着他的惊呼，心都提到了嗓子眼里："林厌，你怎么了？！"

林厌回过神来，把脏掉的手套扔进医疗废物箱里，拂开段城，自己倒了半瓶碘伏上去消毒，又用纱布按压伤口止血，随即紧紧地包了起来："没事，不小心被解剖刀划了一下。"

宋余杭好不容易松一口气，闻言心又提了起来："剖完了吗？剖完了的话去医院做个检查。"

林厌苦笑，拿牙齿把纱布打了个结："没……我继续忙了。"

“好。”

林厌挂了电话，示意段城将手机拿走，又戴上了一双干净手套继续解剖。

另一位助理法医和她一起忙碌，啧了两声：“别说是林法医了，就连我也没见过这种案例呀，全身大部分脏器让人掏空了，能不害怕吗？我以前也不小心被解剖刀划过，看这小姑娘还年轻，应该没什么大问题，职业暴露不可怕，及早发现，及早治疗嘛。”

他这本是安慰之语，林厌却霍地抬起了头，那幽暗的眼神夹杂着森冷的恨意。

助理法医迎着她的目光，顿时觉得背心一凉。

林厌却又迅速低下了头继续干活，仿佛刚刚的画面只是他的一场幻觉。

谁说她没有见过？早在十四年前她刚成年的时候，就见识过这样的尸体了，也见识过凶手的残忍和丧尽天良。

从那一天起，她的世界就陷入了永恒的黑暗中，光明终将离她远去。

林厌的解剖速度向来很快，因此谁也没有留意到她的反常。

做完了前期大部分工作后，她像往常一样把缝合的活儿扔给了助理法医，自己脱了手套摘了帽子往外走去。

她没有跑去冲凉，而是拧开水龙头，把受伤的右手放在水下，已经过去半个多小时了，伤口还在往外渗血，淡红色的水流淌进了下水道里。

林厌捧起水狠狠地拍在脸上，反复几次，鬓发全湿了，水珠沿着下巴往下淌，胸前的衣服湿了一大片。

她撑在洗漱台上，看着镜中的自己，那双眼睛被泪水冲刷得越发雪亮。

她看着看着，只觉得镜中的人不像自己，像是被仇恨扭曲了面目的怪物。

她的眼里是和凶手如出一辙的狠厉、阴森、恐怖的光。

她一时不知道自己是在看凶手还是谁。

绷紧的丝线要断掉了，林厌微微喘着粗气。

直到手机轻轻振了一下，她拿出手机一看，是宋余杭的消息。

话不多说，对方仅仅发来了一个拥抱的表情。

林厌仿佛能听见宋余杭在耳边说：“你信我，林厌，你不是孤军奋战了。”

有那么一瞬间的冲动让林厌想把尸检结果和盘托出，可是她犹豫再三，还是忍住了，摁熄了屏幕，把手机攥进掌心里，死死抵着伤口。

林厌咬着牙，长睫颤动着，再睁开眼的时候做了一个艰难的决定。

对不起了，宋余杭，你信我，可我终究要负你。

她想要的真相只能自己去拿，同理，伤害初南的凶手也只能她来杀。

她不会给那个人渣走上审判席的机会的，绝对不会。

他、不、配。

林厌咀嚼着这几个字，只觉得满腔恨意即将冲出眼眶。她仰头把苦果吞咽了回去，又拍了拍脸，拿着手机往外走。

她压低了声音打电话道："喂，把宋余杭的位置发到我的手机上。"

人来人往乱成了一锅粥的市公安局里，谁也没留意到她已经悄悄地消失在了工作岗位上。

林厌翻过围墙，潇洒落地，把机车头盔往头上一戴，将搭扣系紧，长腿搭在地上，从兜里掏出手机夹在把手前面，点了两下屏幕，出现了一段地图，闪着光的点一直在移动。

她拧紧了油门，车子闪电般蹿了出去。

江城市公安系统，几百号人，再加上部分特警，分散成了数个小组，搜索着郊区的医院。

耳返里传来电流声："宋队，目标五已搜索，没有发现嫌疑人。"

宋余杭拿笔在地图上画了一下："好，前往下一个目标点。"

特警负责人跟在她身边，指挥车上的警灯一直亮着，随时准备出发。

"宋队，这样下去不行，郊区地方太大了，还是得更有针对性地进行搜索才是……"

宋余杭揉着眉心，来回踱步。

下一刻她猛地顿住了脚步，似想到什么，按下了通讯器，叫郑成睿过来："查一下李海当年是怎么死的。"

郑成睿点了点头，戴上耳机，指尖飞快地敲打着键盘，内网里的搜索结果显示为无。

"宋队，在内网里没有找到。"

他回头看了一眼宋余杭，对方略皱了一下眉头，接着道："当年李海的死不一定被定性为刑事案件，要查早就查了还能等到今天？凶手和卫丽红一定隐瞒了许多真相，把现场收拾得天衣无缝，查一查网上的花边新闻，奇闻异事什么的。"

郑成睿换了词条输进去，在等待的过程里微微咬住了手指，额上渗出了一层薄汗。

每个人都心急如焚。

他飞快地滑动着鼠标，然后眸中一亮：“有了！宋队，快来看是不是这个……”

宋余杭一个箭步就冲了过去。

这是一条名为“知名女网红与男友海边猎艳因太过兴奋窒息而死”的桃色新闻。

郑成睿滑着鼠标，前半部分的具体描写他们都没怎么看，目光只聚焦在后半部分的男女主身份上。

据说，女的是个网红，上过几档电视相亲节目，而男的是本地有名的一个医生，姓李。

他们出事的地点为江城市内的某一海滨沙滩浴场。

宋余杭霍地转身，将子弹上了膛：“全体都有，向十号目标点，海滨沙滩浴场出发！”

地图上的光点又动了。

林厌猛地踩下刹车，车轮在柏油马路上擦出了一条白线。她靠在路边，摘掉手套点着屏幕，规划出了最近的一条路线。

海滨沙滩浴场吗？

这还真是离汾阳码头不远呢。

林厌咬牙切齿起来，戴好手套，加足了马力，如离弦之箭般蹿了出去。

棕色的头发在空中飞舞着，她的整个身体紧绷起来。

她的上衣兜里贴身放了一张照片，林厌松开握把的左手，点了一下心口。

初南，保佑我能亲手杀了他替你报仇。

这是一座已经废弃的医院，静静孤立在海滨浴场旁边。

自从发生过命案后，浴场就荒废了，人迹罕至，杂草丛生。

夜幕降临下来，笼罩在两个人身上。

女孩子插着鼻饲管坐在床上，旁边连着心电监护仪，虽然是多年前的老设备了，但还是勉强能用。

男人摸了摸她长着青楂的脑袋：“怕不怕？”

女孩子摇头，在这么多年东躲西藏的日子里，她已经不知道怕是什么了。

就在不久前，她还亲手拿了一瓶含有大量 γ-羟基丁酸的饮料给那个名叫白灵的女孩子喝。

对方昏睡得很快，没什么痛苦地就被摘走了全身器官。

旁边的血液回收机里正源源不断地把新鲜血液回输进她的身体里。

她甚至有一种，自己即将飞起来的感觉。

男人看出了她的兴奋，又摸了摸她的脑袋："我知道你现在很激动，不过我们还需要去完成最后一件事。"

"什么？"女孩子抬眸，用天真无邪的大眼睛看着他。

"把跟着我们的小尾巴做掉。"

"这也是那个男人交给你的任务？"

女孩子反问，男人摇头，蹲下来拉住她的手道："不，这是为了你，我的公主，我可不想我们进行到一半的时候，有人来打扰我们。"

"那你呢？等做完手术，你是不是就……"

二十多年颠沛流离的生活已经让他这张原本俊俏的脸添了风霜和纹路。

男人笑了笑，表情冷酷中又有些沧桑的味道："是，我本来就是个死人，报完仇、报完恩，就该走了。"

女孩子揪紧了身下的被单，男人察觉到她的紧张，把补液速度调到了最大。

"好了，睡一觉吧，等你睡醒，我就回来了。"

林厌抄了最近的一条小路，直接从山路上凌空跃起冲出护栏，山石滚落，摩托车擦在陡峭的悬崖上，下面是低矮的渔村。

有村民受惊，纷纷四散逃开，眼看着摩托车即将砸在一户人家门口坐着乘凉的老人身上，林厌硬是在半空中抬起了车头，握住车把一个拧身，车子划出一道漂亮的抛物线，堪堪避过了人群，车胎在地上擦出白线，"嗡"的一声加速驶离。

她戴着头盔，余光瞥到后视镜里的那位老人一屁股瘫坐在地上。

下一刻，她就看见身后民房的二楼上反射出了一道白光。

危机来临的本能意识让她迅速往左拧了一下车把，右边的后视镜被紧随其后的子弹打爆了，碎片划过她的眼角。

林厌脸上一痛，温热的液体已经流了下来。

人群里爆发出一阵尖叫声。

子弹打在地上、砸在车身上迸出了金色的火花。

后轮"砰"的一声爆胎了，林厌踩下刹车，一个一百八十度的漂移转过身去的瞬间，从后腰拔出了枪，对着声音传来的那个方向扣下了扳机，丝毫不给对方喘息的机会。

机车已经失控，砸向了一旁的民房，把店门口的玻璃砸了个稀巴烂。

林厌从玻璃碴子里爬起来，腿上、脸上、手上都被割出了几条口子，所幸头盔护着脑袋，倒是没受致命伤。

她咬着牙还没站稳，黑暗中火光一闪而过，林厌猛地扑了出去，原地溅起了一片灰尘，地上留下了几个深深的弹坑。

这次她看见对方了。林厌背抵着地面，抬手就是一枪，对方闪进了墙角里，瓦片纷飞。

她迅速爬起来，拖着伤腿一瘸一拐地往前跑。在空旷的地方和人巷战不是个明智之举，她得赶紧找到遮挡物，不然就是活靶子。

身后传来了小孩子的哭声，林厌动作一僵。

“妈妈……妈妈……你在哪儿？”

男孩子稚嫩的嗓音在尘土硝烟里被无限放大。

她仓促间回头，就看见黑衣人冲她举起了枪，而男孩儿和她站在一条线上。

他还很小，七八岁的样子，站在黑暗里无助地哭着，应该是在刚刚的混乱里和家人走散了。

无论是黑衣人开枪也好，还是她开枪也罢，都有可能误伤这个孩子。

林厌瞳孔一缩，过人的目力已经让她看见黑衣人扣下了扳机。

那一刹那，她的身体动了，很奇怪，身体和灵魂似乎割裂开了。

理智告诉她不要管，赶紧找地方躲起来，可是身体已经扑向幼童。

林厌闭上眼睛，一把把人摁向怀里，扑向了地面。

预料之中的疼痛并不是来自身后，而是……

“喀喀……”林厌的嘴角呛出了血沫，她难以置信地看着男孩子手中的刀正插在自己的肩膀上。

男孩子嘻嘻一笑，往后退了一步，挣脱了她的怀抱。

“谢谢姐姐哦，姐姐真是个好心人呢，可是哥哥说了，好人不一定能有好报呢。”

林厌的视线开始模糊起来，她努力想要看清楚对方的脸，却是徒劳的。

她知道，男孩子的力气不大，刺的也不是要害，可致命的是，刀上抹了东西。

不然她不会这么快就手脚软得没有一丝力气，她捂着伤口咬着牙膝行了几步，血液循环加快了药物的挥发。

男孩子拍着手：“一、二、三。”

他的话音刚落，林厌“扑通”一声一头栽倒在了地上，手里还紧紧地攥着手机。

电话已经拨出去了，手机闪着亮光。

男孩子跑过去，踩着她的手腕，狠狠跺了几脚，才把手机取出来摁了挂断。

宋余杭的手机响了两声，她拿出手机一看，是林厌，刚想接通，对方又挂断了。

她犹豫了一下，还是回拨了过去。

未等她打通电话，前方队员传来消息：“宋队，我们到了。”

她只好把手机收进兜里，跟着队员一起跳下了车。

男人举着黑衣人的胳膊，刚刚射向林厌的那一枪打向了虚空。

两个人僵持不下，黑衣人的手腕被男人捏得隐隐作痛。

黑衣人咬牙切齿地道：“你究竟想要做什么？又要我杀她，又大老远地跑来救她。”

“我不是救她，我说了，我只是想玩一场游戏罢了，毕竟棋子死了，游戏就不好玩了不是吗？”

男人招招手，小男孩儿很听话地拿着手机跑到他身边嘟着嘴：“我还是下手太慢了，她已经把求救电话打出去了。”

“没关系，你做得很好。”男人脸上难得溢出一抹温柔的神色。

黑衣人看着他们互动，只觉得自己被冠上“疯子”的头衔实在是侮辱了这个词。

他虽然丧心病狂，却没到让一个七八岁的孩子去杀人的地步。

“好了，你该回去了。”男人松开黑衣人，那看似瘦弱的身体却蕴含了重若千钧的力量。

黑衣人的手腕被捏出了一圈红痕。

他甩了甩胳膊：“四个小时，帮我拖住警方四个小时。”

男人往躺在沙地上的林厌身上一瞥，嘴角含了笑意，摊了摊手：“这我可不敢保证，能拖多久取决于对方，不过嘛，我也很好奇就是了。”

第 62 章　赎金

深夜十点。

资产过亿的大型上市公司的老总也不是那么好当的，林又元还在会议室里和外企代表为了一个数千万的项目来回扯皮。

双方你来我往，唇枪舌剑，好不热闹。

对方来华半个多月了，吃喝拉撒全由景泰负责，动辄住五星级酒店，吃高级料理寿司，没事还泡个澡、打个高尔夫，景泰全体员工可谓尽心尽力。

岂料对方连 0.1% 的利润都不肯让，还要让他们预付初始资金。

林又元的眉头跳了跳，他抿了一口茶水润着嗓子，顺便把火气压下去。

就在这时，秘书敲了敲门，急匆匆地走了进来："林总……"

林又元一扬眉毛，压抑住怒火道："什么事？"

秘书看了看停下讨论的其他人，俯下身子，压低了声音在他耳边道："小姐她……"

他一个人坐在主位上，其他员工都坐得有些远。

秘书打开平板电脑，递到他眼前："五分钟前发到您的邮箱的。"

画面完全静音，林厌像条死狗一样被人拿铁链拴着四肢吊在半空中，就连脖子上都圈着拇指粗的链条，披头散发，浑身是血。

林又元从牙缝里蹦出了几个字："没、用、的、东、西。"

"林总，现在该怎么办？"秘书咽了咽口水，脸上有一抹惊惶的神色。

林又元端起茶杯抿了一口，像看了一张寻常报表一般把平板电脑递给了秘书。

"什么怎么办？别说一个亿，一个子儿都没有。"

外企代表里显然有会中文的人，听懂了这句话，有些坐立不安起来，这正中林又元下怀，林又元一挥手示意秘书退下，继续谈生意。

秘书走出门，越想越后怕，转来转去，眼看着时间一分一秒地流逝，离绑匪规定的交赎金的时间还有不到两个小时了。

秘书咬了咬牙，从兜里掏出手机，还是报了警："喂，江城市公安局吗？景泰集团报案……"

自从行动开始，冯建国就一直站在作训室的大屏幕面前，不吃不喝一整天了。

众人已经到医院楼下，宋余杭按下对讲机："一组、二组、三组，守好楼梯，随时准备火力支援。狙击手占领制高点。"

对面沙滩游乐场上的控制台里冒出了一个脑袋："狙击手已就位。"

"四组、五组、六组，交替前进，跟我一起以战术队形搜索。"

几个手持防暴盾的特警蹿了上来，宋余杭举着枪，靠着墙，头盔下的碎发全湿了。

一行人贴着墙根悄无声息地行进着。

外围的无人机把实时画面传输回了市局里，冯建国也替他们捏了一把汗。

"冯局，不好了！"有人冲进来喊道。

他没回头，下意识地就破口大骂："谁他妈不好了？！现在是行动的关键时刻，吉利话会不会说？！"

小警员抱着电脑一头扎了进来，慌慌张张的，礼都忘了敬："不、不是……林、林法医不好了！！！"

段城刚给冯建国倒茶水进来就看见小警员把电脑推到了冯局面前，咽了咽口水道："景泰集团刚才报案，林法医被绑架，绑匪索取高额赎金，这是绑匪发来的视频。"

画面被点开，作训室里的人不约而同地停下了手里的活。

单从背景无法判断出是在哪里，林厌也没有说一句话，不是她不想说，而是她根本说不出来。

林厌的脖子上被套着拇指粗的铁链，垂着头悬在半空中，肩上插着一把刀，也不知道是死是活。

光从这段视频来说，即使是像冯建国这样拥有几十年侦查经验的老刑警也没能看出什么线索。

邮件的最后，绑匪索要的赎金是一个亿！

冯建国来回踱着步，狠狠掐着眉心，又猛地转过身，一把抓起段城手中的茶杯就摔在了地上。

茶水飞溅，碎瓷遍地，其他人大气都不敢出一声。

冯建国喘着粗气："他可真是会挑时候，还一个亿，怎么不去抢银行呢？！"

抓捕行动进行到关键时刻，几乎整个江城市的干警力量都在前线，别说一个刑警队了，他现在连一个外勤小组都凑不出来！

张金海看着这段录像，好半天才找回自己的声音，结结巴巴地道："要、要不告诉宋队，让她抽调一部分人回来？"

冯建国负手来回踱着步，斩钉截铁地否定了他的建议："不行，不能让她分心，尚未确定这两起案子有关联，林厌的命是命，别人的也是，我们不能冒这个险。"

话是这么说，林又元今年已经六十多岁了，别看他娶得勤，不出意外是不可能再有孩子的了。

林厌作为林家唯一的继承人、景泰未来的CEO，她的这条命要值钱得多，不然秘书也不会火急火燎地跑来报案了。

"景泰的人来了吗？"

"来了，在会客室等着呢。"

"先封锁消息，这件事不能往外透露半个字，技术人员马上分析视频地点及对方的服务器，一定要快！"

姜还是老的辣。

冯建国戴上宽檐帽，大踏步往外走去："来了就好，我亲自问。"

冯建国走后，段城凑到了郑成睿身边："老郑，林法医……她、她……"

郑成睿敲着键盘，一脑门汗："解码不出来，背景是仓库的库房，一点儿参照物都没有，像这样的仓库，江城市得有成百上千个吧。"

段城也急了，走来走去，猛地趴上了他的肩膀："要不还是告诉宋队吧，我觉得她一定会有办法的。"

郑成睿看他一眼，把人摁了下来，压低声音道："你疯了？还想不想考公务员了？你没听见冯局怎么说吗？一个字都不能透露出去。"

段城被噎了一下："我……"

"可是……可是……"他急得像热锅上的蚂蚁，虽然林法医这个人毒舌还暴力，可是大家同事一场，每次看她解剖验尸自己都能学到不少东西，难道就这么看着她错过交赎金的时间而白白送死？

林家也真是的，坐拥亿万家财，却连区区一个亿都舍不得拿出来。

段城在这边干着急，冯建国却知道，这种事对林家来说，并不是第一次了。

他一进会客室看见来的是秘书而不是林又元本人，心里就"咯噔"了一下。

"请坐。"

他话音刚落，秘书就"噌"地一下站了起来，没等他开口，洋洋洒洒说了一长串。

"冯局您好，我是林董的秘书长，全权代表景泰集团前来处理此事。这一亿元我们实在是拿不出来，刚进行完本年度的第二轮融资……"

这番说辞，冯建国若干年前就听过了。

在作训室里大发雷霆的人，面对外人的时候却保持了一位市级公安局局长该有的威严。

冯建国没跟他废话："绑匪九点半发的邮件，你们十点十分才报的案？现在离交赎金还剩下不到一个半小时，你让我去哪儿给你找人？"

秘书不住拿手帕擦着额上的汗："惭愧，惭愧，林董在开会，实在是、实在是……只能拜托警察同志了。"

他话音未落，旁边的技术员的电脑屏幕亮了起来。

"冯局，绑匪又发来消息了。"

林又元看着画面里的林厌被折磨，被人拽着头发狠狠地摁进水里。她拼命挣扎着，铁链在地上拖得哗啦作响，肩膀上的伤又开始渗血，把原本清澈的水染成了淡红色。

她硬是咬着牙，一声没吭，又被人扯着头发揪了起来。抓着她的人从旁边抓了一把白色粉末撒在了她的伤口上。

秘书捂着眼睛，心惊肉跳地问："这、这是什么？"

很快他就知道了。

粗糙的白色颗粒深深地嵌进了肉里，被血水溶化开来，林厌疼得死去活来，再也忍耐不住，从喉咙深处发出了嘶吼声。

林又元一把把电脑关上，闭着眼睛，一个人坐在黑暗的会议室里，眉头轻轻跳动着。

男人喉咙里也发出了咆哮声，嗓音沙哑，一巴掌扇在了她的脸上。

林厌依旧没松口，死死咬着男人的胳膊，直到他摁着她的脑袋往墙上撞，一下又一下，“砰砰砰”的声音回荡在仓库里。

墙上很快留下了大片血迹，林厌倒下来的时候从男人的胳膊上生生地咬掉了一块肉。

男人疼得撕心裂肺，又狠狠地朝她的胸口踹了几脚，拽着她的头发往前走，拖过的地方留下了斑斑血迹。

“一千万，不能再多了。”林又元还是跟冯建国通了电话。

冯建国沉默了片刻后问道：“你就不怕绑匪真的撕票？”

“怕。”林又元直言不讳，“更怕人财两空，二十六年前的事我不想再次重演了，所以我只能给一千万，剩下的就全靠你们了。”

冯建国揉了揉眉心，站在窗边简直想破口大骂：“你们生意人总是希望把利益最大化，而将风险放到最小，别忘了林诚是怎么死的。”

林又元皮笑肉不笑地道：“一个林诚死了，还有林厌，林厌死了还有林舸，再不济我随便从孤儿院里领养一个孩子也可以姓林，但是景泰只有一个。我今天要是把这一亿给出去了，不少子公司就得破产，数万员工就得下岗。林厌可以死，景泰必须活。”

这是蝴蝶效应，林厌只是条导火索罢了，二轮融资刚过，青黄不接，又值经济萧条之际，市场寒冬，景泰放出去的资本一时半会儿都收不回来。

这一亿是真的伤筋动骨，他不能冒这个险，拿景泰当赌注。

“快点儿，快点儿啊，把IP地址破译出来，老郑，老郑！”

段城就差在旁边拿个大喇叭替郑成睿加油了。

郑成睿本来就胖，一着急上火更是满头大汗的，手滑得连鼠标都握不住，接连点了好几下都失败了。

他深吸了一口气，从头来过。

段城死死地盯着那个进度条，方辛也满眼焦急地看着电脑屏幕。

90%、93%、95%、99%……100%！

一行人屏住了呼吸——

短暂的静默之后，一行乱码飘在屏幕上。

郑成睿把眼镜扔在桌上，颓废地摇了摇头：“不行，境外的服务器，解析不出来。”

段城一拳砸在桌子上，眼眶都红了："那、那现在该怎么办啊？"

方辛松开咬着的手指，"噌"地一下站了起来："我们不能在这儿坐以待毙，得找找线索，看看林法医是怎么失踪的。"

"嗡——"贴着肉的手机振了一下，宋余杭没管，带头冲进了一间空房子，枪口的激光射线穿透了层层迷雾，来回扫射着。

她一扬手道："安全，没有发现目标，撤退。"

"嗡——"手机又振了一下。

宋余杭心里一紧，想到林厌刚刚挂掉的电话，脚步慢了一下，示意特警队长打头阵，自己把配枪背到背上，从裤兜里摸出了手机。

对方发来了两段视频，她点开一看，一下咬掉战术手套，一个电话就给冯局打了过去。

对方也一顿吼："我也焦头烂额了，你还来质问我？！林厌这么大个人，谁拦得住她？鬼知道她干吗去了！"

宋余杭压低了声音，深吸一口气道："离约定交赎金的时间还有多久？"

"一个小时。"

宋余杭忍不住低吼出声："那为什么不早点儿告诉我？！"

一行人纷纷回头看她，宋余杭摘了头盔取了护目镜夜视仪，拔掉耳朵上的通讯麦，掉头就往下跑。

"宋队、宋队……"其他人来拦她，冯建国听见了，破口大骂。

"宋余杭，你能有点儿出息吗？！你别忘了你给我立过的军令状！你要为了保护整个江城市承担起责任，现在呢？你为了一个林厌就要当逃兵吗？别忘了，你是现场最高指挥官，对得起你身上的警服吗？！"

宋余杭一把把额前的碎发捋上去，来回转了几步，又做了好几个深呼吸，强迫自己冷静："那林厌呢？林厌谁来保护？！她也有生命危险啊！"

冯建国顿了一下，才道："我们已经在前往交赎金的路上了。"

"绑匪要多少钱？"

"一亿。"

"林家呢？"

"只给了一千万。"

宋余杭几乎快把牙咬碎了："这不是扯淡吗？！"

"宋余杭，别说我不近人情，不给你机会，你可以回来救她，前提是，要么把犯罪嫌疑人绳之以法，要么脱了你的警服滚回来见义勇为，你自己选吧。”

挂掉电话之后，宋余杭沉默良久，其他人早就散开来继续搜寻整座医院，毕竟这边也是人命关天。

她将头抵在冰冷的墙壁上，又把那两段视频点开来看了一遍。

她知道林厌为什么会私自离队了，一定是因为在尸检过程中林厌发现了和初南案相似的疑点，也只有这个理由才足够让林厌不通知自己就一个人去找凶手。

“白鲸案”和“汾阳码头碎尸案”有相似点，也有很多不同点，但无论凶手是不是一个人，宋余杭想，都和现在要抓捕的凶手脱不了干系。

当务之急，他们找到凶手，也就离林厌不远了。

宋余杭把头盔戴上，迅速系好搭扣，提起枪就往楼上跑。

林厌，等着我。

“还是没有人来救你。”血水流进了林厌的眼睛里，让原本已经模糊的视线不清楚了。

那个打她的男人消失了，她又被吊在了半空中，只听见一个冰冷得毫无感情起伏的机械音。

林厌微微勾了一下嘴角，露出一个讽笑。

可是紧接着，她就笑不出来了。

“你来打我呀，贱人、蠢货、大笨蛋！”熟悉的声音瞬间把她拉回了二十六年前的那个下午。男孩子一脚把她踹在地上，踩着她的胸口，掰开了她的手指，把她紧紧攥在手里的两块钱取出来撕了个粉碎。

“呸，杂种也想拿我爸爸的钱，你配吗？！和你妈一样贱，滚！”十岁的小男孩儿小胖墩一样结实，一脚就把她踢到了墙边。

林厌脑袋着地，再次醒来的时候就和林诚被绑在了一起，天花板上的水一滴一滴地砸在了她的脸上。

她还没回过神来，戴着面罩的男人就狠狠地一鞭子抽在了她的身上。

“哭啊，都给我哭！哭得越大声越好，让你们那个有钱的老爸看看，他的一双儿女是怎么被老子折磨的。”

那鞭子抽在身上生痛，林诚嗷嗷大哭着，林厌却早已经习惯了，咬着牙，默不作声。

“哟，还挺倔，小脸倒是挺可爱的，就是这眼神嘛……”男人抬起她的下巴，东瞅西瞧着，“忒凶。”

男人说罢，狠狠一鞭子抽上了她的眼角。

林厌闭着眼睛，浑身颤抖着，眼泪无意识地流了下来，只是依旧没号出声。

男人来了兴致：“别不是个哑巴吧？”

同伙附和：“哑巴好，哑巴妙，反正不会说话，正好脱光了给他爸看看，也让咱们见识见识这有钱人家的女儿和咱们穷人有什么不同。”

一阵衣物撕裂的声音响起。

林厌目眦欲裂，这声音好似来自四面八方，又通过仓库的回音无孔不入地回到了她的耳中。

她的手脚都被绑着，无法堵住耳朵，那双眼睛越来越红，她嘶吼着，说出口的句子夹杂着破碎的气音。

“你、你究竟是谁？出、出来！”

“我是谁不要紧，重要的是你快要死了呢，小时候没人来救你，长大了还是一样呢。”

“林厌哪林厌，你活得多可悲啊。”

那四平八稳的机械音竟然发出了一声喟叹，无端让人感觉毛骨悚然。

林厌被吊在半空中，艰难地转着脖子，牵一发就全身都痛，头上的血源源不断地流了下来，把眼睛刺激得生痛。

她扯了一下胳膊，铁链哗啦作响，林厌眯了一下眼眸：“想要我死，没那么容易，我一直靠自己，从不靠别人。”

那声音“咯咯”笑了起来，似抵着牙根说话，像极了游戏里NPC（Non-Player Character的缩写，非玩家角色）发出的那种没有感情的、苍白无力的声音。林厌一时半会儿也分辨不出对方究竟是男是女，还是压根不是人。

“看看你现在的处境吧，这铁链每五分钟下降六厘米，半个小时后，我要是没有在约定地点看到赎金，可就没人回来救你了哟。”

话音刚落，拽着林厌的铁链猛地往下一松，失重感袭来，林厌微微闭上了眼睛，却又被一股无形的力拽住了。

海水波光粼粼，她就被悬在了透明玻璃缸的上空。

林厌瞳孔一缩，那声音又响了起来。

“好了，我们聪明的林法医自己算一算，离水面还有多远，又需要多长时间才会窒息以及他们究竟会不会来吧。”

第 63 章　野兽

“喂，钱收到了吗？”秘书坐在车上给绑匪打电话，前面开车的人是便衣，后面陪他坐着的是技术员和刑警。

这已经是江城市局能抽出的为数不多的干警力量了，至于冯建国，要留下来主持大局，张金海也另有任务。

出发前，方辛拎着勘查箱正要往外跑，迎面撞上冯局，她顿住了脚步：“冯局……”

冯建国看着技侦这年轻的一张张面容：“干吗去？”

方辛把勘查箱往身后一收，郑成睿也缩了缩脖子：“那个……”

段城梗着脖子上前一步。他还从未跟这种局级的大领导面对面地讲过话，因此涨红了脸，有些紧张：“救、救人……”

“就凭你们几个？”冯建国皱了皱眉，“打不能打，扛不能扛的。”

“我……谁说我们……”段城争辩，被方辛一把拽了回来。

“不是我说你们，年年比武技侦垫底是不是不争的事实？不过……”冯建国还是让出了一条路，“我也想看看这半年来林厌究竟教了你们些什么东西，老张！”

他高声喊了一句。

张金海全副武装地从更衣室里跑了出来，一边跑一边系着头盔的搭扣，穿着防弹衣显得大腹便便，跑到冯建国跟前的时候才立正站好，还有些气喘吁吁的。

“到！”

“你带队，全体都有，去枪械库领你们的配枪，务必毫发无损地把林厌给我带回来！”

“是！”

技侦全体人员斗志昂扬，冯建国紧绷的唇间流露出了一丝笑意，看着他们跑远，却又加了一句。

“你们也要……平安归来。”

走在后面的段城听见了，转身冲他高高地竖起了大拇指，年轻的脸上笑容真挚又美好，然后跟上队友的步伐，消失在了走廊尽头。

冯建国则又走进了作训室，站在大屏幕前，监控着两场生死突击。

“防弹衣要这么穿，把这个系好，不容易掉，这可是生死攸关的大事，一定要检查好。”张金海说着，把枪别进了枪套里，动手帮段城整理着着装。

段城扶了扶头盔，还有些不适应这个重量：“我一直以为张队不出外勤呢。”

张金海笑了笑道：“早些年跟你一样大的时候天天出，现在不一样了，我的命也是我一家老小的命，顾虑多了，就不敢了。”

郑成睿好不容易才把自己那肥硕的身躯塞进防弹衣里，直喘粗气：“好、好了……走吧。”

方辛已经在市局门口绕一大圈了，指着那轮胎印：“老郑，查一下这条路上的监控，这像是摩托车辙。”

“好。”郑成睿单臂托着电脑就开始工作了，段城把车开了过来：“走吧，上车，一边走一边查。”

“找到了，是林姐。”郑成睿说着，把画面放大，给他们指路，“前面路口左拐。”

“怎么只有一千万？是想让我撕票吗？”绑匪压低了声音怒吼。

秘书怀里抱着个金属箱子，拿帕子抹着额上的汗：“不、不、不，公司的账上只有一千万的流水，全部打给你了，剩下的支票交易。”

男人这才满意地“哼”了一声：“还有十五分钟，把钱放在海滨公路第十八个电箱那里，我拿到钱，自然会放人。”

技术员敲着电脑，分析着波形，冲着秘书点了一下头，示意他拖延时间。

秘书在刑警的授意下结结巴巴地说：“我要确认小姐还活着，不然这钱一分都不会给你的。”

对方顿了一下，只是重复道：“我拿到钱，自然会放人。”

秘书看了一眼刑警，继续说：“我已经在过去的路上了，钱一定会给你的，我要先确认小姐还活着，你让她和我说一句话……”

对方只是冷冰冰地又重复了一遍：“我拿到钱，自然会放人。”

技术员一直追踪着这个号码，看着屏幕上闪烁的波形直皱眉头。

秘书还想说什么，对方“啪”一下挂掉了电话，波形中断，刑警趴过去问：“怎么样，追踪到了吗？”

技术员摇了摇头：“不行，通话时间太短了，而且你们没觉得他说话的语气很奇怪吗？”

“哪里奇怪了？”秘书这会儿是真的着急上火了，坐立难安地道，“麻烦司机同志开快点儿吧，人命关天。”

那五千万是虚拟货币，只有他手里拎着的这个箱子里装着的是货真价实的人民币，一旦匪徒查账，就全完了。

“除了刚开始‘哼’的那一声，再也没有语气上的波动，像在念台词，平铺直叙。”技术员摘了耳机，心里也直犯嘀咕，不过当务之急，还是先找到林厌再说。

方辛拎着勘查箱在段城的帮助下从被撞毁的护栏处径直翻下了海岸线。

其他人也都纷纷跟上。

监控就到这里戛然而止了。

段城打着手电一眼就看见了被扔在草丛里的摩托车。

“你们看，林姐的车！”

张金海跑过去摸了一把座椅，已经凉透了，还有血。

后视镜一边是被撞歪的，另一边直接是被打碎的，车身上还有弹坑。

沿着这些线索，他们越往渔村里走就越接近交战的场所。

路旁随处可见翻倒的花盆、座椅，地上、墙上都有弹痕，商户大门紧闭，不少人家门上的玻璃都碎了。

夜深人静，段城索性放开了嗓子喊：“林姐，你在哪儿？林姐？！”

方辛扯了他一把：“别号了！有那个工夫你还不如找找线索！”

张金海指着前面不远处的空地上的血迹道：“有血痕，过去看看。”

方辛从勘查箱里掏出手套戴上，指尖蘸了一点血，凑到鼻尖嗅了嗅：“是人血。”

她捅了段城一下："能看出来往哪里走了吗？"

段城环顾着四周，黑漆漆一片，海风呼呼地刮着："这我哪儿知道……林姐在的话肯定能看出来……"

他话音刚落，几个人齐刷刷地看着他。

要是林厌在的话，估计早就一巴掌扇过去了："要你何用？"

可是现在分明没人骂他，他却觉得自己的脸火辣辣地疼。

一直以来技侦的破案主力都是林厌，能文能武，能打能杀，他们仰望着她的光芒，却从未想过要追上她的脚步。

段城理所当然地觉得，破案嘛，文有林姐，武有宋队，轮不到自己出马的那一天。

他只需要安安稳稳地度过自己的实习期，然后按部就班地考公务员，去办公室当一个小文员，端上铁饭碗好了。

谁知道他也会有直面现场的这一天，原来真的站在这里，站在林姐的位置上，面对队友的期盼、穷凶极恶的歹徒、生死未卜的同事，承受的心理压力这么大。

谁也没有催促他，大家似乎压根没对他抱有期待。张金海起身又去找别的线索了，方辛、郑成睿也都各自忙碌开来。

段城咬着牙，看着面前的这摊血迹，似乎想要把手放上去，却又猛地缩了回来，第一次主动从勘查箱里取出手套戴上了。

"段……"方辛走远了，想叫他跟上来，回头一看却见他正趴在地上，研究着那摊血迹。

段城用牙齿咬着手电筒，手里拿着放大镜，绕着血迹转了一圈，绞尽脑汁地回忆着书上的内容。

他敲了敲自己的脑袋，站了起来："边缘毛刺完整，这是一摊滴落状的血迹。"

方辛走过去："你……"

段城猛地叫了起来，指着她的方向："别动！"

方辛被吓得拿着手电筒往后一缩，段城已经跑过去，趴在了她的脚下："我知道了，林姐往这个方向走的。你们看，运动状态下滴落的血迹四周毛刺长短是不一样的，而长的这一端表示了运动方向！往这边走！"

张金海率先跑了过去："追！"

"0202，我是01……"宋余杭甩了几下通讯器，传来了"嗞嗞"的声音，有电磁干扰，通信被迫中断了。

她皱了皱眉，从束腿里拔出战术小刀，在旁边的墙上刻下了箭头，一来给队友留下记号，二来防止自己迷路。

这里的房间大小规模一模一样，她又踹开了一间房，房间里凌乱堆着些医疗器械，桌子横七竖八地放着。

宋余杭拿刀在门上留下记号，又拍了拍通信器，还是没反应。也就是一瞬间的工夫，她想起了从前在警校时教过的对抗电磁干扰的课程。

医院里进入CT室、X光室的时候，医生通常会要求患者不要带通信设备，一来是防止干扰机器正常运作，二来手机也会因为强电磁干扰而没信号。

她的通信器同理，那么有没有可能她已经走进了电磁干扰的范围，所以才会一直联系不上队友？

宋余杭拿出通信器，拔出天线，“嗞嗞嗞”的声音越发明显了。她猛地转了个身，也就是在那一刹那，通信器里的电流声尖锐得有些刺耳。

她回头看了一眼刚才出来的房间，又毅然决然地迈了进去。

宋余杭手里端着枪，手电筒垫在底下，光线穿过乱舞的灰尘，把黑暗的房间切割成一块一块的。

她又仔仔细细地扫了一遍屋内，夜视仪上没有任何热成像。

宋余杭略松一口气，进到这间房间之后通信器里的电流声就没停过，她拿起通信器像找手机信号一般搜了起来。

这似乎是一间废弃的医生办公室，桌上还扔着落灰的材料，垃圾桶翻倒着，遍地都是发霉的纸团。

宋余杭一脚踩到了好几个纸团，把通信器移动到墙角放着的铁柜子处的时候，通信器发出了尖锐的声响，在寂静的空间里让人起了一身鸡皮疙瘩。

她一把摁了开关，把通信器塞进上衣兜里，开始推柜子，使出了吃奶的力气，柜子一寸寸地挪动着，发出了令人牙酸的声音。

宋余杭喘着粗气，满头大汗，衣服全湿了。

她索性把头盔摘下来，配枪、子弹带全扔在地上，背过身去，用结实的背部顶着柜子慢慢往前挪，终于将其抵到了墙根。

她抹了一把脸上的汗水，还没来得及开心，就被突如其来的红光闪瞎了眼。

铁柜被挪开之后，墙上一个类似电表箱的东西开始闪光，上面嵌了秒表盘，时间飞速倒数着。

宋余杭一把就摁了上去，额上的冷汗一滴滴地滑落下来，她大气也不敢喘一下。

这是压发式炸弹，重力改变即可触发。

要不是她刚刚手疾眼快地把自己的重量压上去，这会儿她早就灰飞烟灭了。

压在墙上绷紧的手臂开始微微颤抖，秒表盘上的数字停在了“10”上。

周遭安静到宋余杭都能听见自己的心跳声，越来越激烈，心脏似随时都能跳出嗓子眼。

她咽了咽口水，手臂已经开始发酸，长时间维持这个姿势不是件容易的事。

说实话，她是刑警，对爆破的课程只是接触过，了解不深，这样精细的活儿还是得留给拆弹专家来，可是现在她站在电磁干扰区里，与外界彻底失联。

无论是林厌还是那个女孩儿，都等不起了。

宋余杭一只手从束腿里摸出了小刀，开始拆电表箱。螺丝一颗颗被卸了下来，她轻轻掀起后盖，瞳孔顿时一缩，乱七八糟的红线、白线、黑线、黄线紧紧地缠绕在一起。

心跳如擂鼓，全身的血液瞬间涌上了头顶，宋余杭手脚发冷，重重喘着粗气。

林厌的脸已经接近水面。

她仰起头喘息着，呼吸着为数不多的新鲜空气。

手脚都被吊着，这个姿势维持不了多久，她的脖子就开始发酸了。

下一刻她又狠狠地往下一沉，整个脑袋埋进了水里。

她猝不及防地呛了几口水，挣扎着抬起了上身，咳个不停。

她微微一动，铁链就跟着哗啦作响。林厌左扯右扯，来回动着手腕，白皙的肌肤很快被磨得血肉模糊。

“别白费功夫了，省点儿力气想想遗言吧。”

还是那个声音说道。

林厌“呸”地一口血沫就啐了出去，在半空中晃荡着：“给老娘闭嘴！”

“或者你求求我，我一心软，看在你长得还不错的分儿上，兴许能饶你一命呢。”

为了避免再次埋进水里，林厌仰着脖子，血水混合着汗珠从下颌上滑落。

她轻轻扯了一下嘴角：“听你说话的声音，这藏头露尾的架势，你就不像个男人，对不起，本小姐不需要这种男人哈。”

全身上下只有手腕和脖子能动，林厌活动着手腕，拽上了铁链，把自己往上拉了一点儿。

论起斗嘴，她除了输给宋余杭外，还没怕过谁。

越是到这种时候，她越是不怕了。宋余杭说她是狼崽子，那么狼就是闻到血腥味后越发兴奋。

甚至血液的流失也加快了药物的代谢，她感觉自己恢复了些力气。

看着底下波光粼粼的海水，林厌有信心逃出去了。

“要不你叫刚刚打我的那个人来，你们是同伙吗？我觉得他不错，身体结实、有力。”

那声音停滞了片刻，林厌虽然看不见对方在哪儿，四周一片漆黑，但能听见对方喘气的声音。

他似乎被激怒了呢。

林厌舔了舔唇，决定再添一把火：“我说，你该不会真的是个太监吧？对付我一个单枪匹马的女人，也至于你这么大费周章吗？又是让孩子刺伤我，又是水牢的，你也太没自信了吧？”

“不如你放我下来，我让你一只手，够不够？不够的话……”

她话音未落，铁链猛地往下一松，林厌脑袋朝下地整个人掉进了水缸里，她还未来得及深呼吸，大量盐水就涌进了胸腔。

她剧烈挣扎、咳嗽着，从鼻间、口腔里冒出的气泡咕嘟咕嘟地浮上了水面。

林厌扯着铁链，却纹丝不动。她努力屏住了呼吸，想要浮上去，抬眼从幽暗的水底看上去，那一丝光线逐渐消失。

一块钢板缓缓地盖了上来。

“可惜，我现在改变主意了，不想让你活到交赎金的那一刻了。”

宋余杭手里的排爆钳轻轻咬住了红线，她长出了一口气，来回做着深呼吸也缓解不了紧张和焦虑的情绪，手心里全是汗，滑腻得几乎快捏不住排爆钳。

她咬了咬牙，收回手，在衣服上蹭了又蹭，接着挑起了白线，在安静的房间里呼吸犹如扯风箱般沉重。

“到底该剪哪根？剪哪根？剪哪根！”她喃喃自语，急促喘息着，满头大汗，衣服就没干过，更要命的是，压在炸弹上的手已经逐渐麻木。她不知道自己究竟用没用力气，或者是用力过猛。

这很危险，相当于她一只脚已经迈进了鬼门关。

宋余杭微微闭上眼睛，长出了一口气。

若我在这里牺牲，火光必将照亮天地，我的队友们会循着我留下的记号来到这里。

林厌，你会没事的。

宋余杭这么想着，排爆钳已经咬松了白线的胶皮。她喘着粗气，微红了眼眶，正要使力剪下去的时候，突然在拨开的白线后面看见了另一个表盘。

这个表盘没亮光，没计时。

宋余杭松了排爆钳，用牙齿咬着手电筒照过去，见是一个小型的密码盘。

她稍稍松了口气，有些喜上眉梢。

只不过，密码又是什么呢？

宋余杭不敢乱输，害怕输错了就是一场灰飞烟灭的爆炸。

她想了想，迅速在脑海里梳理着整个案件的线索。

抛开林厌被绑架这个事实，很有可能凶手是为了扰乱警方的视线从而拖延时间。

而林厌为什么会去找凶手呢？

因为对方和初南案脱不了干系。

他是“白鲸案”的犯罪嫌疑人，会不会也在多年前杀了初南？毕竟这人符合凶手的年龄段侧写。

既然是这样的话，他的目的就一清二楚了，自始至终他都是想救那个被卫丽红抛弃的孩子。

矿难发生在二十年前，那个孩子出生的一个月后。

矿难发生的时间是……

她在五里镇看过的县志上的字又一一浮现在眼前。

1988年，12月5日。

宋余杭呢喃着，往前推了一个月，咬了咬牙，果断地按下了一串数字。

有人说，人生是一条河流，不断前行，不断忘记。

那些逝去的人或记忆终有一天会彻底消失在岁月洪流里。

而人在死前，往往会想起这些人和事。

黑暗来临之前，林厌脑海里模模糊糊地想起了很多片段，有她三岁之前跟着妈妈在大街小巷上流浪，捡别人扔在地上的肉包子吃的画面，亦有她来到林家之后的第一个夜晚，在瓢泼大雨里被林诚锁在门外的场景。

她被打、被骂、被嫌弃……都是常事。

就这么一晃过了许多年，终于有人伸出手把她从泥潭里拽了出来。

“林厌，疼不疼？要坚强，别哭呀。”

黑暗里，那双眸子蓦地睁开来，她看见的却是另一个人向她伸出了双手。

“林厌，你不是孤军奋战了。”

“林厌，等案子结了，我陪你喝酒。”

林厌的唇齿间冒出了气泡，她奋力挣扎起来，抓住水下气压达到极限的黄金三秒，用手腕上拇指粗的铁链狠狠地撞向水缸。

她整个人都砸了上去，一下又一下，“砰砰砰”的声音回荡在仓库里。

男人笑不出来了，她疯了吗？林厌确实疯了，她有很多次一心求死，这次求生的念头却前所未有地强烈。

她用铁链砸、用肩膀撞、用头磕、用脚踹，无所不用其极。

终于，透明的玻璃上出现了一丝小缝隙，林厌将铁链缠在自己的手腕上，狠狠地撞了过去。

哗啦——

在强大的压强以及她的暴力撞击之下，玻璃应声碎裂。

林厌下意识地护住头，被水流和破碎的玻璃碴子狠狠地甩了出去。

她滚了滚，遍体鳞伤地摔在地上。

林厌仰头大口呼吸着新鲜空气，觉得从未如此畅快过，胸腔上下起伏着。

她偏头看向黑暗处，眼神明亮，带着劫后余生的喜悦、嗜血的疯狂以及满满的自信。

她咬着牙，踩着玻璃碴子慢慢从地上爬了起来，身上仍然拴着铁链，可是活动起来已经比刚刚好多了。

她甚至一把从自己的肩膀上拔下了刀子，顿时血花四溅，随后鲜血沿着黑色紧身衣滴滴答答地往下淌。

她严重怀疑此人智障，还给她留下了武器。

林厌舔了舔刀上的血，眼神魅惑又滚烫，微仰起了下巴。

“来，藏在黑暗里的懦夫。”

仿佛能听见门外的动静，男人藏在黑暗里，看她一眼，毫不恋战，也不知道按了什么开关，一扇门出现在墙壁上。

他转身就跑，林厌抬脚就要冲出去，却被铁链绊了一跤，狠狠地摔在了地上。她愤怒地嘶吼着，一刀砍在了铁链上，顿时火花四溅。

“他妈的！给我断！”林厌一次又一次地抬手，刀很快卷了刃，铁链被划出了数道白痕。

她喘着粗气，看着自己的左手，眼中闪过一抹狠辣之色，高高地举起了匕首。

“不要！”女人尖厉的声音响了起来。

宋余杭抬手就开了两枪，一枪击飞了林厌手中的匕首，另一枪打在了铁链上。

火光四溅，林厌倒在了地上。

宋余杭冲了过去："林厌，林厌……"

宋余杭抚摸着林厌的侧脸，想替她把湿漉漉的头发拨开来。短短一天时间，林厌已经没有人样了，满脸血污，眉梢眼角都是青紫痕迹，脸上被玻璃划出了细小的口子，渗出血来，嘴角的血迹更是怎么抹都抹不干净。

林厌咬着牙，喘着气，才让自己勉强说出一句完整的话："去、去追他……救、救人……"

宋余杭摇头，把林厌抱了起来："不，我先送你去医院，你这样下去不行……"

因为失血过多，林厌的嘴唇已经开始泛白，整张脸更是白得像纸一样。

林厌拼着最后一丝力气，推了一下宋余杭，嘶吼出声："滚！"

宋余杭咬了咬牙，从地上捡起配枪，又上了两发子弹。

正在这时，天花板"砰"的一声破了个大洞，砸下来一个人。

宋余杭瞬间把枪口对准了对方："谁？！"

段城摔得头晕目眩，眼冒金星，下意识地举手投降："我、我、我投降……别杀我……"

林厌往上一看，技侦的其他几个人举着手电纷纷趴在洞口看着她们。

"宋队、林姐……"方辛简直要感动哭了。

张金海得意扬扬地把雷管收了起来："看，我说的吧，这个量肯定能炸开。"

郑成睿扶了扶眼镜："姜、姜果然还是老的辣。"

宋余杭收了枪，嘴角流露出一丝笑意："你们来了太好了。"

几个人依次从楼顶上索降下来，方辛解开了绳子，从勘查箱里拿简单的急救药品先替林厌包扎伤口。

郑成睿从地上把段城扶了起来，段城摔得屁股开花，一瘸一拐的，嘴里还骂骂咧咧的："我都说了我恐高不敢跳，还叫我先上，革命情谊呢？"

"段城同志。"

段城现在一听"同志"这两个字就想立正敬礼，下意识地绷紧了身子。

"是。"

"服从组织安排。"

"……"

不顾他的哭诉一脚把他从楼顶上踹下来的万恶组织，他要不要掀翻它？

那厢闹着，宋余杭已经戴上头盔，整装待发了。

她蹲下来看了林厌一眼：“别忘了，一起喝酒，等着你……”

林厌不耐烦地道：“赶紧滚！”

宋余杭倒是没再耽搁，掉头就跑。

宋余杭走后，技侦的其他人扶起了林厌，方辛替她缠着肩膀上的伤口。

林厌看了看几个人的脸，问道：“你们怎么找到这里来的？”

郑成睿刚想开口夸夸段城，段城已抢先开了口，挠着脑袋不好意思地笑道：“还不是都靠我，还好我聪明，从血痕上看出了你行进的方向。我现在信心倍增，明年别说考助理法医了，就是考主检法医师都没问题啊！”

方辛：“……”

郑成睿：“……”

张金海：“……”

林厌忍无可忍地道：“血痕鉴定是大一的必修内容，你都大五了，心里没有一点儿数吗？”

她说着，又咳了两声，似想要站起来。

方辛一把把人摁住了：“别动，林姐，你这个伤必须去医院处理，我们送你去医院。”

林厌扶着她的手，摇摇晃晃地站了起来：“我没事，宋余杭一个人去追我不放心……”

段城一把抄起她的另一只胳膊架上了肩头：“谁说一个人，还有我们。”

“对，还有我们。”

第 64 章　别哭

方辛和段城一左一右地搀着林厌往前走，张金海在前警戒，郑成睿殿后。

这是一条冗长的地下通道，天花板上在往下渗着水，脚底下也有一层积水，水面上漂浮着垃圾或者塑料袋，不时有老鼠吱吱叫着从他们身边窜过。

敌在暗，我在明，危险不知道什么时候就会来临，每个人的精神状态都是高度紧绷的。

众人沿着宋余杭留下的记号，又转过了一个拐角，眼前出现两条岔路，一条隐隐透出些亮光来，另一条则通向黑暗。

林厌顿住脚步，一行人回头看她，她把自己的胳膊从段城的肩膀上放了下来，独自站好。

“段城，把你的枪给我。”

段城不解其意，正要从枪套里拔出枪递给她，被方辛拦了一下。

“林姐，你……”

“你们回去吧。”林厌淡淡地说完，自己扶着墙往前走去。

“我猜冯局给你们的任务只是来救我，任务完成你们就回去吧，下面的就别再跟了。”

初南一案，她至今还摸不着头绪，已经牵扯进来一个宋余杭，她不想再连累其他人了。

段城追了两步，脚步声踩在积水里哗啦作响："可是你们两个人怎么打得过呀？你身上还有伤……"

"所以这不是让你把你的枪给我吗？你们跟着去也是累赘。"林厌烦不胜烦，直接劈手把他手里的枪夺了过来，将子弹上膛，拉开了保险，"这是我的事，你们别插手。"

那黑漆漆的枪口略微抬了一下，指着他，林厌偏头看向了张金海："张队，带他们回去吧。"

在林厌的印象里，张金海是一个胆小怕事又油腻的中年大叔，还有家室，因此他一定会同意他们回去的，只要张金海同意，技侦的几个人不走也得走了。

可是让她万万没想到的是，张金海走上前来，把她的枪口拨了开来："你的枪应该对准敌人而不是同事。林法医可能想错了，我们接到的任务不是营救你，而是保护你，把你安全地带回市局。"

林厌怔住，张金海却又笑了笑，说话的时候会不自觉地把自己那突出来的肚子往回吸，好让防弹衣穿得更贴身一些，随即又走到前面带路，说话时还是那副油腔滑调的语气："嗐，你在咱们江城市局一天，就还是咱们的人，袭警再加绑架勒索罪无可恕，更何况我都这把年纪了，还想再捞点儿功勋往上升一升呢，不然要不了几年就得退咯。"

方辛也上前来拉她："走吧，林姐，三个臭皮匠还顶一个诸葛亮呢。"

郑成睿跟上："那啥，我别的不行，快速规划出最合理的逃跑路线还行。"

段城："郑哥你闭嘴。"

林厌被拖着往前走："你们……"

她似想说什么，眼眶却热了，抿紧了唇，终是没说出那句话。

我也会尽我所能地保护你们。

一行人又走进了黑暗里，还没走多远，听见了一声嘹亮的枪响。

那一瞬间，林厌似森林中苏醒的猛兽，眼中的疲惫之色一扫而空，越过众人蹿到了前面去。

她一扬手道："战斗队形，段城、老郑保护好方辛，我在前，后面……就交给张队了。"

林厌身上虽然有伤，但无论是格斗技术还是经验，都是他们几个当中的佼佼者。

张金海毕竟拖家带口，这个头她来带最合适。

其他人都没异议，点了点头，安静的空间里只听见了彼此沉重的呼吸声。

段城的枪被林厌拿走了，他捏了一根电警棍在手里，掌心都是冷汗，滑腻得几乎快握不住棍子。

林厌轻轻笑了一下："别怕啊，反正穿了防弹衣，打不着要害就不会死。"

"说得倒是轻巧，要是被爆头怎么办？"一行人贴着墙根悄无声息地往前走着，段城压低了声音反问道。

林厌嗤笑了一声："哪有那么容易在移动的情况下被爆头，除非你站着不动当活靶子，不然你以为神枪手是那么好培养的吗？"

她话音刚落，又是一声枪响，随即人已经蹿了出去，直接破门而入，就见宋余杭和黑衣人缠斗在一起。

这是一间隐藏在地下的开阔的手术室，灯火通明，床旁放着监护仪以及离心机，床上躺着一个孩子，器械盘翻倒着，器材落了一地，幸亏宋余杭来得及时。

刚刚的几声枪响都是她开的枪，可惜的是，凶手反应极快，不仅躲了过去，还和她近身搏斗起来。

宋余杭被人卡着脖子摁倒在地上，男人的手臂粗壮而有力，直掐得她脸色青白。

宋余杭挣扎着，手摸向了一旁掉在地上的手术刀，猛地将其抄了起来，狠狠地扎向他的脖子。

电光石火之间刀锋已近在眼前，男人瞳孔一缩，反应极快地收手，但已来不及了。

宋余杭欺身而上，半空中划过一条血线，男人捂着脖子退了几步，目光落到了一旁早就被打掉的手枪上。

宋余杭也看见了，两个人同时去抢手枪，斗得你死我活，不分上下。

又是一拳狠狠地砸在了她的太阳穴上，宋余杭顿时眼冒金星，耳膜嗡嗡作响。

格斗本能让她下意识地屈膝一撞，把人顶飞了出去，接着翻身而起，卡着对方的脖子去摸枪。男人自然不甘示弱，倒地的同时一个鞭腿砸了过去。

宋余杭的嘴角顿时被砸出了血沫，两个人双双飞出去撞碎了手术室门口的玻璃。

林厌举着枪，喘息未定，迟迟扣不下扳机，两个人贴得太近了……

宋余杭抽空看了她一眼，喊道："别管我，带孩子走！"

她说话的工夫，男人一根一根地掰开了她的手指，骨头发出脆响，宋余杭疼得满头大汗，脸色惨白。

掌心的枪终是被人拿了出来，冰冷的枪口抵上了她的额头。

黑衣人微微扣下扳机，宋余杭忍着疼，喘着粗气，仍是笑着的，那疯狂、嗜血又狂傲的眼神竟和林厌有几分相似。

男人愣神的工夫，宋余杭硬是攥上了枪托，两个人开始互相角力。

男人把枪口往下压，宋余杭咬着牙往旁边掰。

“砰！”重力作用下，扳机终是被扣下了。

林厌的心瞬间提到了嗓子眼：“宋余杭！”

那子弹擦着她的脸飞了过去，打断了床头柜脚，监护仪掉到地上摔得四分五裂，仪器尖锐地叫了起来。

知道她没事，林厌不再耽搁，扑上去察看孩子的情况，飞快地掀起她的眼睑，摸了颈动脉搏动，又掀开衣服看了看。

男人目眦欲裂，怒吼道：“别碰她！”随即朝林厌扑了过去。

宋余杭飞身而上，死死抱住了男人的腰，把人往后拖。

男人用拳头打着她的脑袋，用手肘去砸她的太阳穴，宋余杭很快头晕目眩，咳出了血沫，但依旧没松手，已经肿胀的眼睛几乎快眯成一条缝。

她透过余光看见林厌拔了女孩身上的监护仪，把人抱了起来，嘴角露出一丝欣慰的笑。

“只是麻醉昏迷了，赶紧送医。”林厌说着，把孩子交给了紧随其后的张金海等人。

张金海把人背了起来：“那你呢？”

“宋队还在里面，我得去救她。”

几个人躲在病床旁的小缝隙里。

“我也去……”段城说着就要往外跑，林厌一把把人推了回去。

“快滚！这是上级命令，走！”

“谁也别想走！！！”男人咆哮着，杀红了眼，掰过宋余杭的胳膊狠狠向后折去。

骨头“嘎嘣”一声脆响，剧痛袭来，宋余杭脸色煞白，豆大的汗珠从额上滚落了下来，随即她身子一轻，被人高高举起来狠狠地砸向了墙壁。

她滚了几下，撞翻了药品柜，墙面上瞬间留下了斑斑血迹。

林厌缩在床角，看见一只手从地上捡起了枪，顿时瞳孔一缩，大吼一声：“走啊！”随即一把把人推了出去。

几个人摔在门外，张金海喘着粗气小心翼翼地护着孩子避免她磕到头。

段城一骨碌从地上爬了起来，瞬间又被方辛拉了下来："卧倒！！！"

"砰砰砰！"子弹瞬间穿过钢门留下一个个小洞，在黑暗里投下了数缕光线。

几个人抱着头趴在地上缩成一团，大气也不敢喘一下，完全不敢想象里面是什么光景。

段城红了眼眶："林姐、宋队……"

张金海率先回过神来，把孩子背上身，一边拽起一个："走啊，快走！出去叫支援！"

连宋余杭都只能堪堪和那个黑衣人打成平手，再加他们几个也是添乱，更何况在狭窄拥挤的室内，枪就是废铁，就这几个人的射击水平别误伤了自己人就是好的。

两害相权取其轻，既然是他带他们出来的，那就有必要把他们都活着带回去。

张金海咬牙，背着一个孩子，还拖着几个惊慌失措、第一次面对实弹的年轻人往前跑。

郑成睿的眼镜都被打歪了，他抹了一把脸上不知道何时流出来的泪，总算从那种腿软手软浑身无力惊吓过度的状态里解脱出来了。

他飞快地点着自己右手臂上的微型电脑，抹了一把上面的灰尘，屏已经碎了，不过勉强能用。

他也不知道哪里来的力气，拖着小短腿跑到了前面："这边，走这边，我来带路。"

硝烟过后，林厌从倒地的病床架子底下爬了出来。屋里一片狼藉，墙壁和天花板上都是弹痕，离心机被打碎了，血浆淌了一地，屋里一片黑暗，天花板上的吊灯就砸在她眼前。

眼睛适应黑暗之后，林厌摸着满地的碎玻璃碴子在地上爬着。

她在找宋余杭："宋余杭，宋余杭……"向来轻佻的人罕见地流露出了一丝慌张之色，以至于嗓音微微颤抖起来。

门口传来女人微弱的咳嗽声，宋余杭从黑衣人身上滑了下来，手里还拿着一个痰盂，瓶口沾着血。

危急时刻，眼看着枪口对准了林厌，宋余杭想也未想地就从地上爬了起来，顾不上头晕目眩，顾不上身体疼痛，从背后以一个虎扑之姿把黑衣人摁倒在地，抓着他的手腕硬生生地掰偏了枪口，子弹射出去的方向发生了偏移。

黑衣人挣扎着，她也不知道哪里来的力气，疯了一般随手抄起滚落在旁边的痰盂就朝着他的太阳穴招呼，一下一下又一下，直到他的口鼻里都渗出鲜血，渐渐没了动静。

宋余杭这才撒手，两个人伤得都不轻。

黑衣人脸朝下地趴在地上，脑袋边上一摊血迹。

而宋余杭仰面躺着，喘着粗气，体力已经到极限了，浑身上下软得跟棉花糖一样，连动动手指都觉得艰难。听见林厌的呼唤她想说话，开口就咳出了血沫。

林厌爬过去，捧起她的脸，用手蹭着她脸上的血迹，却怎么也蹭不干净："宋余杭，宋余杭……"

她还从未见宋余杭如此狼狈过，浑身都是血，黑色作训服已经湿透了，鼻青脸肿的，一只眼睛被打到充血肿胀，右手则使不上力气，软软地垂在地面上。屋里暗，林厌看不清她伤哪儿了，只是一股脑地把人拖起来。宋余杭沉，更何况现在林厌也受了伤，根本抱不动她。

"你伤哪儿了？伤哪儿了？走……我们去医院……"林厌吸着鼻子，自己也摇摇欲坠，却还是咬着牙把人扶起来，两个人踉踉跄跄地勉强走了几步，又双双摔倒在地上。

这一次，林厌没让宋余杭做人肉垫子。

宋余杭趴在林厌的肩膀上，一边咳嗽一边笑："难得见你哭一次……"

"不过……"她勉强抬起还能动的左手，抹掉林厌眼角的泪水，"别哭……"

宋余杭说着，难受地皱紧了眉头，"哇"一下吐出了一大口淤血，脸色惨白。

林厌拍着她的背替她顺气，突然觉得手感不对，摸到的地方硬硬的。

她又摸了摸，顿时咬牙切齿起来，抬手就是一巴掌拍下去："穿了防弹衣还装死，滚！"

"……"林厌甩开宋余杭，扭头就走。

"哎——等等我啊，嘶……"宋余杭一瘸一拐地去追，身上虽然没被子弹打中，但防弹衣的钢板都弯了，她受的全是内伤，更何况一只胳膊抬都抬不起来，腿上也有一个血洞往外渗着血，是刚才被流弹击中的。

她这才觉得疼，还没完全站起来，就是一阵天旋地转，林厌回身一把扶稳了她。

迎上林厌担忧的眼神，宋余杭勉强地笑了笑："没事……看看他还活着吗？"

林厌扶着宋余杭靠墙站稳，俯身下去拿走了黑衣人手里的枪，挑开了他的口罩。

一张几乎有些惨不忍睹的脸出现在她面前，如果她没算错，李洋今年刚刚四十出头，但那张脸因为遍布的伤疤而显得分外苍老可怕，除了眼睛和额头外，脸上没有一块好地方，皮肤也因为疤痕皱皱巴巴地挤在一起，鼻梁塌陷下去，嘴巴往外突，不仅丑还吓人。

林厌看着就觉得恶心，下意识地一枪托砸在了他的脸上。

宋余杭捂着胸口去拉她："你先出去叫人，我在这儿看着他。"

林厌却把枪抵在了李洋的太阳穴上，一字一顿说得咬牙切齿："他只是昏迷了，我要他死！"

"林厌！"宋余杭略略提高了声音，靠在墙上喘着粗气，身子一阵阵发冷，腿上的伤不停往外渗着血，她的脚下很快汇聚起一摊血泊。

"听话，你先出去，他做了这么多恶事，还杀了两名刑警，死刑是免不了的。"

"我现在就想让他死！！！"林厌通红着眼睛，扣住了扳机。

剧烈的咳嗽声从她身后传来，宋余杭再也支撑不住，从墙上滑坐下去。

"他、他必须死……但是……你就不想知道他的作案动机吗？即使你现在可能会恨我，会对此不屑一顾，觉得我说的都是废话，但是……"她喘着粗气道，"分析他的作案动机和作案过程，就相当于在公安部里留下了宝贵的案例，以后再遇到这样的案子或者这样的犯罪嫌疑人，我们也、也不至于束手无策，甚至、甚至可以提早发现提早预防……初南不是第一个受伤害的女孩儿，也不会是最后一个，以杀止杀不是我们的目的，预防犯罪才是。"

宋余杭一边说一边咬着牙慢慢爬过去，一点点地移开了她的枪口，把人拉向自己这边。

宋余杭艰难地咽了一下口水，感觉视线开始模糊不清了，勉强抬起手把那把枪拿到自己手里，然后从裤兜里摸出了手铐递给林厌："听话，林厌，把我和他铐在一起，然后、然后你出去搬救兵……"

林厌没接手铐，往后躲着，宋余杭却又把人拉了回来，硬是掰开她的手，把手铐塞进了她的手里，然后攥着她的手合拢："快、快去吧……只要、只要有我在……他就不会、不会逃……"

林厌看着两个人交叠在一起的手，又看了看李洋的脸，目光挪回宋余杭的脸上的时候，终于忍不住颤抖着声音骂了出来：

"宋余杭，你浑蛋！"

穿过黑暗的走廊后，也不知道跑了多久，一行人气喘不已。郑成睿停下脚步，看见了刚刚过来的牢房。

“走这边。”他带头往那边跑着，方辛和段城纷纷跟上，张金海却突然顿住了脚步。

几个人回头看他：“张队——”

他背上的孩子似乎动了一下，张金海身子微微一歪。他摸了摸脖子，是血，就在他撒手的那一瞬间，一股血柱飙了出来。

离他最近的段城被喷了一脸血，这和死人的血不同，活人的血还带着温度和腥气。

他的泪毫无征兆地就涌了出来，身体却还未反应过来，眼睁睁地看着那个小女孩抄起手术刀又狠狠地一刀扎进了张金海的脖子。

张金海一个踉跄摔倒在地，方辛瞬间扑了上去，大动脉出血怎么按都按不住，年轻的女孩子哭了起来，脱掉自己的警服替他按着伤口。

张金海咳嗽着，嘴角不停往外涌着血沫，他说：“我、我女儿……也、也差不多大……”

那小孩扔掉手术刀，一骨碌从地上爬了起来，踩着积水掉头就往回跑。

段城目眦欲裂，从喉咙里发出了咆哮：“站住！别动！！！”

他一把从已经跌坐在地上的郑成睿手里夺过配枪，对准了奔跑中的女孩子。

可是……可是……

他咬着牙，挣扎着，手在抖，不知不觉早就泪流满面了。

她还那么小，看起来不到二十岁，身高更像是个未成年，怎么能下这么狠的手啊？！怎么能！！！

段城从喉咙里发出嘶吼声，闭着眼睛扣下了扳机。

第 65 章 落幕

“砰——”枪声回荡在空荡荡的走廊里。

警笛响了起来。

一群全副武装的特警踩着积水冲了进来，段城失魂落魄地放下了枪，那个小孩子已经消失在走廊尽头。

那一瞬间他扣下了扳机，却终究偏了一寸。

段城捂着脸跪在齐膝深的积水里号啕大哭着:“张队，对不起，对不起，我……”

“张队，张队，坚持！坚持住！”方辛的衣服已经被源源不断地涌出来的血浸湿了，还没把人抬上担架，张金海的手臂就滑落了下来。

郑成睿摘下眼镜，捂着脸背过身去哽咽着。

其他人也都保持着静默，只有方辛还在小声啜泣着。

一个特警走上前来替张金海把尚未瞑目的眼睛合上了，然后脱下自己的警服盖在他身上，举起了右手：“英雄，走好！”

回程的路是那么漫长，来的时候即使惊心动魄，一行人也都在打打闹闹。

张金海的叮嘱仿佛还在耳边：“防弹衣要这么穿，把这个系好，不容易掉，这可是生死攸关的大事……”

怎么一眨眼工夫，他就静静地躺在这里了呢？

段城、方辛和郑成睿以及几个特警把人送了出去，警车和救护车已经在等着了，可是已经来不及了，来不及了。

一行人抬着张金海的遗体从人群中间走过，路两旁的刑警们不约而同地举起了右手，包括站在作训室里的冯建国和留守市局的技术人员。

张金海的妻女拨开人群冲了过来。

他说得没错，他的女儿和那个孩子确实差不多大，明年高考，可是他再也看不到孩子考上大学的那一天了。

女孩子哭得撕心裂肺："爸！爸！你不是说明年要送我去北京上大学吗？不是说今天下午早点下班，回家给我做饭吗？！爸，爸你说话啊……"

"老张不是不出外勤的吗？他是怎么、怎么……"张金海的妻子泪流满面，挨个儿抓着他们的胳膊质问。

方辛背过身去，哭得上气不接下气。

"告诉我啊！说话啊！！！"张金海的妻子又去摇晃段城的肩膀。

可是她的这个问题现在没有人回答得了她。他们要怎么去面对一个痛失丈夫和父亲的妻子以及女儿，同时说出他是被一个和自己的女儿差不多大的孩子给割了喉，一刀致命的？段城站在雨里哭着，这场大雨也洗刷了一个男孩儿的青涩，他的眉眼间开始有了男人的锋利和沧桑。

那女孩儿跑进来的一瞬间，宋余杭和林厌都动了。

只不过林厌是察觉到危险来临，下意识地把宋余杭推了出去，宋余杭则是感觉到门后有人冲进来，不是他们的人，反手就是一个擒拿，卡住了对方的脖子。

等两人回过神来的时候，漆黑的枪口已经对准了林厌的太阳穴。

李洋拿着宋余杭掉在地上的配枪，而宋余杭拿着对方的枪也顶住了小女孩的额头。

林厌喘息着，被掐得有些喘不过气来。她看着宋余杭，勉强地吐出了几个字："快……走……别……管我……"

她话音刚落，就被一枪托砸弯了腰，口鼻间渗出鲜血来："咯咯……"

宋余杭目眦欲裂，恨不得咬牙生吞活剥了李洋："放、了、她。"

李洋看着她手里的小女孩儿，再看看她身后的一群特警，众人的枪口齐刷刷地对准了他。

他拖着林厌一步步往后退："放了她？你们会放过我吗？不会，我走到今天就没想过活下去，死也得拉一个垫背的人！"

宋余杭怀中的小女孩被掐着脖子似乎也难受极了，伸长了手臂想要去够李洋："爸……"

李洋喘着气，额头上的鲜血淌下来把原本就丑陋的面容涂抹得更是面目全非。

林厌被他掐得整张脸变得青紫，更何况还有抵在她的脑袋上随时有可能走火的枪支。

特警队长见势不对，不着痕迹地走了一步，附在宋余杭的耳边道："把人往窗边引，狙击手随时待命。"

宋余杭深吸了两口气，把枪抵在女孩儿的太阳穴上钻了钻："你想死也不想让她活吗？"

李洋的喉咙动了动，眼里蓦地闪过一抹狠色，他把枪口抵在林厌的肩膀上开了一枪。

谁也没料到他会突然开枪。

枪声响起的瞬间宋余杭红了眼眶，一股血花绽放在她的视野里，她的精神状态也到了崩溃的边缘，微微扣下扳机，嘶吼道："你信不信我杀了她！！！"

女孩子鬓边被枪口磨出了血痕。

几个特警扑上来掰着宋余杭的手腕："宋队，别开枪，这不符合规定……"

李洋也杀红了眼，咆哮着："你开枪啊！开枪啊！懦夫！我不在乎她的死活！有本事你就开枪，大不了我们鱼死网破，两败俱伤！"

林厌一只胳膊软绵绵地垂在地上，她被人抓着头发，枪口抵在太阳穴上，随着李洋说话的动作晃来晃去。

因为近距离开枪，弹片嵌在肉里，她的肩膀已经皮开肉绽。

"咯咯……"嘴角溢出了血沫，她却还是抬眼看向了宋余杭，"他、他说得没错……宋余杭……你要还是个警察的话……开枪！"林厌缓了缓，看见宋余杭那握着枪的手微微颤抖着："杀了他……帮、帮我和、和初南报仇……"

那一瞬间，仿佛时光倒流。

宋余杭彻底陷入了两难的境地。

"余杭……杀了他！照顾好你嫂子……"七年前的一幕重新出现在她眼前。

林厌的身影逐渐和宋亦琛重合，而李洋的脸也变成了那个毒贩的脸，在她的每个午夜梦回间反复出现。

那好不容易才端稳的枪又颤抖起来。

宋余杭看看陷入癫狂状态的李洋，再看看奄奄一息的林厌，仍然卡着女孩子的脖子，可是枪口挪了又挪，踉跄着往后退了几步，被队友一把扶稳了。

宋余杭剧烈地喘息着，胸腔上下起伏，掌心滑腻得几乎快握不住枪。

她和李洋犹如两头绝望的猛兽，用眼神撕咬拉扯着彼此。

李洋把枪口对准了林厌的太阳穴，而宋余杭也微微扣住了扳机。

只要她摁下去，一切都会灰飞烟灭。

没了人质，李洋必死无疑，而林厌也将消散在空气里。

宋余杭咬着唇流着泪，和李洋一起扣动了扳机。

女孩子惊恐地睁大了眼，眼角滑下了泪珠，嘶吼出声："爸——"

"砰——"

宋余杭的枪指向了天花板，而李洋的手臂无力地垂落了下来。

林厌喘息着，紧紧闭上眼睛，却没等到剧痛来袭。

"宋余杭，开枪啊！开枪啊！"她挣扎着，又被人拽了起来，卡着脖子往后拖去。

"宋队，冯局的电话。"一个刑警从身后把步话机递给了宋余杭。

宋余杭接过步话机，冯建国已经到了医院外围，从指挥车上大踏步地走了下来。

"李洋，你听好了——"冯建国威严又有些沉重的声音传了出来。

"我是江城市公安局局长冯建国，现场最高总指挥，只要你放了人质，我们不会伤害你的女儿。"

李洋拖着林厌步步后退，出了手术室，外面就是一个楼梯。他拽着林厌一步步爬了上去，宋余杭抓着小女孩儿步步紧逼。

李洋一边走，一边用枪指着林厌的脑袋："退后，都退后！"

宋余杭一扬手，其他人都站在了下面，只有她押着小女孩儿跟了上去。

她舔了舔唇，看着林厌："我的话你可以不信，冯局的话你总该信了吧？只要你放了她，我们不会伤害这个小女孩。"

两个人心照不宣地对视，宋余杭面无表情，林厌却微勾了一下嘴角。

李洋用背撞开了天台上的门，拿枪指着林厌，微微颤抖着声音道："我怎么知道你们说的是真是假？！"

"要是假的，刚才我就开枪了。"宋余杭说着，把小女孩儿也推进了雨幕里。

大雨冲刷着伤口，带来阵阵疼痛的同时，也让神志有了片刻清明，宋余杭觉得，自己稍稍能动脑筋思考问题了。

"李洋，你已经行将就木了，可是她还年轻，还有重新来过的机会，你这些年来不停为她寻找肾源，不也是希望她能重获新生吗？"

"爸——你别听她的！他们都是骗子！警察都不是好人！你快走啊！"因为虚弱，女孩子的脸已变得惨白，她在风雨中声嘶力竭地喊着。

宋余杭没有阻止女孩儿，这正中她的下怀。

“望远镜。”冯建国伸手问下属要了望远镜，抬头看向天台。

狙击手也移动着方向，把瞄准镜对准了目标，只是因为李洋一直押着林厌在他身前，狙击手迟迟扣不下扳机。

望远镜里的李洋歇斯底里地咆哮着：“闭嘴！别叫我爸！我不是你爸！你爸早死了！你就是一个拖油瓶！”

在两个人相依为命、东躲西藏的漫长时光里，李洋对她时好时坏，这样歇斯底里地发脾气的情况也不是头一回了。

他高兴的时候会摸着她的脸叫她“小公主”，不高兴的时候就狠狠地踹她一脚，骂她是拖油瓶，要她去死。

女孩子已经习惯了，变得对他言听计从。

可是即使这样，听见他这么说，也并不代表她能完全不伤心。

相比他的癫狂，宋余杭则平静多了，她已经从那种崩溃状态里解脱出来了，即使她依旧心急如焚。

胜利的天平开始往一边倾斜。

“既然这样，你一开始扔掉她就好了，何必一直将她带在身边，现在后悔会不会晚了些？还是说，你还有一丝生而为人的良知？你的哥哥在矿洞底下抛下你跑了，而余新叶救了你，你想报恩，对不对？”

“闭嘴！你闭嘴！”李洋喘着粗气，往后退着，踩到了天台上堆放着的钢筋水泥，脚下踉跄了一下。

林厌的伤口一直在流血，整个人被他拖得奄奄一息，只是那双眸子时不时地会睁开看宋余杭一眼，昭示她还活着。

宋余杭率先放下了枪，只是依旧抓着女孩儿没放：“我不知道你们在矿洞下面究竟发生了什么事，但就冲你知恩图报这一点，我敬你是条汉子。你们这二十年来相依为命，别说养个人，就是养条狗都有感情了吧？你罪行累累，她还年轻，真的要陪你一起葬送在这里吗？”

“李洋，如果她死了，你对得起余新叶的嘱托吗？对得起你的好兄弟吗？他可是拿命换了你的命啊！没有他，别说多活二十年，你现在还能站在这里吗？！”

在宋余杭循循善诱又残忍的话语里，李洋感觉二十年前矿洞下发生的一切仿佛历历在目。

“听说这批知青回乡只有一个名额了，下一批得再等三年呢。”

“我啊，家里没靠山，自己又挣不够工分，估计是没戏咯。”

“要咱说，咱们这一批人里来得最早又最能吃苦干活的不就是李家兄弟嘛，也不知道谁会回去。”

“嗐，反正人家是两兄弟，谁回去都一样，是不是啊李海？”

同伴捅了李海一下，李海擦了擦汗，看了看不远处干活的弟弟，又看了看周遭黑漆漆、脏兮兮的矿洞以及自己掌心里磨出来的水泡，眼神黯了黯。

“去、去、去，干活！”

矿难发生的时候，是李海先察觉的，放在地上装锡矿的筐在微微颤动。

他抹了一把额上的汗水，停下动作，突然就从顶上落了一块小石头下来，砸在他的脚上。

他看着看着，突然瞳孔一缩，扔了锄头就往出口跑，顺便还扯住了李洋和余新叶，把人往外推：“快走！”

但已经来不及了，说时迟，那时快，李海松开了李洋的手，余新叶则下意识地护住了这个来自城里的弟弟。

“哥！”李洋的声音湮灭在黑暗里。

三天后。

“咯咯……”余新叶的手已经被巨石压麻了，半边身子失去了知觉。

“余哥，余哥，你坚持住啊……”矿顶坍塌的时候，余新叶一把把李洋摁在了身下，李洋毫发无伤，从废墟里爬了出来，把自己随身带的那壶水喂给余新叶喝着。

李海爬过来拉他：“李洋，李洋，那边、那边有亮光，我们过去看看能不能刨开……”

李洋抹了一把眼泪，把水壶放在了李海的旁边：“好，哥，我们三个一定要一起出去。”

余新叶听见了，拖长了声音喊他们：“喂，你们出去了想干吗呀？我现在好想我媳妇，老婆孩子热炕头……”

李海侥幸逃过一劫，只是身上蹭破了点儿皮，拿捡来的石头刨着土。

“考医学硕士、博士，去大医院工作，娶个漂亮的媳妇，发大财，再也不用干活，受生产队长的气。”

“李洋，你呢？”

“我……”李洋挖土的动作顿了顿，李海想起的都是穷乡僻壤的苦，他却想起了这里清澈的河流和小溪、天气晴朗时候的蓝天白云、草地上肆意奔跑的牛羊以及像余姨一样淳朴的村民，还有脸蛋红红容易害羞的姑娘。

“我……开个养猪场吧，想吃肉，想让大家都富起来，就不用再吃苦了。”

余新叶被压了三天，精神尚可，一听这话就哈哈大笑了起来。

“好，那我给你当伙计，你当老板，咱们一起发家致富。”

第五天。

李海的水壶空了，去拿李洋的，被人一把夺了回去。

“哥，这点儿水留着给余哥喝。”

李海舔了舔干裂的嘴唇：“老子浑身没有一丝力气了，没力气干活咱们都得死在这儿！”

余新叶躺在地上，脸上都是灰，另一半身子也快没知觉了。他想说话，已经说不出来了。

“哥！”李洋去抢水壶。

李海拔开壶塞，一股脑地将水灌进了嘴里，抹抹唇把水壶扔在了地上。

“李洋，你鬼迷心窍了吗？！我才是你哥！余新叶已经快不行了！只有我们俩还能动，只有我们俩能活着出去！走！跟我去挖洞！！！”

“不，我不去，你放开我！”

“你不去是不是？是不是？！”李海拖着锄头来回转悠着，像一头猛兽般咆哮着，“那你就在这里等死吧！”

李洋本来以为他是在开玩笑，谁知道两天后，弹尽粮绝了，李海还是趁夜走了。

李洋追出去，发现他们好不容易刨开的洞口又被大石头堵上了。

他哭着跑回来道：“余哥，怎么办？我们出不去了，我哥他、他不要我了……”

余新叶用唯一能动的左手颤抖着拉住了他的手腕，声音断断续续地道：“别、别哭……余哥在……弟弟……答应我一件事……”

李洋抹了一把眼泪，把手垫进他的脑袋底下撑着他：“哥、哥你说……”

那抓着他手腕的手紧了又紧：“照顾好你、你嫂子……和、和俺闺女……有时间去看看、看看余姨……她年纪大了……腿脚不方便……你帮哥、帮哥照顾着点儿……”

李洋连连点头，泪落了下来。

余新叶的手摸到了他们前几天用来挖土的镰刀，李海虽然走了，却还是给他们留下了工具。

余新叶将镰刀抓在手里笑了笑，攥进了自己的掌心里，猛地往回一勾手，顿时血流如注。

李洋扑了上去，替他捂着伤口：“哥！哥！”

余新叶面色惨白，勉强笑了笑：“别浪费……快喝吧。”

对那段黑暗的日子，后来李洋已经逐渐记忆模糊了，可是他始终记得一个词：茹毛饮血。

他不记得自己在里面究竟待了多久，饥寒交迫下，本能促使他去吸余新叶的血，一开始血还是热的，后来逐渐就凉了，再后来尸体就臭了。

而李洋也终于人不人鬼不鬼地爬了出去，变得面目全非。

那些淳朴的村民连一口水都舍不得施舍给他，见了他就跑：“鬼啊！”

包括村口那个喜欢他的姑娘，于是他就杀了她。

他发誓他不是故意的，只是想给她点儿颜色瞧瞧，谁知道等他回过神来时，人已经没了呼吸。

李洋失魂落魄地跑了两步，却还是倒回去扒拉着她身上看有没有什么值钱的东西。

随后他跑去了余新叶家，家里早已人去楼空，拆迁的人把他赶了出来。

“神经病吧？！哪里来的疯子？滚！”

他是在余家背后的垃圾堆里捡到余鲸的，襁褓破烂不堪，婴儿脸色青白，已经奄奄一息了。

李洋把从那个女孩子身上搜刮出来的一点儿钱全部拿来买了奶粉，坐在桥洞底下拿垃圾堆里捡来的奶瓶一点点地喂余鲸喝着。

从那一天起，他和余鲸就开始了二十年如一日的漂泊生活。

后来，他也曾带余鲸去找过余姨，老人接连遭受打击，早已是风烛残年，躺在床上不住咳嗽着，破旧的小茅屋四处漏风，摇摇欲坠。

李洋把抢来的钱放在了廊下，抱着孩子离开了小河村。

他一个没文化、没学历又被注销了身份证的人，带着一个嗷嗷待哺的婴儿已力不从心，又怎么再兼顾一个已到晚年浑身是病的老人呢？

这世上，多的是阴错阳差和有心无力的事。

他不是没想过找一份正儿八经能糊口的工作。

“学历？”

“大学……”对面招聘的人眼眸一亮。

李洋低下了头："退学了。"

"滚、滚、滚。"

工地上。

"就那小子，上工还背着个小孩儿，一天也干不了多少活，还得多一张嘴吃饭。"

到了晚上，他就被辞退了，捏着只有谈好的一半的微薄薪水，还不够他买一罐奶粉的。

"我跟你说啊，咱们是工地不是慈善基地，给你钱已经是老板看得起你了——"工头趾高气扬，见他迟迟不接，径直把钱甩在了他的脸上。

李洋扑上去，抄起一旁放着的榔头就狠狠地砸向了工头的脑袋，直到头盔碎了，工头逐渐没了动静。

李洋把榔头扔了，拿衣服擦着地，匆匆跑回了家，抱起孩子开始下一场逃亡。

就这样，他从小河村到五里镇，再到庆安县，后来又陆陆续续地去了许多地方。

余鲸跟着他已经两年了，到了牙牙学语的年纪。

李洋靠捡垃圾为生，某一天夜里回家，余鲸开始吐奶，他抱着孩子去了医院。

医生告诉他说："估计孩子是先天性肾病，治不好的，做个心理准备吧。"

出了医院，他把孩子放在了公路边上，这里人来人往的，万一有好心人看见孩子，捡走了也是好的。

李洋蹲在墙角，抽着地上别人抽剩下的烟，一直等到月上中天，也没有人来捡走余鲸。

孩子可能是饿了，哇哇大哭起来，李洋站起来，转身就走。

身后的孩子的哭声却如同魔音灌耳，他怎么都甩不掉。

李洋又想起了黑暗中余新叶的脸以及嘱托。

他咬着牙跑了回去，从纸箱里抱起孩子，接触到熟悉的温度和气息，余鲸瞬间止住了哭声，咧开嘴笑了一个，冒着鼻涕泡泡往他怀里钻，勾着他的手指，开口叫了第一句："八……八八……"

那一年，李洋二十四岁，没有娶妻生子，没有谈过恋爱，却有了人生中的第一个孩子。

"你懂什么？！懂什么？！余新叶是自愿的！自愿的！我没有害他！没有害他！你们都该死！像你们这种没有被人抛弃过、自以为是的人又懂什么？！别过来！我杀了她！"

李洋卡着林厌的脖子把人往后拖，已经快走到天台边缘。

宋余杭推着女孩儿往前走："别激动，我们做个交易吧，你把她还给我，我把孩子还给你，我保证不伤害孩子，怎么样？"

刚刚宋余杭递给她的手铐，林厌还攥在手里，藏进了袖口里，即使浑身剧痛神志不清也没有松开过。

她跟着李洋往后退："谁说我没有被人抛弃过？李洋，我不知道你过着怎样的人生，但我啊，始终不是被选择的那个。"

"我叫林厌，我哥叫林诚，听名字你就知道，我爸选择的是谁了。"浑身大量血液流失的情况下说这么长一段话，林厌不停地喘着粗气，呼吸跟扯风箱一样沉重。

"我过的也是……阴影里的人生，但是……"她略微仰起了头，眼神坚毅又滚烫，"我从来没有害过人。勇者愤怒，抽刀面向更强者；怯者愤怒，抽刀面向更弱者。看不惯这样的生活你就用自己的双手干翻它，杀人算什么本事？！"

她话音刚落，那小孩子却又叫了起来："你胡说！你根本不了解他，不了解我们过的是什么生活，你有什么资格说我们？！我六岁的时候想上学，可是我们没有身份证也不能上户口，爸爸就去求老师，跪在她脚边求……我生病之后不能出门，他怕我待在家里无聊，就用全部的积蓄去废品回收站买了旧电脑……我们很穷很穷，常常一天吃不上一顿饭……"

"我们住桥洞、睡马路、躲厕所……你们呢？"女孩子眼里渗出恶毒又不屑的光，"你们过着锦衣玉食的生活，却还抱怨着这个世界对你们不公，凭什么呢？"

"那些想死的孩子都是，他们永远也不知道别人过得多么辛苦，他们又过得多么容易。"

宋余杭低下头看了女孩子一眼，雨水顺着女孩子的下颌往下淌："你还年轻，也不知道活在这个世界上，没有一个人是容易的。"

旁人只看到了林厌的家财万贯，却看不到她的如履薄冰。

旁人只看到了她的冷静睿智，家庭幸福美满，却看不到藏在这美满背后的深深的遗憾。

旁人或许也只能看见李洋的心狠手辣、丧心病狂，却看不到两个相依为命的人过着怎样水深火热的生活。

这个世界上的每个人都是站在自己的那口井里仰望着井上方天地。

没有经历过这些的人，又怎么谈得上真正感同身受？

但是，每个人心里都应该有一杆标尺，那就是道德和法律的底线。

不管你是为情、为爱、为钱、为仇，只要触碰了这条线，就是犯罪，就是泯灭人性。

因此，宋余杭也只是说：“你有爸爸，你可曾想过，那些被你诱骗杀掉的孩子，也有爸爸妈妈，他们像你和你的爸爸一样，和自己的父母相依为命。”

女孩子怔住，嘴唇颤抖。她已经在雨水里泡太久了，终末期尿毒症让她的身体十分虚弱，几乎站不稳了。

李洋敏感地察觉到了这种变化，又拖着林厌往后退了一步，身体已经抵上了栏杆。他偏头往下看了一眼，楼下停满了警车、救护车，围满了荷枪实弹的特警，在黑暗里化成了一个个小小的蝼蚁。

无人机在他的头顶盘旋，他知道，自己今天插翅也难飞了。

宋余杭推着孩子也上前了一步：“你看，即使你对小孩子做了那么多错事，教唆她杀人，打她、骂她，她记着的仍然是你的好。孩子就是这么一种柔软又神奇的生物，李洋，别辜负了她对你的好，也别辜负了余新叶对你的嘱托。我想如果余新叶还活着，也不愿意见到自己最爱的女儿和最亲的兄弟变成今天这个样子吧？”

“李洋，回来吧，放开她，像我这样……”宋余杭卡着女孩的胳膊慢慢松了开来，“我保证你在被捕之前还能和她说上一会儿话。”

“对了，还有余姨，我去小河村见过她了，她的身体不错，就是腿脚不好，我知道这些年一直是你在给她寄东西，对吧？余姨说，她很想你，希望你能回去看看她，她要是知道余新叶的女儿还活着的话，一定会很开心的。”

那抵在林厌太阳穴上的枪口慢慢滑落了下来，宋余杭松了一口气。

林厌悄悄咽了一下口水，喉结上下滚动着。

李洋往后退了一步，却再没拉着林厌往后退，而是看着余鲸，缓缓举起枪抵上了自己的额头。

“余鲸，下辈子别再跟着我了。”

余鲸眼里瞬间涌出了泪花：“爸爸！”

她猛地张嘴一口咬住了宋余杭的手腕，宋余杭吃痛，本就体力不支，猝不及防之间被人逃了出去。

她已来不及阻止，仅仅只是一个错身的工夫，子弹破空而来。

“林厌，卧倒！”

像无数次默契配合那样，她一开口，林厌就下意识地往前一扑，却没料到李洋的脸瞬间变得阴冷而可怕，他死死地抱住了林厌的腰。

他听见了枪声，却不是自己手里的枪发出的。

“我说过了，死也要拉一个垫背的人！”

“不要！”

宋余杭扑了过去。

可这终究是一场空，她谁也救不了。

年久失修的栏杆在眼前断裂，血花在眼底绽放。

她没料到的是，余鲸会扑过去救李洋。狙击手开枪只是为了阻止李洋自杀，余鲸扑过去也是为了阻止她的爸爸自杀。

那发子弹却落在了余鲸的身上。

重力作用下，李洋拽着林厌，瞪大了眼睛，看着余鲸头上冒出来的血窟窿，三个人一齐翻下了天台。

“林厌！！！”宋余杭声嘶力竭地咆哮着，冲到了栏杆边。

“砰——”

“啪——”

救护车和警车的鸣笛声响了起来。

宋余杭跪在雨里，歇斯底里地喊着林厌的名字。

有几个特警上前来拉她，被宋余杭一把甩开了：“滚！滚！”

“宋队，冷静……”几个人过来拖她，宋余杭趴在地上，一寸寸地往天台边缘挪着。

挪到天台边上的时候，她就和人四目相对了。

林厌一只手上铐着手铐，手铐另一边铐在房梁突出来的钢筋上，整个人在风中摇摇欲坠。

她对着宋余杭嫣然一笑。

第 66 章　喜欢

宋余杭解了手铐，和几个队友合力把林厌抱了上来。林厌靠到宋余杭的怀里，把下巴搭在她的肩膀上，微微闭上了眼睛，脚踏实地的感觉真好。

宋余杭轻轻拍着林厌的后背，脸上挂着泪痕，嘴角却泛起了笑意。

林厌微微松开宋余杭，刚想开口说话，就咳了两声。

宋余杭瞬间变了脸色。

林厌摸到自己嘴角溢出大量血液，用手背抹了抹，勉强笑道："没、没事……"

话音未落，她便眼前一黑栽倒。

那一天对江城市公安局全体公安干警来说是一个难忘的日子，不仅是因为他们破获了横跨数十年的曲折离奇的"白鲸案"，不仅是因为张金海牺牲，不仅是因为凶手的死亡和背后的故事，每个人好像都在这场雨里读懂了些什么，然后重获新生。

那一天不光对段城来说特别，对技侦的每一个人都有这样的意义。

后来的段城从业数十年，和林厌一样成了经验丰富、有勇有谋的法医，但他回想起那一天，包括张金海的牺牲，包括这场雨，记忆都变得模糊了。他能想起的，只有这个瞬间。

宋余杭抱着林厌跑过来，两个人都身负重伤，宋余杭的腿在流血，每跑一步踩在积水里，溅起的水花都变成了淡红色。

林厌的手臂垂落了下来，脸色苍白如纸，鲜血顺着指尖往下淌，整个人了无生气，像一具精致又没有生气的瓷娃娃。

天地万籁俱寂，就连警车的鸣笛声都像消失不见，她们身后是逐渐变亮的天色，东方露出了鱼肚白。

医生推着轮床在前面跑，宋余杭一瘸一拐地跟在后面追：“医生，你救救她，救救她啊……”

“放心吧，我们会尽力的。”

抢救室的门关上了，灯亮了起来，宋余杭被隔绝在外。

她还想往里冲，被方辛和段城拦了下来：“宋队，林姐会没事的……”

几个人想把宋余杭往病床上拖，宋余杭挣扎起来，几个男医生都按不住，段城被搡到了一边，方辛一把把人扶稳了。

“没事吧？”

“没事。”

段城拍了拍方辛的手，又上去拉宋余杭。

宋余杭又扑到抢救室门前，踮起脚往里望。

“林厌没出来之前我哪儿也不去……”

她嘴里念念有词，抢救室的门在这时“唰”地一下被拉开了，医生摘下口罩，神色焦急地问：“你们谁是家属？”

几个人面面相觑，宋余杭一把拽住了医生的袖子：“我、我是她的朋友……她是警察……你救救她……救救她！”

医生把她的手扒拉了下去：“你就是她的领导也没用，格林巴利综合征，外加合并内外伤感染，已经多器官衰竭休克了！快去找家属签手术知情同意书，我们才好做手术！”

这一连串医疗专业术语把宋余杭打得晕头转向的。

格……格什么综合征？

她怎么从未听林厌提过？

正在这时，林舸气喘吁吁地从走廊尽头跑了过来：“我、我来签！”

宋余杭此时才感觉一阵天旋地转，眼前一黑，彻底晕了过去。

又是一阵兵荒马乱，冯建国和宋妈妈也赶到了医院，两间手术室的灯同时亮了起来。

宋妈妈坐在走廊上焦急难耐，抹着眼泪，细看去整个身体都在微微颤抖。

季景行得到消息，把孩子送去学校就连忙赶了过来，蹲在地上握住了宋妈妈的手，轻声安慰道：“妈……没事啊……余杭一定会没事的……”

林舸也在走廊尽头焦急地转来转去，想抽烟时看见墙上贴着的禁烟标志，又把烟收了回去，揉成一团扔进垃圾桶里。

宋妈妈望过去，顿时站了起来：“林……是林舸吗？你怎么也在这儿？”

林舸回过神来，对着老人微微点了一下头，也冲季景行略微颔首表示打招呼。

他指了指旁边的手术室，笑容有些勉强：“我妹妹。”

老人恍然大悟，脸上溢出了难过的神色：“希望她们都平安。”

“会的。”林舸点了点头，见老人还颤颤巍巍地站着，又过来扶着人坐下。

“您坐，我听她们的局长说了，宋警官伤得轻些，应该很快就能出来了。”

他话音刚落，隔壁手术室的门开了，医生跑了出来：“谁是林厌的家属？过来签一下字。”

“我是、我是。”林舸赶紧跑过去，“签什么字？我签。”

“病危通知书。”

林舸顿时眼前一黑，感觉天旋地转。

医生还在催促：“快签吧，她这个病很麻烦，现在就是止不住血，需要大量输血。你赶紧签，签了我们好从血库调血。”

林舸深吸了一大口气，颤抖着手拿起笔，歪歪扭扭地写下了自己的名字。

宋妈妈看着那边的情况，也有些提心吊胆的：“怎么伤得这么重啊？听说对方比余杭还小三岁，也太可怜了……”

季景行轻轻替她捏着胳膊腿缓解着老人的紧张：“妈，您担心自个儿都来不及，怎么还惦记上别人了呢？”

宋妈妈回过神来压低了声音道：“我没跟你说过啊？哦，对，你应该没见过，那个就是余杭的相亲对象，要是两人能成，他妹妹不就是……”

季景行笑了，“哎哟”一声往老人身上靠，因为宋妈妈这话，紧张的氛围一下子就被冲淡了。

“妈，这八字都还没一撇的事呢，您这么早就开始担心余杭的妯娌关系了啊？”

宋妈妈拍着她的手长叹了一声道：“唉，我不担心行吗？她表面上看起来和谁都处得来，实际上独得很，她哥又走了，她也就和我、你，说得上话。我还是希望她能多几个朋友、兄弟姐妹的。”

两个人说着话，电梯门开了，走廊上拥进来一批西装革履的精英人士，簇拥着为首坐在轮椅上的老人以及推着轮椅的年轻貌美的女人，风一样掠过她们身边，带来了阵阵刺鼻的香水味，一行人直奔林舸而去。

林又元拄着拐杖，坐在轮椅上，语气波澜不惊地问：“怎么样了？”

林舸摇头，面色黯然：“还在抢救，刚下了病危通知书……”

他话还未说完，跟在林又元身后的几个中年人就窃窃私语起来。

“小姐怎么突然就病危了呢？”

“那她名下的子公司……”

“林总，还是得早做打算才行啊。”

有人劝道。

林舸脸上闪过一丝怒色，而那女人快意地笑了起来：“哎哟，人还没死呢，你们这么激动干吗？就算是……总经理的位置也轮不到你们呀。”

她摸了摸自己的肚子，暗恨：怎么还没动静。

林又元摆手，止住了话头，抬眼问一旁跟着的医院科主任：“什么病？”

“格林巴利综合征。”

林又元皱了一下眉头，显然是没听懂。

科主任又点头哈腰地跟他解释：“是一种由免疫系统损伤而引起的神经性疾病，再加上林小姐受了枪伤，因此血很难止住……”

他抬眼小心翼翼地端详着林又元越来越难看的脸色，斟酌着用词：“不过我们已经调集了本院全部骨干医疗力量，全力抢救林小姐，相信林小姐一定会吉人天相、吉人天相的……”

他抹了抹额上的虚汗，这话说得自己都没底气。

林又元把玩着自己拇指上的绿扳指，神色晦暗不明。

“她什么时候得的病？”

他这话显然是在问林舸了，林舸怔了怔，抹了一把脸，回道：“我也不知道……”

林又元抿紧了唇，下一秒怒道：“荒唐！”

他说罢，自己推动着轮椅扭头就走，林舸追了两步，那一大帮子人又呼啦一下围了上去，仿佛他们只是来医院走个过场看看林厌死没死，连耐心地等手术结束都不愿。

“林叔……”林舸追到电梯前，电梯门却关上了，他的手颓然地垂落了下来。

林厌四岁时，他生了一场大病，日夜躺在医院里，林妈妈彻夜看护着他，替他换洗衣服，喂他吃饭，陪他玩，给他讲故事解闷。

小小的林厌就躲在门背后看着这一切。

林妈妈挥手让人进来，拿帕子替她把疯跑了一天冒出的汗擦干净。

那时候的林厌刚到林舸家不过一年，还不大爱说话，不过他们都很喜欢这个有点儿闷的小妹妹就是了。

林舸坐在床上，头上还缠着退烧的帕子，逗她："怎么了，林厌，不开心吗？等哥好了陪你玩。"

林厌拿纯洁无瑕的大眼睛看着他："哥，生病了爸爸妈妈就会陪你吗？"

林妈妈脸上的笑容淡了下去，她正不知道该怎么回答这个问题时，林厌已推开她的手跑了出去。等管家找到人的时候，数九寒冬里，林厌站在浇花用的水龙头下淋成了落汤鸡。

次日，她如愿以偿地发起了高烧，可是林又元依旧没来看她。

这次也不例外，其实林厌要是能醒过来，最想看见的不是他这个哥哥，而是父亲吧。

有人要上电梯，林舸让开，往回走去，经过长椅上坐着的二人身边时，略微点了一下头。

宋妈妈站了起来，看他脸色憔悴，眼眶通红，胡子拉碴的，刚刚走廊上的一幕她们都听见、看见了，因此即使素未谋面，宋妈妈还是有些心疼躺在里面生死未卜的小姑娘。

"林舸，你别担心啊，会没事的。"

这时候旁人的一句安慰就足以让他热泪盈眶了，林舸勉强地笑了一下："嗯，谢谢宋姨，宋小姐也会没事的。"

不知道是不是老天爷听见了他的话，手术室的门在这时打开了。

几个医生推着轮床走了出来，宋妈妈和季景行迎了上去："怎么样了？"

"嵌在腿里的弹片已经完整地取出来了，暂无大碍，只是病人需要卧床静养，三个月内最好避免进行剧烈运动。"

宋余杭躺在床上，还没从麻醉里苏醒过来，嘴里插着呼吸机的管子，浑身上下缠满了纱布，右手上打着石膏。

医生边走边对她们说："右手伤得比我们想象的严重，从肩膀处就骨折了，难以想象她是怎么坚持这么久才被送来医院的……"

宋妈妈的眼泪一下子就下来了，她忙去摸宋余杭的脸：“余杭啊……”

“妈。”季景行红着眼眶去拉她，“人没事就好，没事就好，好好养着都会好的。”

医生把人送进了 ICU 观察静养，宋妈妈又仔仔细细地缠着医生问了一些护理注意事项以及对伤口有好处的食物及忌口，这才被季景行拉着回家给宋余杭做饭去了。

而另一间手术室的灯一直亮着。

林舸或坐或卧，或走到阳台上去吸烟，一直从黎明等到了黑夜，其间林妈妈打了三四个电话给他，还说要亲自过来看看，被他极力劝阻了。

林舸挂掉电话，长叹了一口气，把脸深深地埋进了掌心里。

林又元看着外面的天色逐渐黑了下来，会议室里的大小股东已散尽，秘书收拾着桌上的报表材料。

林又元用指尖轻轻叩着桌面，片刻后突然停住了，秘书会意：“林总——”

“请王教授去看看吧。”

秘书怔了怔，还没回过神来，林又元已经自己推着轮椅走远了，秘书这才一拍脑门跟上去。

王兴教授，国内某顶尖三甲医院的神经内科主任兼院长，和林总私交甚好。

秘书出了会议室门，安排好司机来接林又元回家后，就忙不迭地打电话联系人去了。

远在北京开会的王兴教授，接到通知后便连夜飞往了江城市。

手术刚告一段落，床旁的监护仪嘀嘀作响，源源不断的血浆从她的身体里流淌出来，经过离心机过滤置换后再输回去。

林厌全身的血液相当于被置换了一遍，但人并未彻底脱离危险。

医生拿电笔翻开她的眼睑看了看，又听了心音，拿起她的脑部 CT 和胸片仔细瞧着，手边的检查报告堆了厚厚一摞。

半晌后，王兴摇头道：“麻烦了，格林巴利综合征导致她的免疫水平极低，又因为受了枪伤，大面积感染再加上多器官衰竭，又合并胸腹水，正是需要免疫系统工作的时候，偏偏她全身的免疫系统几乎瘫痪了。”

“这是个死循环。”

他尽量用寻常人能听懂的通俗语言去解释，林又元坐在轮椅里，面部肌肉微微颤动着，没什么别的表情。

“她能活下来的概率有多大？”

“不到20%。”

王兴顿了一下，事已至此，也没什么好隐瞒的了：“而且就算她能活下来，预后极差，身体素质会大幅下降，免不了得终身服药。”

他把手中的检验报告递回给了林又元，摘下眼镜道：“老林，还是得早做打算啊。”

三天后，宋余杭从昏睡中醒了过来，生命体征平稳，被推回了普通病房。她挣扎着要下床时，被人一把摁了回去。

季景行和宋妈妈都看着她，眼眶泛红，宋妈妈没说话，季景行开了口：“好不容易才死里逃生，你又犯什么浑？”

季景行从不曾这么严厉地对她说过话，宋余杭一怔，嗓音还是喑哑的：“我、我想去看看林厌……她的手术结束了吗？人怎么样了？脱离危险了吗？”

一连串的问题劈头盖脸地砸了过来，季景行颤抖着嘴唇，看着宋余杭自己浑身是伤，缠满了绷带，却还牵挂着别人，忍不住就发了火：“宋余杭，在省城的时候就是这样，你现在还是这样，你就不能先管好自己吗？！”

“我……”宋余杭想说话，开口就是一连串咳嗽，还是宋妈妈替她解了围。

“你想去就去吧，护士，麻烦推个轮椅来。”

等到了ICU门口，已经过了探视时间，宋余杭一把拽住了路过的医护人员。

“医生，麻烦问一下，里面有个叫林厌的患者，怎么样了？”

医生翻着手里的病历记录：“林厌啊……我看看，已经转院了呢。”

宋余杭怔了怔：“转院……怎么可能呢？她伤得那么严重……”

“是真的。”医生看她是个病号，又是警方特意打过招呼让关照的病人，耐心回答着问题，“她的病比较复杂……咱们医院医疗水平有限，她就转去上一级医院了。”

宋余杭的心悬在了嗓子眼里：“复杂？复杂是什么意思？她还没脱离危险吗？还是说……”

“抱歉，这就是患者的隐私了，我们不能说。”

“哎——医生，医生！”眼看着医生走远，宋余杭忙去追，却因为手脚都没力气，转不了轮椅，猛地往前扑去，摔倒在地上。

宋妈妈大惊失色：“余杭，余杭啊……”

宋余杭自己挣扎着爬起来，却扯动了伤口，疼得龇牙咧嘴。她一边安慰妈妈，一边勉强笑着：“没事，我没事……”

面前突然停下一双皮鞋，她顺着挺括的裤腿往上看去，是冯局。

冯建国伸手把人扶了起来：“有时间吗？谈谈。”

宋余杭愣愣地点头，几个人送她回了病房，宋妈妈和季景行安顿好她，就退了出去。

“我知道你想问林厌的问题。”不等她开口，冯建国已率先挑起了话头。

“是林家派人接她转院的，毕竟是家属，我们也无法插手。”

宋余杭点了点头。她就是怕，怕林家的那些人又像上一次那样对待林厌，怕林厌在林家吃苦。

“我把我知道的事告诉你了，现在轮到你告诉我了，那天林厌究竟跑去干吗？”

宋余杭的手捏紧了被单，她下意识的反应就是不能说。

在冯建国这种老油条面前，宋余杭脸上一丝一毫的表情变化都逃不过他的眼睛。

“我只有一句忠告，以林厌的家世和背景，她想查的东西都查不到，宋余杭，你别不自量力。”

宋余杭霍地抬起了头，瞳孔一缩：“冯局，您是不是知道些什么？还有，那个狙击手为什么会开枪？”

冯建国背过身去看着窗外，长叹了一口气：“我不知道，我只是觉得事出反常必有妖。林厌虽然冲动，但并不是毫无头脑的人，你更不是个会把喜怒挂在脸上的人。”

宋余杭心里“咯噔”了一下，冯建国今天来是质问，亦是提点。

聪明人知道什么时候该说话，什么时候不该说话，宋余杭选择了保持沉默。

“那个狙击手已经在接受审查了，不过估计没什么结果，那种情况下你也知道，开枪是正常程序。”

宋余杭抿了一下唇：“我就是觉得有点儿可惜。”

可惜他们不能从两人嘴里挖出更多东西。

冯建国却轻轻嗤笑了一下，转过身来看着宋余杭，脸上有一丝哀容：“可惜什么？可惜狙击手开枪打死了女孩子吗？”

宋余杭抬头。

他接着道：“你之前一直昏迷，我没来得及告诉你，张队死了，那个女孩子杀的，一刀封喉，割的大动脉，没等到医生来就……”

冯建国说到最后，已说不下去，用手掐了掐眉心，深呼吸后又转了回去，看着窗外的晴空万里，秋天的最后一片叶子落了下去。

宋余杭咬着牙，尚能动的左手紧紧攥着床单，手背上青筋暴起。

好半天她才让自己冷静下来。

“你和林厌的立功申请已经报上去了，老张不在了，局里就属你资历最老，侦查经验丰富，又屡立奇功，这个节骨眼上，你可别乱来。”

冯建国拿起宽檐帽戴在头上，转身离开。

第67章　选择

“嘟——对不起，您所拨打的电话暂时无人接听。”

“对不起，您所拨打的电话暂时无人接听。”

明知道林厌还昏迷不醒，宋余杭却还是执着地拨着她的电话，半晌后传来了“嘟嘟”的声音，宋余杭有些失落地放下手机，却没想到电话突然接通了。

宋余杭眼睛一亮，有些激动地道：“喂？林……”

“是我，宋小姐。”听筒里传来了林管家苍老的声音，“小姐还没有苏醒，她的手机暂时在我这里。”

林管家解释了前因后果，宋余杭有些失望地闭了下眼睛，随即又紧张起来：“都已经五天了，她还没醒吗？怎么会？她现在在哪个医院，我想去看看她……”

林管家背过身去，避开了走廊上来回巡逻的保镖。

“小姐这次，唉……”他长叹了一口气，又道，“宋小姐别难为我了，老爷亲自下的命令，除了医生不准任何人前来探视。”

就连他也只是因为跟着林厌的时间最长，所以被破例允许贴身照顾。

“我……咯咯……”宋余杭伤还未好透，一激动就容易咳嗽。

林管家听着她的声音，不忍地劝道：“宋小姐听我一句劝，留得青山在不怕没柴烧，先照顾好自己才行……”

宋余杭捂着唇又咳了几声，脸色苍白地道：“我知道的……”

“林管家，您能见她对不对？可不可以求您帮我个忙，我有话想要告诉她。”

林管家偏头透过玻璃屏蔽门往里看了一眼，医生刚做完检查出来，他侧身让路进去：“那好吧，我不能待太久，您尽快。”

“好，谢谢您。”

管家把手机放在了林厌的枕边。

一阵布料摩擦的声音传来，等到那边彻底安静下来，宋余杭开了口：“林厌……”

宋余杭也不知道这些话林厌能不能听到，但就是想要告诉她些什么。

“那天你在天台上说，你从来不是被选择的那个，但我想说，你现在是了。”

林厌静静地躺在床上，戴着呼吸机，散在枕头上的发也失了光泽，整个人骨瘦如柴，窝在被子里几乎看不出身体起伏。

“在我这里，从今往后，你一直都是。林厌，好起来，别忘了你答应过我不能死，别忘了你答应过我案子结了我们一起去喝酒……”

床旁边放着的心电监护仪稍稍波动了一下，心跳、血压慢慢回升着。

林厌依旧闭着眼睛，眼角却滑下了泪珠。

林管家把手机拿了起来：“宋小姐……”

宋余杭抹干净脸上的泪痕：“好了，麻烦您了，林管家。”

“唉，不麻烦，该做的，我也希望小姐早日好起来。”

宋余杭点了点头：“那我就不打扰您了，林厌有什么状况的话，还请您及时告诉我。”

“好、好，再见。”

听见玻璃屏蔽门外传来脚步声，林管家赶紧把手机收起来，替林厌掖着被子。

林舸验过指纹走了进来，林管家替林厌盖被子的手僵了一下，随即他恭敬地鞠躬道：“林少爷好。”

林舸点了点头，看着空无一人的病房问道：“怎么就你一个人，医生和护工呢？”

“医生刚走，我照顾小姐习惯了，就过来看看。”

“今天厌厌怎么样了？”

“还是老样子。”

林管家把手从被子上收了回来。

林舸从床底下拉出椅子坐了下来：“好，那你出去吧，我陪厌厌待会儿。”

“哎，好。”管家退了两步，又冲林舸鞠了一躬，这才退出去。

“姑姑！”宋余杭刚把电话挂掉，小孩子就风一样跑了进来，季景行逮着孩子的衣领在后面追。

“哎，别扑你姑姑，她身上有伤。”

宋妈妈跟在后面也拎着饭盒走了进来。

“喏，你喜欢喝的玉米排骨汤，最近啊都是你姐亲自下厨，连我都有口福了。”

宋余杭笑，已把小唯抱在怀里，一只手搂着她，亲了亲小孩子滑嫩的脸蛋。

“谢谢妈，谢谢姐，你们辛苦了。小唯，最近有没有想姑姑呀？”

“想了——”小孩子拖着长长的奶音答。

“姑姑不在，没人陪我踢球，没人陪我跳绳，没人陪我去游乐场——”小孩子掰着手指头数，把一屋子人都逗笑了。

季景行把人拉过来，用指尖点了点她的鼻头：“你个小家伙还挺记仇。”

小唯不好意思地笑了笑，扎着两个羊角辫，活泼又可爱，从妈妈怀里挣脱出来，又滚到了宋余杭身边扒拉着她的手，往她缠好的石膏上吹气：“姑姑，疼不疼啊？小唯给你吹吹，呼呼——”

看着小孩子鼓起腮帮子使劲吹的模样，宋余杭心一软，摸上了小唯的脑袋：“对不起小唯，这段日子太忙了，等姑姑闲下来，姑姑答应你，圣诞节的时候姑姑一定带你去游乐场玩。”

“妈，你坐。”季景行说着，把宋妈妈手里的饭盒接过来放在桌上，扭开盖子，拿热水烫了碗筷，才一勺一勺地将汤盛到碗里递给宋余杭。

“你啊，得了吧，圣诞节前后正是期末考的时候，可别让她又分心了。再说了，你忙，我们都理解的，小唯童言无忌，你别往心里去。”

听了前半段，小唯惨叫一声倒在了奶奶的怀里：“奶奶、奶奶，你管管妈妈，我不想上那么多补习班——”

宋妈妈心都要化了，哪里还顾得上那么多：“好、好、好，寒假你到奶奶这里来玩，保证不让妈妈给你布置作业。”

这下轮到季景行不满了：“妈——”

那厢祖孙两个人闹着，汤已经不烫了，宋余杭接过季景行手里的碗，单手端着一饮而尽。

小唯拉着宋余杭的手道：“姑姑，我们玩五子棋好不好呀？”

宋余杭揉了揉她的脑袋：“好，但你答应我，姑姑陪你玩一个小时，然后你就要乖乖地跟妈妈回家写作业，好不好呀？”

小唯用力地点头：“拉钩上吊一百年不许变。”

宋余杭笑容柔和地勾住了她的指尖：“谁变谁是小狗。”

窗外的蓝天白云缓慢地流淌过去，在这一个月里，宋余杭几乎每天都会给林厌打电话，可是除了那一次外，电话再也没有接通过。她就在这样焦躁不安的等待中，迎来了自己的正式任命文件以及张金海的葬礼。

那一天她起了个大早，穿上久违的制服，系好衬衫扣子，在宋妈妈的帮助下打好了领带，戴上卷檐帽，拄着拐杖一瘸一拐地出了门。

江城市殡仪馆。

警车开道送英雄最后一程。

道路两旁有不约而同地拿着白菊拉着横幅前来送行的群众。

衣着整洁、胸口别了白花、眼含热泪的刑警正步走在前面，手里捧着的骨灰盒上盖着党旗，刑警身后跟着的是张金海的家属，妻女都哭成了泪人。

“张金海同志的追悼会，现在开始。奏哀乐，鸣炮。”

“砰砰——”炮声犹如嘹亮的枪响。

“全体肃立，向张金海同志的遗像敬礼！”随着司仪一声令下，所有人都把手举到了太阳穴边上。

段城穿着一身黑衣，站在人群中泪流满面。

旁边的方辛和郑成睿也都穿着警服，胸口别着白花，眼含热泪。

葬礼结束后，冯建国端了一瓶茅台走到墓碑旁边洒了下去。

宋余杭独自一瘸一拐地上着台阶，走到最后一级站定。

冯建国摸着墓碑上的那行字：“铁肩担道义，丹心筑警魂，这是当年赵厅送我的字。”

他一直将这幅字挂在办公室里，张金海还向他讨要过，如今他却只能以这种方式将字送给对方了。

宋余杭俯身，往墓碑旁放了一束白菊：“如果有朝一日我牺牲，这也将是最好的墓志铭。”

她仰头望向浩瀚的碑林海，风吹过来，带来了漫山遍野的菊花香。

这里不仅躺着张金海，躺着她的父亲和兄长，还躺着许许多多她认识、不认识的朋友、前辈或同事以及更多叫不上姓名只有代号的兄弟。

是他们用血与肉护佑着一方平安，护佑着万家灯火。

他们生于这里，长于这里，又必将魂归故里。

而终有一日，她也会回到这里，但宋余杭想，对一个警察来说，那将是最好的归宿。

她松开拐杖，举起负伤的右手，缓慢地送到了太阳穴边。

和平年代的集体三等功意味着什么呢？

段城摸着胸前的大红花迷茫了。

“走啊，晚上去喝酒啊，你们技侦这次破了这么大的案子，在赵厅那里可算是长脸了，我估计你这次转正的事可算是稳了，以后这就是铁饭碗啦，多多关照哦。”

有相熟的朋友过来和他勾肩搭背，段城失魂落魄地一把拂开了对方：“不去，你自己去吧。”

“哎——你看看，刚立功就翻脸不认人，什么东西！”

朋友跺脚暗恨，被一旁的人拉走：“算了、算了，他不去算了，人家现在可是大红人，走、走、走，我们去喝酒唱 K。”

段城不知不觉间走到了训练基地的射击馆前。

已经过了下班时间，场馆内还是灯火通明。

他透过洞开的门望进去，一个姣好的身影正在举枪打靶。

段城抬脚走了进去。

一匣子弹打完，旁边的显示器上显示五发上环，五发脱靶，方辛咬了咬牙，额头上渗出了一层薄汗，又举起了酸痛的手臂。

旁边的射击位上传来枪响，方辛被惊了一跳，猛地看过去，发现是段城。

“你、你怎么来了？”

段城用眼瞄着准星：“你们不都来了？”

郑成睿躺在一旁的健身器材上做着仰卧起坐，直喘着粗气：“哎哟——我不行了，谁快来扶我一把，起不来了、起不来了……”

方辛：“……”

段城：“……”

郑成睿在那边死去活来的时候，被人一把拉了起来。

方辛瞪大了眸子，眼里涌出巨大的惊喜之色：“宋队——”

宋余杭点了点头，走到她旁边的射击位上，换弹举枪瞄准射击一气呵成。

电子显示屏亮了起来——十环。

宋余杭松了一口气，活动着还有些隐隐作痛的肩膀，这才看向他们：“诸位好久不见。”

“好久不见。”

“好久不见。”

与他们一一对过拳头后，宋余杭把三个人拉了过来，与他们肩并肩、头抵头。

“帮我个忙。”

“什么？”

“找林厌。”

段城听了二话不说转身就走。

宋余杭站直了身子：“服从上级命令。”

段城苦着脸转过身来：“冯局怪罪下来——”

宋余杭咳了一声：“我还没告诉诸位吧？以后我就是江城市公安局刑侦支队队长了……”

段城一脸狗腿地又跑了回来：“需要做什么，您说。”

宋余杭看看四周：“出去说吧，我的车在外面。”

一行人关了场馆的门往外走，郑成睿跑去买路边摊上的烤串，方辛也跟着去了，完全忘了几个人刚才还在场馆里赌咒发誓一定要好好锻炼身体减肥的。

段城落在后面，还是没能想通那个问题。

宋余杭顿住脚步，回头看了他一眼：“段城……”

年轻人抬起头来，神色有些迷茫：“啊？”

“你做得很棒。”

月色下的男孩子瞬间红了眼眶。

宋余杭接着道：“如果是我，我也不知道能不能做得更好，张队的死不是你的错。”

那一枪无论他是打中还是没打中，都让他无比愧疚和自责。

段城已经沉浸在这样的悲伤情绪里有一阵子了，既茫然又无措。

“可是、可是……我居然朝一个、一个小孩子……”

“犯罪不分年龄大小，小孩子的恶也是恶，我们任何一个人都没有权利因为自己过去的那些悲伤、痛苦、挣扎、无奈、愤恨……去伤害另一个无辜的人。你愤世嫉俗也好，孤单痛苦也罢，有权利选择结束自己的生命，却不能去剥夺他人活着的权利，这就是犯罪，也是生而为人的基本底线。”

宋余杭转身，挥了挥手，示意他跟上：“还有啊，与其现在在这儿后悔难过，你还不如做点儿有意义的事，让自己强大起来，再遇到这样的情况，不至于手足无措，也可以更好地保护你想保护的人。”

段城想，他明白这三等功的意义了，这是张金海用血换来的荣誉，表扬夸奖都只是浮于表面的东西，更重要的是要让他们时刻记得不畏牺牲的精神，然后努力拼搏进取，超越从前的自己。

段城擦了擦眼泪，快步追了上去。

第68章　纽扣

因为身体并未完全康复，宋余杭来的时候找的代驾，回去的时候自然是段城开车了。

几个人凑在后排座位上，郑成睿打开了电脑，对着内网的登录界面咽了咽口水。

宋余杭把自己的账号卡递了过去：“用我的吧。”

眼看着车子已经到了江城市中心医院，方辛捋了捋衣服，把头发散下来弄得有些凌乱，推开车门下了车。

段城和她一起。

“宋队，我们去了啊。”

宋余杭透过车窗比了一个“OK”的手势。

“不瞒您说，我媳妇这儿有一点儿……”段城挤在挂号的人群里，挽着方辛，一根手指点了点自己的脑袋，笑容有些勉强，穿得也很普普通通，看上去就是一个年轻落魄的男人。

“您给推荐一下本市好点儿的神内科医院，远的我们也去不了，感激不尽，感激不尽……”段城一边点头哈腰，一边从袖口里摸了一包中华烟递过去。

方辛靠在他的肩上，难受地捂着脑袋，暗地里翻了个白眼，不是说好的姐弟吗？

他还私自改剧本了？

“怎么样？”远远地看见他们出来，宋余杭打开车门把人迎了进来。

段城拧开矿泉水瓶盖喝了两口水，这才回头看向他们：“问到了，有两家，一家华盛精神专科医院，另一家则是私立的，和北京那边的大医院有教学关系，神经内科在省内都算是排得上号的，在全国也是小有名气。”

郑成睿这边也有了进展：“这几辆车都很可疑，我调一下沿途监控。”

他敲打着键盘，眼镜片反射出了幽蓝的光，把去那两家医院的路线和车辆行进的路线分别做了对比，很快就排除了另外几辆车的嫌疑，只剩下了一辆救护车。

段城打着方向盘，踩下了油门：“走咯。”

宋余杭嘴角流露出了一丝笑意：“谢谢你们。”

“宋队怎么知道林姐不会出省啊？”段城还是有些好奇。

宋余杭敛下眸子，嗓音有些闷：“她伤得重，不可能再经受长途颠簸了，除非……”

林又元是真的想要她死。

而且那天她给林厌打电话的时候，听见窗外有一种类似布谷鸟的叫声，仔细听去却又不像，职业习惯使她顺手就进行了通话录音，回头在网上查了一下，发现这种鸟江城市本地才有，所以林厌不可能出省。

几个人听完后目瞪口呆，果然，你宋队还是你宋队。

郑成睿把号卡还给她：“我再写个程序把浏览记录清除一下，不然被网监查到了也麻烦。”

她登录公安内网总要有个正当理由，虽然要是被查出来，宋余杭也能搪塞过去，但还是多一事不如少一事的好。

她点了点头：“麻烦你了。”

很快车子就到了这所著名的私立医院跟前，还有五百米左右的时候几个人就下了车步行。

段城拨开草丛：“哇，什么医院戒备这么森严啊？”

门口清一色的黑衣保镖，西装上衣口袋里装着通信器，皮带里藏了战术笔，手里还拎着民用电警棍。

这些保镖随便拎出一个，除了没配枪，都赶得上他们的单警配置了。

宋余杭蹲在树背后的阴影里，小心观察着，对着几个人打了个手势：“A计划。”

段城戴上鸭舌帽走了出去。

不一会儿，门口传来争吵声。

“凭什么不让我进去？我是她的同事！我就是想来看看她怎么样了？还是说你们把人藏在这里，做贼心虚有什么见不得人的事？”

段城踮起脚往里瞅着，手做喇叭状大喊：“林姐、林姐……”

几个保镖对视一眼，上前来拉人，推搡之间有个保镖举起了电棍。

段城想起刚刚宋余杭的嘱咐：民用强光电棍，电一下四肢发麻，五体投地，人畜不分。

她的言下之意是：不要硬上。

段城赶紧举手投降，往后退了一步：“哎，哎、哎、哎，别动手啊，不让进就不让进嘛，这么凶干吗？！”

他说着，抖了抖衣服，冷哼了一声，扭头就走。

那几个保镖一直看着他走出园区，并且没再回来，这才作罢。

段城绕了个圈子，又回到了树丛这边，压低了声音道：“不行啊，别说进了，看都不让我看一眼。”

宋余杭环视着四周，围墙大约有两米高，上头还缠了铁丝网，以她现在的身手，她肯定是翻不过去的。

她抚摸着手边的这棵大树，仰头看去，忽然有了主意。

“老郑，入侵成功了吗？”

宋余杭决定仿照林厌在省城殡仪馆那次一样，先断了他们的电再说。

电脑屏幕上的进度条一点点地前进着，郑成睿握紧了拳头，神色有些紧张。

“好了！”

宋余杭点了点头，腰上系着绳子，慢慢往上爬。她的伤刚好，动作还不是很灵活，甚至每一次她攀爬拉扯树干的时候都有些吃力，汗水顺着额角大颗大颗地滑了下来。

好几次段城都看见她手一滑往下滑了一截，硬是咬着牙又一点点地爬了上去。

榕树茂密的树冠正对准了二楼的窗台，是天然的保护伞。

宋余杭要在断电的那一瞬间跳到装空调外机的裸露平台上，才能避免被探照灯发现。

宋余杭松开腰间的绳子扔了下去，冲下面比了一个“OK”的手势，表示自己准备好了。

郑成睿点了点头，“啪”地一下按下了回车键，整栋灯火通明的建筑瞬间陷入黑暗里。

宋余杭离地起跳，在半空中犹如矫健的豹子，可是落地的时候还是膝盖一疼，她脸色惨白，冷汗瞬间就下来了，“扑通”一声跪在平台边缘上，要不是手还拽着空调，早就栽下去了。

“谁？！”保镖听见动静跑了过来，段城打了一声呼哨，引着他们跑远了。

宋余杭松了一口气，半蹲着往里面挪了挪，手指扒上窗台，往里看去。

短暂的黑暗过后，屋子里又恢复光明，透过窗帘的缝隙，宋余杭看见林厌静静地躺在床上，医护人员正围着她做检查。

护士给她换了新的吊瓶，还有几个小医生替她换药，她肩膀上的纱布一拆开，肩膀就血肉模糊的，医生忙拿手术剪把化脓发炎的肉处理掉。

睡梦中的林厌痛苦地皱紧了眉头。

宋余杭握紧了拳头。

漫长的换药过程结束后，医生替林厌的伤口撒上药粉，缠好纱布，这才又拿起托盘退了出去。

等人走远，宋余杭从兜里摸出铁丝，捅了两下窗户插销，听见“咔嚓”一声脆响后，轻轻将窗户推开，翻身而入。

她奔到林厌的床边，想要捧起林厌的脸看看，却又看见了自己脏兮兮的手，犹豫半晌，还是作罢。

林厌本就瘦，这一病更是没个人形了，小脸煞白，就连向来鲜艳的红唇都失了血色。

宋余杭看着感觉有些心酸。

楼下忽然传来催促她的呼哨声，她该走了。

“林厌，快醒过来，别留我一个人。”

可是没有人回答她，只有床旁边的心电监护仪照常运作着，发出嘀嘀的声音。

楼下又传来一声呼哨，宋余杭知道耽搁不得了。

她从自己的衣领上拽下了一枚金属纽扣，塞进林厌的手心里，将林厌的手指蜷缩起来放进了被窝里。

宋余杭三步一回头，翻出了窗台。

几个人早就在楼下等着了，回去的路更不好走，跳过来容易，跳回去难。

宋余杭只好扒着水管往下爬，爬到一半一束手电强光照了过来，她下意识地捂脸，刺溜一下滑了下去，被紧随其后的保镖追得犹如丧家之犬。

她的耳机里传来郑成睿的声音："宋队，东南方向，绕过一片花圃，墙根下有个狗洞，我们在这儿等您。"

堂堂刑侦队长居然也有钻狗洞的一天。

宋余杭咬牙，还是一头钻了进去。段城伸手把人拽了出来，几个人脸上都有些忍俊不禁的表情。

宋余杭的脸都热了，得，她不仅做了一回梁上君子，还钻了狗洞，一世英名尽毁。

她拍了拍自己灰扑扑的衣服，又从头上拈下来几根杂草，率先转身往外走去："今天的事不许跟任何人说啊。"

段城拖长了声音道："哎——宋队这是在求我们吗？请我们吃一顿火锅的话或许可以……"

他话音未落，走在前面的人从牙缝里挤出了几个字："这是命令。"

"……"

身后的三个人一齐冲她龇牙咧嘴的。

把这几个人分别送回家后，宋余杭又叫了代驾送自己回医院。

她一下车，林舸的车也到了。

宋余杭没法不注意到他，这个男人无论是外形还是气质，扔在人堆里都是极其出挑的。

林舸手里拎了些营养品，看样子是来医院看望病人的。

林厌已经转院，他在医院能有什么熟人呢？

宋余杭摸了摸鼻子，低下头走路。

林舸从后面跟了上来。

"你好点儿了吗？看起来是好多了，前阵子林厌的事……家里比较忙，我就一直没有来看你。"

本来关于林厌的下落，宋余杭也可以去问林舸的，但转念一想，既然自己决定从此和林舸划清界限，那么也就没有必要再主动联系他了，免得一来二去的，再给他留下什么念想，耽误他就不好了。

她这么想着，开了口："吃饭了吗？要不去那边坐坐？"

林舸的目光落向了一旁的路边摊："好、好，来的时候我吃了点儿，不过就当夜宵了。"

宋余杭要了一碗米线，林舸则点了半份馄饨，两个人分别坐在油腻的桌子两侧。

她的手筋骨刚接好不久，像扣扣子、打领带之类太精细的动作还是没法做，林舸本来想帮她把一次性筷子掰开的，宋余杭已自己咬着筷子弄开来，搅拌着碗里的米线和调料。

林舸看着她手背上刚擦出来的伤痕：“这是……”

宋余杭瞥了一眼，面不改色心不跳地道：“不小心弄到的。”

应该是她跳窗台的时候蹭到的吧。

林舸还想说什么，宋余杭已抢了他的话头，温和又坚定地拒绝了他：“我这段日子之所以一直没主动联系你不光是因为忙，我也在思考我和你究竟合不合适。但我思来想去，你可能会是父母眼中最合适的结婚对象，但我并不只是奔着结婚去的……”

林舸笑了一下，拿起桌上泛黄的透明水壶，倒了一杯温水给她，自己的馄饨分毫未动。

“我知道，我追求宋小姐也不仅仅是为了找个伴结婚……”

宋余杭抬眼看他，眼里没有一丝多余的情绪，像是在看朋友，像是在看同事，也像是在看个普通人，眼神坦荡，表情光风霁月，就连之前为了避嫌而刻意躲避的目光都没了。

她是真的对他没有任何意思。

林舸脸上的笑容淡了下去。

“既然这样的话，我想林先生应该会明白我的感受。”

她的称呼也恢复到了最生疏的地步。

林舸握着一次性塑料杯，看着杯中的水微微泛起了涟漪。

宋余杭从兜里掏出钱来喊老板结了账。

林舸脚边还放着给她的礼品，宋余杭却已经走远了。

他站起来追上去，赶在她进医院之前硬是把营养品塞进了她的手里。

“拿着吧，我今天来仅仅是作为朋友探望你，做不成男女朋友，宋小姐不会连普通朋友都不和我做了吧？”

因为剧烈奔跑，男人的头上有一层薄汗，眼神是黯淡的，脸上却还是强撑出了笑容。

宋余杭推辞，他已退了两步，到了台阶下跟她挥手告别。

“你毕竟也是我妹妹的朋友，就当我替她谢谢你的救命之恩了。你放心，我林舸是个识趣的人，我妈和阿姨那边我会去说，以后不会再以相亲对象的身份约宋小姐出来了。”

说话间，林舸的车开了过来，他钻进了车里，根本没再给她说话或动作的机会。

宋余杭看了看手上的营养品，林厌哪林厌，你爸不怎么样，倒还真是有个好哥哥呢。

宋余杭还没踏进病房，就听见宋妈妈急得团团转的声音了。

“人呢？这么一个大活人去哪儿了？”一干医务人员围着她。

“报警……对，报警。”老人家从兜里掏出了手机，按着号码，还没拨出去就被人一把摁住了。

宋余杭失笑道：“妈，我在这儿呢，和医院请过假了，出去和同事吃了个饭而已。”

宋妈妈上下打量着她：“哎哟，这衣服怎么又弄得这么脏啊？你是不是又和人打架去了？你这伤还没好，怎么能……”

“没事、没事，妈，你放心吧。”宋余杭把人拉到床边坐下，又向医护人员道过歉，请他们出去，这才关上了门又回来。

宋妈妈看着她拿回来的营养品：“这是……”

宋余杭从开水瓶里倒了一杯热水给她暖手：“林舸送的，这大晚上的，您怎么来了？”

“来看看你，妈一个人在家也不放心，过来的路上看见有卖糖炒栗子的，给你买了点儿。”

老人从随身的包里掏出一个纸袋放在桌上，垫了一张纸巾给她剥着栗子。

宋余杭想接手，被宋妈妈打了回去。

“去、去、去，你去床上躺着。对了，你和林舸到底怎么样？有进展没？”

说来说去，她还是说到了重点上。

宋余杭拈了一颗板栗塞进嘴里，板栗还是热的，果然松软可口，又香又甜。

她惬意地眯起了眼眸，因为见了林厌，又解决了和林舸之间的事，心情颇好：“吹了。”

宋妈妈剥栗子的手一顿，宋余杭去摸栗子吃，被人拿栗子壳砸在了脑门上。

宋妈妈气得不轻：“你、你为什么拒绝人家？好不容易有个不嫌弃你的职业的男人……”

刑警都不想找刑警当对象，忙起来都不顾家，其他人就更不用说了，一听她的职业就对其退避三舍了，林舸这种人已经是极为难得的了。

宋余杭把栗子壳从衣服上扒拉下来，握住了妈妈的手，斟酌了再斟酌，说道：

“妈，你先别生气，你看哈，我姐她都单了这么多年了，不也没找？一个人过挺好的……”

“那不一样，你姐有小唯，身边还有个伴儿，我也不反对她二婚，倒是挺希望有个人能照顾好她们娘儿俩的，关键这不是没有吗？”

“你现在结婚生孩子，趁着我还走得动，能帮你照顾几年，等过两年，我也走不动了，你又是高龄产妇了，再有个小病小灾的，床前连个端茶倒水的人都没有，那才是真的悲哀。”

宋妈妈也握住了她的手，微微红了眼眶，苦口婆心地说着。

说到底她还是担心宋余杭晚年没有人照顾，晚景凄凉。

宋余杭心一软，把妈妈拥进怀里，轻轻拍着她的后背安慰她，末了，冷不丁冒出一句：“妈，咱家不重男轻女，没有皇位要继承吧？”

宋妈妈气得直想揍她：“说什么呢？！要重男轻女哪儿还有你？”

宋余杭笑了：“这不就得了？咱家又不需要延续香火，再说了，就算要延续香火，不是还有小唯吗？您看着我长大的，最了解我，该知道一般的男人受不了我，我也确确实实没有结婚的打算。年轻的时候多攒点儿钱，老了我就去住养老院呗，我和您一起，到时候天天陪您晒太阳、跳广场舞。”

她说前半段时宋妈妈还被她气得不轻，后半段却硬是被她逗出了笑颜。

“你呀，到时候哪里还跳得动哟……”

“没关系，跳不动我们就待在屋里看看电视，喝茶下棋。您要是喜欢孩子，我去外面给您领养个十七八个的，天天排着队叫您外婆逗您开心……”

宋妈妈被她逗得合不拢嘴：“你呀，一天就会瞎说，哪能让你领养十七八个，再说了，十七八个你看得过来吗？我可不帮你照顾啊……”

宋余杭看着她鬓边的白发、脸上纵横的纹路，宋妈妈已经不年轻了，接连丧夫、丧子，让她迅速苍老了一大圈。

宋妈妈高中毕业打了两年工就嫁给了宋父，或许没什么文化，但一直把他们的四口之家收拾得整整齐齐、妥妥帖帖。

那个年代父亲的工资只有几百块，但宋余杭仍然可以每天穿着干干净净的校服去上课，放学回家了隔三岔五餐桌上也会有鱼、有虾、有肉。

等她自己独立了，出来工作了才知道，一个人在繁忙的工作学习之余，还要兼顾家务，买菜做饭填饱肚子还要顾着色香味俱全，是一件非常不容易且难以坚持的事。

在爱他们这件事上，宋妈妈几十年如一日。

宋余杭捧着还温热的栗子，把妈妈拥进了怀里，头抵在她的肩膀上，有一种由衷的放松和感激之情："妈，谢谢您。"

她顿了一下，又道："还有，对不起，我让您操心了。"

宋妈妈也把手放上了她的后背，轻轻拍着她"傻孩子，妈妈只是希望你过得好。你爸走得早，你哥也走了，咱家没多少人了，妈妈终究也会离开你，到了那个时候，妈妈怕你孤单。不管是谁，能有个伴陪着你就是好的。"

宋余杭把妈妈搂紧了些："不会的，妈，您会长命百岁的。"

宋妈妈把人扶了起来，攀着她的肩膀看着已经长大成人的女儿："哪里有什么长命百岁呀，是人都会老，不过妈妈最大的心愿还是你平平安安的，这比什么都强。"

宋余杭眼眶一热，主动替妈妈剥着栗子："妈，别光顾着我，您也吃。"

"小姐，小姐醒了！"半夜负责监护的护工突然看见林厌的手动了一下，忙不迭地跑出去叫人。

医生们呼啦啦地拥进来，又是翻眼睑，又是听心音的，硬生生地把林厌从昏睡中拉了过来。

她迷迷糊糊地听见有人说："肺部感染控制住了。"

"自主呼吸心跳有了。"

"撤呼吸机，上鼻饲管。"

仪器从床边被推走，取气管插管带来的阵痛和难受让她茫然地睁开了眼。

世界从黑白变成了彩色，从模糊变得清晰。

林厌闭了两下眼睛，只觉得好累，身体从没这么乏过，四肢百骸都疼，脑袋也胀痛胀痛的。

医生挽起她的袖子，把透明的止痛药注射了进去。

林厌皱眉，唇齿间溢出了痛哼。她下意识地攥紧了拳头，却猛地感觉到掌心里有什么东西，冰冰凉凉的，很圆润。

她微偏了下头，摊开手掌，努力看去，发现是一枚扣子。

制式警服的衬衫扣子，在灯光下泛着浅浅的银光。

林厌知道了，宋余杭来过。

也不知为何，这个念头冒出来的时候她心底一松，竟感觉前所未有地温暖和安心。

林厌把那枚纽扣攥进了掌心里，微微闭上眼睛，任由黑暗和困倦吞没了自己。

第69章　纸鹤

"近日，滨海省警方破获了一起以心理暗示干涉影响青少年自杀行为的重大案件，涉案人员李某某，男，四十四岁；余某某，女，二十岁，尿毒症晚期患者，十年间以网上发帖的形式引诱有轻生念头的未成年人，通过心理暗示语言控制等一系列方式严重危害青少年的身心健康，并线下控制受害者服下精神类药物任由他们摆布，以此寻找合适的肾源，其行为严重触犯了《中华人民共和国刑法》第二百三十二条……"

宋余杭伸手关掉车载广播，推开车门下了车，媒体一窝蜂地拥了上来。

几个小刑警护着她往里走，一路上镁光灯乱闪。

会议室里。

深蓝色的背景墙上，"立警为公，执法为民"八个字簇拥着国徽。

下首才是"滨海公安、江城市公安局"一行小字。

各领导依次落座，宋余杭坐在了副局长的旁边，面前的名牌上写着——江城市刑侦支队支队长。

她的一只手还吊着绷带，今天妆容整洁，制服穿得一丝不苟，头发都妥善地藏进了卷檐帽里，肩章上的四角星花在阳光下熠熠生辉。

她是女领导，还是样貌、气质极其出众的女领导，镜头难免多对准了她。

宋余杭面不改色，只是偶尔回答媒体提问的时候，会不经意地瞥向下面的桌子。

那是技侦的座位，右首空了一个位子，桌上只放了一个名牌：江城市公安局刑事技术侦查科主检法医师林厌。

她还是没能来。

新闻发言人还在继续："针对青少年自杀行为，我们在此呼吁，家庭、学校、社会大众共同携手呵护青少年的身心健康，尤其是父母，多陪陪孩子，听听孩子说话，了解他在学校的日常生活，不光关心他的学习成绩，更要关注孩子的身心健康，不要给犯罪分子留下可乘之机。目前全国各省市自杀干预热线已陆续开通……"

关于"白鲸案"的新闻发布会圆满成功，现场掌声雷动。

散场的时候，宋余杭正要走，又被冯局叫到了办公室。

他指了指桌上的锦盒："林厌的。"

宋余杭怔了怔："这是……"

冯建国坐下来，抿了一口茶水："功勋章，好歹也破了这么大的案子，毕竟是她先觉得不对，不然我们也不会接着查下去，她又受了这么重的伤，该有的表彰还是会有的，你拿去给她吧。"

宋余杭抚摸着这个锦盒，不知道在想什么，半晌还是举起右手送到太阳穴边敬了个礼，然后转身走了。

"宋队……"过往的刑警纷纷向她问好，宋余杭一一点头回应。

她径直推开了技侦办公室的门，午饭时间，里面没什么人。

宋余杭走到熟悉的桌子旁，把锦盒放下，坐了下来。

就是在这里，她们爆发了第一次冲突。

宋余杭把放在桌上的相框拿起来，拂去上面的灰尘。林厌拍照的时候似乎总是不喜欢笑，微仰着下巴，一副桀骜不驯的表情。

她看着看着，只觉往事一幕幕掠过脑海。

宋余杭嘴角含着笑意，把相框放了回去，不经意间瞥到林厌的抽屉上还插着钥匙。

她心思一动，拧了一下钥匙，随着"啪嗒"一声轻响，抽屉弹了出来。

抽屉里是各种各样的法医学书籍，还有林厌自己记的笔记、几袋用来提神的咖啡、一瓶口香糖。

宋余杭拿出笔记本草草地翻了几页，不由得感叹：好厉害。

林厌把自己经手过的案例通通记了下来，按时间年限、死亡原因分门别类地整理出来，字迹干净工整，红笔写的是解剖中发现的疑难点，偶尔贴着的便利贴是注脚或者后来的解释。

在五里镇的时候，她站在天台上痛哭流涕地说，想当法医的、该站在这里的不是她，而是另有其人。

可是在这个瞬间，宋余杭翻着这些手稿，从这些清秀工整的字迹里感受到了林厌发自内心地对法医学的喜欢。

也许林厌自己都没意识到，她选择当法医，或许初衷是为了替初南报仇，可是这么多年过去，早就不知不觉间身体力行地做到了那句被全体法医学者奉为座右铭的话——为生者权，替死者言。

林厌无疑是其中的佼佼者。

宋余杭合上笔记本，目光又落到了那个口香糖瓶子上。

她第一次见林厌吃糖是解剖完丁雪的那个晚上。

林厌穿着背心、热裤，头发湿漉漉地披在肩上，冲她伸直了手臂：“口香糖，来两粒？”

后来偶尔出外勤宋余杭也见她带着这个瓶子。

宋余拧开口香糖盖子，里面只剩两粒糖了。

两片薄荷糖，看起来没什么区别。宋余杭拿起其中一粒塞进嘴里，顿时皱紧了眉头，从桌上扯过纸巾将糖吐了出来。

好苦，这压根不是糖，是药。

林厌每次是怎么做到面不改色地吃下去的？

宋余杭捏着口香糖瓶子就往实验室跑。

方辛启动了机器，戴上手套，把那两粒药分别放进了培养皿里：“宋队，我下午加急给你做，结果最快也要晚上了。”

宋余杭点了点头，那苦味在口腔里仍挥之不去：“好，麻烦你了，又要你加班。”

“没事，举手之劳而已。”

一整个下午宋余杭几乎都无心工作，还好最近没什么大案子。

她一边庆幸一边忐忑地等到了晚上，方辛给她发消息，请她去一趟实验室。

她站起来就跑，险些被椅子绊倒。

方辛拿着两页纸质报告，把已经碾成粉末的检材还给了宋余杭：“两颗药成分不同，一颗是……”

她顿了一下，才继续道，“治疗格林巴利综合征的特效药，国内还没上市，我特意找了我从前大学时的导师确认过。”

方辛把薄薄的一张纸递给了宋余杭，宋余杭看着那上面列出的不良反应手就开始发抖。

失眠、脱发、呕吐、食欲不振……

她闭了一下眼眸，努力让自己冷静下来。

“还有一颗呢？”

方辛看着她的脸色，有些犹豫地道：“这个药国内同样没有上市，我去问了我学药学的同学，里面含有大量 γ-羟基丁酸，常用来治疗因双相情感障碍而引起的一系列并发症，包括失眠、抑郁、酒精依赖、性亢奋等。”

宋余杭颤抖着声音道：“谢谢你，今天的事还希望你……”

“放心吧，我不会告诉任何人的。”

宋余杭摇头，把那两张纸紧紧攥在了手里：“不，也别告诉林厌我知道这件事。”

方辛怔了怔，随即理解了宋余杭的良苦用心。林厌那么倔的人，可能自己都接受不了患有双相情感障碍的事实，不然也不可能拿个口香糖瓶子做掩饰了。

方辛有些感慨地道：“好，我知道了。”

宋余杭勉强地笑了笑，拿着检验报告往外走：“谢谢，改天请你和段城、老郑一起吃饭。”

她走到空无一人的办公室里，打开碎纸机，把那两张纸一起放了进去，听着机器嗡嗡的声音，微微合上了眼睛。

宋余杭没开车，也没叫代驾，而是上了一辆回家的公交车。

学生时代偶尔没考好或者心情低落的时候，宋余杭总是这样一个人坐在晃晃荡荡的公交车上，看着窗外霓虹闪烁的城市，仿佛车子也能带她去远方。

可是这次，她坐在最后一排的位置，没再看窗外，而是盯着手机。

“双相情感障碍发病的起因是什么？”

“双相情感障碍能治好吗？”

“双相情感障碍患者必须终身服药？”

……

她滑着屏幕，看着一些双相情感障碍患者的分享和倾诉。

宋余杭使劲捏了捏眉心，司机在这时提醒她终点站到了。

她愣了愣，这么快就到终点站了吗？

宋余杭拿着包下车，看着周遭熟悉的环境怔住了，随后回忆排山倒海而来。

她怎么也没想到她回家的公交车终点站居然会是林厌家——青山别墅。

沿着漫长的山路走上去，别墅群隐在青山绿水里，她和林厌还在这里打过一架。

在那个雨夜里，宋余杭见识了林厌的身手和胆识，也第一次见识到了她坚硬外壳下的柔软一面。

别墅门前被她们打架压毁的苗圃换了新的植物，种上了欣欣向荣的向日葵。

宋余杭走过去，从饱满的向日葵花盘里揪下一粒葵花子，剥了壳塞进嘴里，好甜，那药带来的苦涩味道终于被冲淡了些。

她又剥了一些葵花子，拿卫生纸包起来，想着一会儿去见林厌的时候带给对方，虽然林厌并不能吃。

她不知道的是，她们打完架后的那个清晨，林厌起床，管家跑来问："小姐，园子里种些什么？"

林厌看着外面的天色，朝阳跃出了地平线，在地板上投下了斑驳的光影。

风雨过后总有晴天。

林厌随口道："向日葵吧。"

宋余杭知道晚上林厌家是没人的，自己也该回去了，可还是鬼使神差地走到了别墅门前，鬼使神差地按下了门铃。

长长的嘀声过去之后，门禁里传来了机械音："你好，主人不在家，请在嘟声后留言。"

这句话还反复用中英双语播放了数遍，林厌究竟是多讨厌有人来烦她？

宋余杭失笑，转身欲走时，却又看见了门禁下方的指纹锁。

也不知道是哪根筋搭错了，她把自己的食指放了上去。

"滴——"一声轻响后，大门应声打开。

宋余杭变了脸色。

她记得那天夜宿林厌家过后，清早起来准备上班时，研究着这门有几分好奇，把自己的食指放了上去。

林厌大惊失色："别乱按，自动记忆的！"

说着她一把把宋余杭的手拂开，可是电子显示屏上已经留下了宋余杭的指纹痕迹。

删除 or 保存？

林厌看着显示屏上的字，气急败坏地道："谁让你动我家门了？干吗呀？你还想留下自己的指纹私闯民宅吗？！”

宋余杭一脸无辜地道：“抱歉……太高科技了，所以……”

那枚指纹，她以为林厌删掉了的，结果还是留了下来吗？

原来在那么久以前，林厌就已经给过她力所能及的信任了。

宋余杭眼眶一热，埋头往里走去，推开玻璃门迈进了大厅。

左边是衣帽间，林厌曾站在那里找她的制服。

右边是开放式厨房，她曾在那里给林厌做了一碗西红柿打卤面，林厌吃得很香。

宋余杭沿着楼梯往上走，推开了林厌的卧室门。

卧室倒是很简洁，上次来宋余杭就注意到了，房间里没有多余的拖鞋，没有一样东西是重复且含有情感意义的。

媒体都说林厌不检点，朝三暮四，花心滥情……

可是一个真正滥交的人，床头柜里放着的最多的东西应该是避孕套，而不是医学书籍和杂志。

宋余杭心里百味杂陈，关上门退了出去。

旁边就是林厌的书房，宋余杭按下墙上的开关，屋里顿时变得灯火通明。

书房的面积比卧室还大，落地窗边放着跑步机等简单的健身器材，宋余杭完全能想象林厌工作累了就放松一会儿的样子。

宋余杭嘴角泛起笑意，把掉在地上的钢笔捡起来放到了办公桌上。

桌上厚厚的一沓便笺纸吸引了宋余杭的视线，旁边还放了一个透明玻璃罐。宋余杭拿起玻璃罐晃了晃，里面是千纸鹤。林厌还有这种小女孩儿才有的兴趣爱好吗？

宋余杭失笑，拧开玻璃瓶盖，却不小心掉了一个千纸鹤出来。她捡起千纸鹤想放进玻璃罐里，却猛地一怔，透过光线隐约看见上面有字。

她心里一紧，迅速将罐子放在桌上，把千纸鹤拆了开来，皱皱巴巴的纸张上写着一个陌生的名字。

这是林厌的笔迹，宋余杭不解其意，又从玻璃罐里倒了一些千纸鹤出来，挨个儿拆开。

这下她明白了。

丁雪、李诗平、何苗、吴威、范琳、白灵……

她拿着这些皱皱巴巴、颜色各异的便笺纸，眼泪落了下来。

这些……这些全都是林厌经手过的案子，解剖过的遗体。

她看似不近人情，冷漠刻薄，却用一种最原始、最朴素的方式怀念着他们，并且记住了他们的名字。

像这样大大小小的玻璃罐，林厌的橱窗里还有很多，宋余杭再也忍耐不住，拔腿跑了出去。

宋余杭一口气跑到山脚下，拦了一辆的士直奔医院。

“你得病为什么不早告诉我？”

林厌靠在床上，本来是躺着的，护工见林又元进来了，觉得这样不尊重董事长，又把床摇了进来。

林厌还插着鼻饲管，手背上连着输液的留置针，安静地折着千纸鹤。

林又元看着她动作，她现在连张纸都折不好。

“回景泰治病，以后不要再出去上班了，江城市局那边我会给你们的领导打招呼。”

他用的是命令式的语气。

林厌对他的话置若罔闻，只是折纸的动作变得有些急躁起来，可是任凭她怎么折腾，手指虚弱到连个折痕都留不下来。

林又元看着她这副样子，眼里就生了厌弃之色：“看看你这副要死不活的模样，和你妈一个德行，我就应该让你死在外面，活着也是丢我林家的脸。”

林厌的手指开始发抖，她一阵一阵地冒冷汗，清醒还没几天，远远不到能自如地说话的时候。

林又元就是瞅准了这一点，软硬兼施道：“我问过王教授了，格林巴利综合征不遗传，等你再好一点儿，我就安排兴业的总经理和你见一面，成的话你们就赶紧结婚，婚后你哪儿也别去折腾了，老老实实地在家当你的 CEO 相夫教子。”

林又元话音刚落，林厌手里的纸“刺啦”一声被撕成了两半，她猛地看过来，嗓子里堵得说不出话，只是红着眼睛死死地盯着他，眼里都是血丝。

那眼神狠厉而阴冷，她似要撕碎了他。

林又元笑了：“胳膊拧不过大腿，你十四年前不就知道了吗？你要是执意反抗，我不介意十四年前你所经历的事，再让你经历一遍。”

林厌咬着牙，舌尖尝到了一丝血腥味。她喘着粗气，呼吸像扯风箱一般沉重。

她从牙缝里挤出了几个字：“你、别、动、她。”

林又元脸上又露出了那种成竹在胸的微笑，旁人看来他是个和善而热心公益的老总，在她看来，他就是魔鬼，从地狱里爬出来的魔鬼。

林厌咬着牙，看着他操纵着轮椅转身离去："那就要看你怎么做了。"

他一走，监护仪上的数据就剧烈波动起来，林厌仰面倒在床上，浑身抽搐，手指间的纸轻飘飘地落在了地上。

"小姐、小姐，快来人啊！"护工见势不好，忙冲出去叫医生。

第 70 章　信任

宋余杭翻进屋里的时候，医生刚走。

林厌静静地躺着，脸色苍白如纸，因为整个人又瘦了一圈，脖颈过分纤细白皙，青色的血管都隐约可见。

她的肩头缠着纱布，手背上连着留置针，胸前的衣服上贴满了维持基本生命体征的电极片。

要不是氧气面罩里腾起的阵阵雾气以及生命监护仪上还在跃动的数字，宋余杭几乎要以为这个人离她而去了。

宋余杭静静地站了片刻，想离开时，却见林厌的睫毛轻轻地颤动了一下。

宋余杭既紧张又喜悦，大气也不敢喘一下："林厌、林厌……"

她小声叫着，没指望林厌会醒，只是身体有反应的话，是不是也说明，她现在说的话林厌都感受得到？

林厌只觉得做了好长的一个梦，身体沉在泥沼里，怎么也挣脱不开，直到熟悉的声音破开混沌，引领她走向光明。

林厌奋力抓紧了那一丝温暖，向上游去。

宋余杭看着她抓紧了自己的手指，再次叫出了她的名字："林厌……"林厌缓缓地睁开了眼，原来……这不是梦啊。

她眨了几下眼睛，看着熟悉的脸，毫无征兆地开始流眼泪。

宋余杭见不得她哭，只觉得她一哭百炼钢就化成了绕指柔，五脏六腑都搅着疼。

“别哭……哪里不舒服？林厌……别哭啊……”宋余杭手忙脚乱地替她揩着眼泪。

林厌想笑，勉强撇了一下唇。

宋余杭有一下没一下地轻轻拍着她：“没事，没事的……醒了就好、醒了就好，会好起来的，一切都会好起来的。”

“我不介意十四年前你所经历的事，再让你经历一遍。”

重逢带来的短暂喜悦过后，林厌想到林又元的这句话，浑身的血都冷了下来。

她哆嗦着嘴唇，吃力地抬起了手，推着宋余杭，摇着头让她离开。

宋余杭也摇头：“我不走，我说了，你打我骂我我都不走。”

林厌激动起来，微微喘着粗气，氧气面罩上腾起了水雾，眼眶是红的，眼神却又凶又狠。

她说不出话来，只是一个劲儿地往外推着宋余杭，挣扎间肩上的纱布又开始渗血，手背上连着的留置针被扯松了，开始慢慢往上回血。

宋余杭一把按住了她：“你别动！”

林厌怔了怔，还没回过神来，面上一松，氧气面罩被人掀了开来

宋余杭叹了口气道：“我都听到了。”

林厌浑身一震，咬牙切齿地挤出几个字：“听到了还不快滚？”

宋余杭从床头柜上的保温瓶里倒了一杯温水给林厌润嗓子，又把床摇起来点儿，让林厌能躺得更舒服些。

她替林厌举着杯子，看着林厌小口小口地喝着水，开口道：“林厌，你信我吗？”

林厌浑身一僵，别过脸示意不想喝了。

宋余杭把杯子放在桌上，继续道：“我叫宋余杭，不是陈初南……”如果不是迫不得已，她压根不想再提到这个名字，将林厌本已经结痂的伤口又血淋淋地撕了开来。

林厌哆嗦着嘴唇，别开了视线，眼里含着水光。

宋余杭语气坚定地道：“我有自保的能力，不需要你为我好，你只需要照顾好自己，尽快养好身体，其他的事都交给我，我会带你出去的，我保证。”

林厌说是养伤，其他人却无法靠近她，手机也被收缴了，彻底和外界失联，其实这就是变相软禁罢了。

每每想到这里，宋余杭对林厌那个名义上的父亲总是提不起一丝好感。

见林厌不说话，宋余杭故作轻松地笑了笑：“你别多想，好好养伤，你能下地走路的那一天，就是我带你出去的时候。”

“我……”林厌担心的不是这个，正要开口，宋余杭已堵住了她的话头。

“我知道，你担心我，你和我交过手，觉得几个小毛贼近得了我的身吗？我有保护自己的能力，也能保护你。况且，你父亲即使位高权重，在政、商两界都有人脉，但我好歹是市公安局正处级的干部，明里他抓不着我的错处，暗里他更不可能找到机会对我动手，反倒是他，做生意的人最忌讳什么，你知道吗？”

警察、城管、治安、巡防、消防验收……有关单位三天两头上门检查，会让这些人烦不胜烦。

林厌咬牙切齿地道：“学聪明了还，以前你不是最不屑使这些花花肠子的吗？”

到底是林厌，除了这点，还敏感地抓住了宋余杭话中的另外一个重点：“你怎么突然提了半级？”

宋余杭怔了怔，脸上的笑容淡了下去，但掩饰得极好，没让林厌看出什么不妥。

现在还不是告诉林厌张金海牺牲了的时候，毕竟是她让他们先走的，宋余杭怕她心里愧疚。

“这不是案子破了，立功了吗？技侦集体三等功，你也有，还是先进个人，回头我把奖章拿给你。”

“得了吧，我才不想要呢。”

每一块功勋章的背后都是数不尽的血与泪以及再也挽救不回来的生命。

宋余杭看林厌黯然，又把床摇了下来。她该走了，也该让林厌好好休息了：“好了，你该睡觉了。”

林厌咬了咬下唇：“你……”

“我会再来，也会注意安全的。”

宋余杭知道她要说什么，率先安抚着她的情绪，替她掖好被子。

“把手给我。”

宋余杭不解其意，但仍乖乖地把手伸了出去。

林厌看了看四周，不知道这个房间里装没装监控摄像头，也不知道安没安窃听器，因此选择了最稳妥的一种方法，在宋余杭的掌心里一笔一画地写了一串电话号码。

林厌把她的手掌合拢起来："记住了吗？"

宋余杭点头，又用另一只手握住她的手，使劲捏了捏，给她安慰："放心吧。"

"要是你遇到危险或者需要帮助，去找他，他会帮你的。"

宋余杭知道，这个人不是林管家，不是林舸，不是林家的任何一个人，而是林厌自己的心腹。

林厌交出的，是毫无保留的信任。

监控室内的大屏幕上，有人身手敏捷地绕过安保，从围墙上翻了出去。

明明前几天这人钻的还是狗洞。

林又元嗤笑，抿了一口茶水，搪瓷盖子若有若无地碰撞着杯口，发出轻响。

秘书点头哈腰地道："林总，要不要找人教训一下？"

"教训什么？人家可是市局的二把手，省公安厅面前的大红人，别抓不到狐狸反倒惹得一身骚。"

"那、那就让她这么随意进出小姐的房间？"

林又元端起茶杯喝了几口，剩下的水溢了出来，打湿了桌布。

"还算有几分本事，不过还是嫩了点儿，走着瞧吧。"

第二天，林厌开始主动进食了。

主治医师都觉得有些不可思议："小姐能醒过来简直是个奇迹，恢复得也挺快的，我去告诉王教授和老爷，他们听了一定会很高兴的。"

林厌无所谓地笑了笑。她还只能吃些流食，因此一口一口地抿着碗中的牛奶，增强营养。

她主动进食也好，配合治疗也好，从来不是为了林又元，而是为了另一个真心实意地为她好的人。

在她养伤的这段日子里，技侦的其他人也没闲着，铆足了劲儿抓体能，闲暇时间都泡在训练基地里。

段城从一个资质平平、体能平平、不学无术的小年轻，变成了偶尔也能和宋余杭过两招的熟练工，虽然总是被打得很惨。

方辛从一开始的五发脱靶、五发上环，变成了十发全部上靶，虽然也并不能做到全部命中红心，但大家都相信，那只是时间问题。

就连郑成睿，节食瘦身都卓有成效，从一个胖子变成了不那么胖的胖子。

“好，今天就到这里。”随着裁判吹起口哨，宋余杭放开段城，拆下了拳击手套，越过护栏往外走。

段城龇牙咧嘴地从地上爬起来，摸了摸被打痛的下巴，擦着汗往外走。

方辛递过去一瓶矿泉水，段城在她旁边一屁股坐了下来，拧开瓶盖大口喝着水，脖子上挂着纯白毛巾，水珠顺着下颌往下淌，肌肉线条在跆拳道服里若隐若现，有那么一点儿男人的味道了。

“谢谢啊。”

段城一口气灌了半瓶水，回头见方辛还瞅着自己，顺手就把矿泉水瓶递了回去，“喏，给你喝。”

方辛怒，抓起毛巾就扔了过去：“谁要喝你喝过的水！”

“哎，不是，那你看我干吗呀？你一直看着我，我都不好意思喝了，当然要给你了，女士优先嘛。”

听着那边吵吵闹闹的声音，宋余杭从储物柜里拿出自己的东西，把双肩包甩上肩头，施施然地走了过去：“我先走了啊。”

“宋队又去见林姐啊？”

宋余杭摇头，嘴角泛起淡淡的微笑，出了训练基地，取了车径直开回家。

她在楼下的便利店里买了蔬菜、水果和鱼、肉等，拎着上了楼，准备腾出一只手来开门的时候，门从里面被打开了。

宋妈妈把人迎进去：“怎么又买这么多菜啊？”

宋余杭笑，换了拖鞋在玄关柜上放下钥匙，拎着东西进了厨房，把满满两大袋食材放在料理台上。

“不是说好了要教我做饭吗？”

宋妈妈笑得合不拢嘴。宋余杭虽然勤快但平时工作忙，哪有时间下厨，难得起了做饭的心思，宋妈妈自然是要好好教的。

“好、好、好，那你快去洗手，正好你今天买了鲫鱼，一会儿炖个鲫鱼豆腐汤。”

宋余杭洗好手出来，将袖子挽到手肘上，系上了围裙，还有那么几分像模像样。

“从这里切，对、对、对，这样处理出来的鱼没有腥味，切花刀更容易入味，用料酒、生姜腌一下。”

宋妈妈在旁边指导，宋余杭按部就班地操作着，刚把鱼皮煎到微焦，门铃就响了起来。

宋妈妈跑过去开门，宋余杭从厨房里探出了半个身子。

季景行拉着小唯进来："快叫奶奶好。"

小唯奶声奶气地道："奶奶好！"

宋妈妈乐坏了，忙不迭地往她兜里塞了几块糖："好、好、好，今天怎么过来了？往常让你吃饭都不来。"

季景行笑，接触到宋余杭的视线，宋余杭微微点头道："姐。"

季景行脸上的笑容更柔和了些："还不是小唯，哭着闹着说想奶奶了，想要姑姑陪她玩，其实啊，我看她就是又不想写作业了。"

宋妈妈一把把孩子搂进怀里亲热着："哎哟，反正明天是周末，今天不写就不写吧，明天再写也来得及。"

"你快坐、快坐，来得早不如来得巧，今天你猜猜是谁做饭？"

季景行看过去，宋余杭系着围裙，衬衫挽至手肘上，有那么几分潇洒利落的样子，正拿着勺子盛了汤尝咸淡："余杭吧。"

"那可不，百年难得一见，小唯啊，今天可有口福咯。"

宋余杭摇头，怎么也没想到她们会来，还说这鱼汤留着给林厌加餐呢，看来今晚又得晚一些过去了。

季景行坐在客厅里，看宋余杭摇头以为是不好吃，便放下手机也挽起袖子走了过去："怎么了？是太咸还是太淡？我帮你吧。"

"不用，姐，你去和小唯玩吧。"

季景行对这话置若罔闻，问道："怎么突然想起学做饭了？"

宋余杭往汤锅里加着水："我也不能老是回家坐等开饭，想让妈歇歇。"

季景行笑道："当初你哥追我的时候也是先学的做饭，美其名曰想让我吃好一点儿，其实做得也不怎么样嘛。"

宋亦琛追季景行的时候，宋余杭是知道的，还是她给他出的主意，也不知道是看了哪部狗血的电视剧还是小说，一拍脑门想出了个办法：要想抓住女人的心，就要先抓住女人的胃。

宋亦琛笨手笨脚的，差点儿没把厨房给点了，不过好在硬是凭着一颗真心在众多追求者中脱颖而出了。

他俩成功在一起的那天，宋余杭只有一个念头：妈耶，终于不用再当小白鼠了。

宋余杭想到往事，嘴角自然而然地露出了笑意："是吗？那你怎么不拒绝他啊？”

“你哥吧，人挺傻的。”季景行一边切菜，一边回头和宋余杭说话，“别人都是隔三岔五地送礼物、送鲜花的，约我出去吃饭看电影，只有他不管刮风下雨都会等在我的公司楼下，我生病了给我送药，晚上送我回家，还打跑了好几个想要骚扰我的小流氓，他是真心对我好。”

汤炖好了，宋余杭关了火戴上手套将其端了起来：“汤好了，我先端出去了。”

日子一天天地过去，宋余杭依旧天天来，林又元反而没再来骚扰过林厌，一切风平浪静，但暗地里又仿佛有看不见的风云在汇聚。

等林厌再好一些，天气晴朗的话林管家会推着她出去散步，这是她为数不多的、可以接触到外面的世界的时间。

医院里的保镖多了几个生面孔，林厌一一记了下来，并用她过目不忘的本事数着走廊上的闭路电视以及要转过几个弯、拐过几个角才能到医院大门。

她从一开始只能吃些流食，再到慢慢能用些软烂的食物，肩膀上的伤也逐渐结痂。

南方的冬天来得晚，窗外最后一片枯黄的树叶落地的时候，小雪终于来了。

林厌拆了纱布，端详着掌中泛着冰冷金属光泽的漆黑机械棍。

她用力握了握，感受到了久违的力量，微微闭上了眼睛。

管家看着她，犹豫地道：“小姐，一定要和老爷撕破脸吗？”

林厌皮笑肉不笑地从锦盒里取了缎布把机械棍擦拭得光洁如新：“与其打断骨头连着筋，倒不如索性拼个鱼死网破。”

妥协从来就不是她的性格。

林管家从未见她对什么东西这么上心过，就见她擦干净机械棍后又小心地将其收了起来，放在枕边。

“可是……”

林厌抬眸看向他：“你究竟站哪边？”

她直言不讳，管家却吓了个半死，忙不迭地点头：“自然是小姐这边。”

“那不就得了？我交代你的事，你都办好了吗？”

管家连连称是：“放心吧，小姐。”

林厌的嘴角浮起一丝笑意，她往床上一靠道：“你也放心，我给你的钱不会比林又元那个老东西给你的少。”

风暴来得比想象中的快些。

林又元正忙于集团年底事务的时候，秘书急匆匆地走了进来，附在他耳边道："林总，不好了，咱们出口的那批货被海关拦下了。"

林又元瞳孔一缩，那批货正是上次他和外企代表团谈下来的业务，景泰能不能度过经济寒冬就靠这批货带来的效益了。

"不是早就打好招呼了吗？"

"海关验收，硬是说有一批次货品质检不合格，不给盖章出关。"

林又元额角青筋暴起："谁知道他们的检验标准？一天一个样，再去谈。"

"是，这就去。"秘书忙不迭地跑出去安排饭局。

林又元想了想，掀开茶杯盖子抿了一口茶，总觉得这事有种说不出来的微妙和怪异感，于是又把人叫了回来。

"算了，你安排下去，晚上我亲自请各位老朋友吃饭。"

席间众人谈笑风生，林又元坐在轮椅上也要伸长胳膊和各位碰杯，一干人都喝得面红耳赤。

酒过三巡，终于进入正题。

"刘局啊，海关那批货……"

对方直摆手："唉，别提了、别提了，我也想放你们走，公安那边的人紧咬着不放，换了个二把手，硬气得很，有几个消费者吃那个什么保健品吃坏了肚子，公安那边正查着呢，这事现在已经不归海关管了……"

林又元面上谈笑风生，暗暗却把酒杯捏进掌心里使劲攥着，手上都磨出了红痕。

好一个宋余杭，厉害，硬气，有胆识！

他松开酒杯，将其放在桌上："各位今天敞开肚皮吃喝，全算在我老林的账上，公司有点儿事，我就先失陪了。"

"哎——老林，你这就不厚道了啊。"

有人抗议，林又元偏过头去对秘书道："你留下来，陪陪各位老总，务必让他们尽兴。"

"好，林总，放心。"

秘书又叫了几瓶昂贵的酒，一一替众人斟满。

林又元这才由保镖陪着抽身离去。

几辆警车闪烁着警灯"唰"地一下停在了医院大门口。

车门打开，几个刑警跳了下来，为首的刑警摘下墨镜，径直走到门前，亮出证件给保安看："警察，让开，奉命调查一起医疗纠纷案。"

几个保镖走上前来，手摸向背后，刑警顿时戒备起来，几个年轻力壮的小刑警上前把人推开。

“干什么、干什么？你们还想袭警吗？这可是我们的副队长！”

那几个保镖对视了一眼，退到一旁，让警察进去，同时拿起了胸前的通信器：“去小姐的病房看看人还在不在。”

宋余杭蒙着脸，把通信器拿到了保镖的嘴边。林厌坐在一旁，手里的机械棍指着保镖的喉咙，保镖被捆得结结实实的。

他磕磕巴巴地道：“还、还在。”

等那边的人挂断通信之后，宋余杭把通信器扔在了地上，一把拉起林厌：“走。”

林厌跟着她七拐八拐地走着：“你认识路吗？”

宋余杭探出头，看了走廊一眼：“认识，踩过点了。”

林厌的嘴角浮起了笑意：“计划了多久啊？”

“不久，一个月吧，还得感谢你爸给我机会。”

话音刚落，宋余杭准备拉着林厌过拐角的时候，迎面撞上了两个黑衣保镖。

宋余杭把人往身后一推，正欲动手的时候，黑衣人突然脖子一歪，软绵绵地倒了下去。

段城从黑衣人身后探出头来，冲着她们笑了笑，亮出了手里的电警棍。

“别说，这玩意儿还挺好使。”

林厌松了一口气，宋余杭拉着她的手继续往前走，给了她一个安心的眼神。

段城在前面带路：“老郑和方辛在外面……”

他话音未落，余下的话便彻底卡在了嗓子眼里，咽了咽口水，如临大敌。

林又元由五个保镖簇拥着出现在走廊上。宋余杭回头望去，来路也被堵住了。

一行人陷入了包围圈里。

林厌攥紧机械棍，刚准备上前一步，被宋余杭拉到了身后。

“我来。”

林厌激动起来，压低了声音道：“你一个人再加一个段城也——”

宋余杭回头看着她，轻轻拍了拍她的肩以示安慰：“早晚也是要过这一关的不是吗？”

第71章　表白

林又元面无表情地摩挲着自己的绿扳指：“你自己过来还是我派人去请你过来？”

他压根没搭理宋余杭，这话显然是冲着林厌说的。

林厌略抬下巴，直视着他道：“你是自己滚还是被我打得满地找牙地滚？”

这话既狂且傲，就连段城都忍不住多看了林厌两眼。

林又元长了一张还算和善的脸，看上去慈眉善目得很，其实刁钻阴险都藏在皮肤的纹路和皱褶里。

他轻轻挑了一下眉头，摩挲扳指的动作停下了，下一刻，宋余杭他们身后的那两个保镖就动了。

林厌被宋余杭往后推了一步，宋余杭赤手空拳地迎了上去。高手过招胜负只在瞬息之间，林厌看得目不转睛，只见那两个保镖被硬生生地打退了数步，其中一个捂着肚子爬不起来，另一个被宋余杭缴了械，拿电警棍指着。

对方额上的冷汗“唰”地一下就下来了，他忙举起双手表示不愿再打。

林又元这才又懒懒地抬眸看了宋余杭一眼："身手不错。"

宋余杭松了手，电警棍落在地上。她走回林厌身边，仍牵起了林厌的手："承让了，他们一起上的话我还是有些吃力的。"

听着楼下传来的警笛声，想起白天被海关扣押的那批货，林又元皮笑肉不笑，有一下没一下地又开始把玩自己的扳指："你今天来这里，是以什么身份来的？"

这话他是在问宋余杭了。

宋余杭上前一步，摘了面罩，朗声道："我这个人向来公私分明，查案是公，带林厌走，是私。"

林又元微微扯了一下嘴角："很好，也就是说，你现在不是以一个刑侦队长的身份站在这里的咯？"

什么公什么私的，林厌脑中警铃大作，和生父明争暗斗数十年，对他的脾性再了解不过了。这事没这么简单。

林又元摆明了是在给宋余杭下套！

林厌激动起来，拽住了宋余杭的衣袖："宋余杭——"

宋余杭回她一个安心的眼神，林厌身上的伤还未彻底痊愈，宋余杭使了一个眼色给段城，段城默默走上前来护住了林厌，戒备着身后的情况。

"既然你蒙着面，又没穿警服，也没佩衔，那就好办了。谁知道你是哪里来的小毛贼，偷东西就算了，还妄想劫持人质，我林家迫不得已持械自卫，打伤、打残了不论，给我上！"

前一秒他还云淡风轻地说着话，后一秒直接就变了脸色，这个变脸过程让人瞠目结舌。

林父身后的保镖冲了上来，行走间气势如风，"唰"地一下亮出了袖间的水果刀，直扑向宋余杭的面门，连个说话的机会都没给她。

林厌这边压力也不小，段城算是个半路出家的和尚，对付几个地痞流氓还行，对上格斗经验丰富的林家保镖，真刀真枪地干就有些不够看了。

又一个保镖持刀从背后冲过来，林厌拿机械棍替段城挡了一下，金属相接迸出了金色的火花，黑衣人使力，林厌体力不支，逐渐被压弯了腰，肩膀剧痛，"扑通"一声跪在了地上。

宋余杭抬脚把人踹飞，一把扶起了她："没事吧？"

林厌喘着粗气，捂着肩膀，脸色惨白，摇了摇头："没、没事……"

段城身上也挂了彩，被锋利的刀刃刮出一条口子，退回到了她们身边。

“宋队……”两个人对视一眼，点了点头。

段城按下了耳边的微型麦：“老郑，准备。”

他话音刚落，整栋大楼彻底陷入了黑暗，黑衣人有片刻的愣怔。

就是他们这一愣神的工夫，宋余杭把林厌交给了段城：“你带她走，我断后。”

林厌咬了咬牙，还想说什么，管家也按照原定计划带着几个人摸黑跑了过来，一把拖起林厌：“小姐，快走！”

黑暗里林厌最后一眼看到的是宋余杭彻底陷入了包围圈里，孤立无援，被一拥而上的保镖摁在地上痛揍。她一次又一次地爬了起来，顽强地拖住了想要来追他们的保镖。

“小姐，电梯停了，走这边，下去就能和你的朋友们会合了。”

管家说着，在前面引路。即将跑下楼梯的时候，林厌却皱了一下眉头，猛地停住了脚步：“等一下，谁告诉你会有人来接应的？”

她脑中警铃大作，一把扯起段城就往上跑：“走！”

段城尚未回过神来：“啊？”

话音未落，走在段城背后的保镖一棒打了下来，段城顿时软绵绵地倒了下去。

“段城、段城，醒醒……”林厌搡了段城几下，段城纹丝不动，靠着墙根攥紧了机械棍，喘着粗气。

管家走上前来，鞠了一躬：“对不住了，小姐。”

林厌“呸”地一口啐在了他的脸上：“卖主求荣的东西。”

林管家不为所动，慢条斯理地拿帕子擦了擦脸：“还等什么？动手吧，老爷还等着呢。”

几个黑衣人默不作声地围了上来，把人堵在了楼梯间里。

“老郑，他们怎么还没出来啊？”方辛趴在草丛里，拿望远镜观察着漆黑的大楼以及出口。

郑成睿刚想答话，颈间一凉，刀已经架在了他的脖子上，他咽了咽口水，举起了双手。

黑衣人一脚把他踹在了键盘上：“恢复通电。”

灯光亮起的时候还有些刺眼，宋余杭微微眯了一下眼眸，就被人一棍子砸在后脑勺上。

她欲爬起来时，林又元踩住了她的手，拐杖戳着她的头：“你是不是以为自己很能？你不过是个小小的刑侦队长，也敢在我面前蹦跶？就是你们局长来了，也得在我面前毕恭毕敬的。”

“你算什么东西？”

那拐杖戳着宋余杭的太阳穴，林又元用了些力气，把宋余杭的头皮磨出了一道道血痕。

宋余杭咬着牙想爬起来，又被人一脚踹在腰上，她整个身子瞬间塌陷了下去，剧烈咳嗽起来。

林又元松开踩住她的手的脚，拿拐杖抬起了她的头，左瞅瞅、右看看，啧啧称奇道：“怎么？你是不是挺奇怪的，为什么一直没有人来接应你们？”

林又元意味深长地笑了，宋余杭的脸色瞬间难看起来，瞳孔里却有和林厌如出一辙的坚韧、冷毅以及不屈之色。

不同的是，林厌恨他，想杀了他，而宋余杭只是想制住他，给林厌一个逃脱的机会罢了。

宋余杭垂下眸子，笑了。

林又元瞳孔一缩，已来不及收回拐杖，宋余杭就势一拉，旁边那个保镖想阻止她，她一个倒肘把人砸飞了出去，拽着拐杖把林又元拖到了地上，手卡上了他的脖子，把人提了起来。

“我看您是生意做多了，早忘记怎么打架了吧？要知道，沙场上可是擒贼先擒王啊。”

“放了林总！”有几个保镖激动起来想扑上来抢人。

宋余杭拖着林又元往后退，手肘卡着他的脖子依旧没松：“好说，只要我的同伴确认林厌安全，我自然会放了他。”

林又元没了拐杖，被拖得踉踉跄跄的，他一步步跟着宋余杭往后退，脸上却并不见慌张之色，仿佛一切都尽在他的掌握之中。

宋余杭微怔，不妙的感觉蔓上心间。

“是吗？带上来。”

如果说他对待宋余杭没让人下狠手是因为顾及市公安局的面子，那么对待自己的亲生女儿就没必要留什么情面了。

林厌是被捆上来的，嘴上贴了胶条，两个保镖一左一右地架着她，她身上的伤并未痊愈，此刻脸色白得跟纸一样，额头上渗出了豆大的汗珠。

机械棍和人一起被扔在了宋余杭面前。

宋余杭咬紧了牙关："虎毒尚不食子。"

林又元任由她卡着自己的脖子，面上并无一丝慌张之色。

"老虎虽然是百兽之王，但数量稀少，要想打到猎物，还是得学鬣狗六亲不认、阴险狡猾才是啊。"

几个保镖抓着林厌的头发强迫她抬起头来跪在地上，宋余杭咬牙切齿地道："别动她！"

"咬人的狗不叫，一天到晚只会汪汪叫的狗，通常没什么出息，怪不得你和林厌能走到一起呢，一路货色罢了。"

宋余杭看了看林厌，又看了看林又元，将人勒紧了些："放了她，我放了你。"

"这就是你替林厌争取自由的方式吗？"林又元咳了两声，保镖想走上来，被人摆手止住了。

"你的同伴现在也在我的手里，你放不放我无所谓，反正只要我一个眼神示意，他们就都得死。江城太大了，旁边挨着的就是海，悄无声息地淹死几个小警察容易得很，你说是不是，宋队长？"

林又元轻轻拨开了宋余杭卡在自己脖子上的手臂，由管家扶着又坐回了轮椅上。

宋余杭没反抗，也反抗不了。

面对这个慈眉善目的老人，她终于和林厌一样，从脚底生出了一股寒意。

几个保镖把人摁倒在地，林又元往地上扔了一把枪。

"别说我不给年轻人机会，这枪里只有一发子弹，看谁先抢到手。林厌想要自由，你想给她自由，就看你们谁狠得下心了。"

他的言下之意就是，今天只有一个人能活着出去，宋余杭和林厌要么拨枪杀了对方，要么自裁给对方机会。

两个人对视一眼，微微喘着粗气，同时伸手去抢枪。林厌离枪近，一把将其夺了过来，宋余杭扑了上去，掰住她的手腕，逐渐把枪口指向了自己。

林又元简直想拊掌大笑了，精彩，实在是精彩。

"林厌，给我！"两个人如野兽般撕咬着，却都是拼命地把枪口指向了自己。

林厌摇着头，眼底渗出了一丁点儿水光。

宋余杭抬手一招砸在了林厌的后颈上。她下手十分有分寸，刚够让林厌脱力，又不至于伤了林厌。

林厌倒下，枪被宋余杭夺了过去，两个人目光相接的时候，宋余杭不着痕迹地点了一下头。

林厌握着她的手在她的掌心里轻勾了一下。

这些隐秘的小动作旁人无从得知。

林厌很快被扯开，宋余杭把枪口抵在了自己的太阳穴上。

林厌膝行着扑到了林又元的脚边，保镖拽不住她，她嘴上贴着胶条支支吾吾地拼命摇头。

林又元用指尖敲打着轮椅扶手，见她有话要说，示意管家给她撕了胶条。

管家撕开胶条，林厌喘着粗气，语气又急又快地道："让她走，我留下！"

林又元很满意，略抬下巴看向宋余杭："你呢？"

宋余杭掌心渗出的汗滑腻得她几乎快握不住枪了，她看了一眼林厌，似不忍心，飞快地把目光挪了回来："你会遵守承诺放她自由吗？"

林又元摩挲着绿扳指："当然，就看你有没有这个勇气了。"

"你发誓。"

宋余杭扣下了保险。

林又元有些不耐烦了："我好歹也是跨国集团企业的董事长，这点儿信誉还是有的。"

"你保证不伤害她，不再以任何形式剥夺她的人身自由？"

林又元嗤笑了一声，说道："需不需要我再写一份协议给你？林厌不珍惜这个身份就罢了，多的是人挤破了头想要她的位子。"

宋余杭微微一笑，看似是解脱的笑容，实则林又元从那眉梢眼角里瞧出了一丝狡黠之意。

他暗道不好，林厌已经从地上爬起来，谁也不知道她的绳子是怎么解开的，或者压根就没绑结实。

仅仅是一个呼吸的工夫，楼道里的灯又灭了。

郑成睿喘着粗气一屁股跌坐在地上，手里的砖头也落了地。

方辛也胆战心惊地道："这、这人不会死了吧？"

郑成睿摇了摇头，咽了口唾沫："不会，宋队教了，打后颈不致死，人会晕。来搭把手，把人抬到一边去。"

"好、好、好。"

一阵窸窸窣窣的声音过后，花园里恢复寂静。

机械棍有一下没一下地敲打着轮椅，最后抵上了林又元的喉咙。

林又元身边的保镖对这些视若无睹，甚至拿下了林管家。

林厌像一只骄傲又漂亮的波斯猫在来回踱步，啧了两声："你说你跟她废什么话呢？知不知道她最擅长的就是审讯啊？"

宋余杭从地上爬起来，按着她的那几个保镖早就被掀翻了，刚刚对着她们挥刀的保镖倒戈相向，仅仅瞬息的工夫，局面就发生了翻天覆地的变化。

宋余杭拿出手机晃了晃："林总，全录下来了，不能再抵赖了吧？"

林又元面部肌肉抽搐着，他终于撕下了伪善的标签，在黑夜里表情显得有些狰狞："你什么时候在我身边安插的人？"

林厌微微趴在轮椅上，机械棍抵着他的喉咙，迫使他抬起头来，压低了声音，语气显得有几分森冷地道："很早了，十四年前开始我就在做这件事了。"

林厌眼里溢出些许悲哀之色来："林又元，承认吧，你老了，就算是鬣狗，老了也只是没用又无能的畜生罢了。"

林又元垂下眸子，耷拉着眼皮。他确实老了，脸上遍布皱纹，即使用染发剂伪装出来的黑发也遮掩不了发根的白。也可能是上了年纪，他摩挲扳指的手在微微发抖，动作也没那么灵活了。

"呵呵——哈哈哈——"他的肩膀剧烈地抖动着，像是在笑，又像是在哭，嗓音粗哑，犹如什么东西摩擦着砂纸，令人心头生厌。

林厌别过脸去，不想再听。

宋余杭走上前来把她的棍尖拨开，头一次对林又元微微鞠了一躬，然后拉起了林厌："林叔，得罪了，但是我得带她走。"

"你想清楚了？"林又元又开始摸他那一枚绿扳指，"今天你们出了这道门，你的所作所为和林家就再无半点儿干系，从此景泰集团也不会再为你提供一丝一毫的庇护，甚至——"

老人抬起头，眼中刹那间放出了精光："生意场上你们挡了景泰的路，就是敌人，鬣狗虽然老了，但对敌人绝不心慈手软。"

林厌轻轻勾起嘴角笑了一下："求之不得。"

说罢，她拉着宋余杭转身离去，把她手里的枪往林又元怀里扔去："老东西留着自杀吧。"

那几个保镖见她转身离去，这才纷纷退开来，护着她们下楼。

林厌走得决绝，头也未回。

她不知道的是，她的一句发狠的话，却在不久后一语成谶。

等人都走后，林又元抚摸着这把有点儿年头的枪，神情有些感慨。

管家推着轮椅送他回病房：“老爷，小姐长大了。”

也不知道林又元在想什么，把这枪擦了又擦，抿了抿唇，说道：“懂得忍，懂得筹谋了，不过她还差得远。”

“宋队、林姐……”几个人见她们出来都有些激动，尤其是段城，刚被打了一闷棍，想站起来，捂着后脑勺龇牙咧嘴地又坐下了。

宋余杭一一与他们拥抱表示谢意：“辛苦了。”

林厌则有些磨磨蹭蹭的，她不好意思抱别人，勉强和大家对了一下拳头。

“那啥，辛苦，算上救我那次，等年假你们想去哪儿玩，我全包。”

方辛顿时星星眼状：“澳洲、巴厘岛、塞班、夏威夷？”

林厌痛快地点头：“没问题，头等舱往返，五星级住宿，外加阳光沙滩SPA、户外BBQ，按摩、刮痧、潜水、钓鱼，你想喂海豚都可以！”

“啊啊啊——林姐，我太爱你了！！！”此时此刻，林厌在她眼里就是行走的造梦机。

方辛热情地扑了上去。

见她们平安，一直跟在两人身后的保镖也准备离开了，宋余杭拿了一根烟递过去：“认识一下，我叫……”

他就是林厌要宋余杭找的那个人。

黑衣人脸上蒙着面巾，卫衣帽子拉了起来，又戴了一顶鸭舌帽，让人看不清真容。

不等她说完，对方转身就走。

宋余杭伸出去的手落在半空中，笑容逐渐淡了下来。

林厌拍了拍她的肩膀：“别多想，他就是那个性格。”

“丁雪案的时候，也是他救的你？”宋余杭回身，揽着林厌往车上走。

林厌想起那次两个人交手的光景——她走投无路，被宋余杭带人堵在清洁间里——微微笑了一下：“嗯，不然怎么脱身？”

宋余杭打开车门，把林厌塞了进去。

“老实说，你刚刚真的没有想过扔下我自己走吗？”

也许是双相情感障碍的缘故，又或许是她从小独立惯了，再或者是经历过的背叛太多，林厌的内心极度缺乏安全感。

宋余杭笑了笑，明明林厌只比她小三岁，是个心智成熟的女人了，但是在她这里，工作时间除外，她总是把林厌当成林舸口中那个三岁时一个人躲在后院吃糖的孩子看待：

“你信我，我自然也要对得起这份信任才是，遇到一点儿危机就抛下你离开成什么了？”

她轻声说着话，四周安静无虫鸣，冬天的夜月朗风清，微风扬起了宋余杭额前细碎的发丝，她说的每个字都吹进了林厌的心里。

第 72 章　回家

因为天色已经不早了，大部分饭店都关门了，一行饿着肚子的人在路边摊上随便吃了点儿东西。

林厌没尝几口就兴致缺缺。

宋余杭见她一副昏昏欲睡的模样，便知道她多半是累了，毕竟她身上还有伤，今天又打斗了一场，三两口吃完东西便送他们回家。

“宋队，前面那个路口放我下来就好。”方辛拿起包，等车停稳就起身推开了车门。

宋余杭摇下车窗跟他们告别：“路上小心。”

方辛摆手：“好，你们也早点儿回去吧。”

等车开远，方辛看着站在自己身边的段城：“你怎么也下来了？”

“我家也住这边啊。”

方辛往前走了两步，段城跟在她身后。

“这么宽的马路你走那边不行吗？”

段城摇头，直指前方：“我家在马路这边。”

方辛：“……”

末了，看见前边有卖麻辣烫的摊子，段城眼睛一亮，拉起她就跑。

“哎，干吗？男女授受不亲！”

“你吃饱了没？”段城回过头来，笑容有几分大男孩的爽朗。

方辛点头，又摇头。

段城一口气跑到麻辣烫摊子旁边：“那不就得了？再吃点儿。老板，两碗麻辣烫，中麻中辣，一碗……”

他看一眼方辛，脱口而出道：“不加香菜，多放醋，再来两瓶北冰洋。”

“来咯！”不一会儿，两碗热气腾腾的麻辣烫上了桌。

段城把吸管放进饮料瓶子里递给方辛，自己则直接对瓶吹。

方辛把碗里的调料拌匀：“你怎么知道我不吃香菜啊？”

段城埋头吸溜着粉丝，掩去了眸中一闪而过的不自然之色：“那啥……在食堂吃饭的时候看你每次都会把碗里的香菜挑出来。”

方辛心头一暖，嘴角多了些笑意：“老板，再来一瓶北冰洋，这顿我请。”

送郑成睿回家后，林厌靠在椅背上，已有些昏昏欲睡。

宋余杭把空调温度调高了些：“再坚持一下，快到了。”

林厌动了一下，抬眼看见车窗外并不是回别墅的路：“这是去哪儿啊？”

“我家。”

“……”

门开了，林厌和宋妈妈四目相对。

林厌捋了两下头发和衣服，乖乖地站在宋余杭身边，努力让自己脸上的笑容显得有亲和力一些：“阿姨好。”

“妈，这是林厌。”

宋妈妈热情地把人迎了进去：“来、来、来，快进来，你是林舸的妹妹吧？你们长得真像！怎么穿这么少啊？哎哟，这手凉的，余杭，把热水袋拿来，再拿件厚衣服过来给人家披上！”

林厌觉得自己的脸今晚不是被冻僵的，而是笑僵的。

这怎么和她想的不是一个画风呢？

在她的印象里，宋余杭年幼丧父，哥哥又接着去世，能支撑起这样的家庭的长者，该是像她一样坚毅顽强的，甚至是像林又元那般不苟言笑、不通情理的。

可是宋妈妈虽然满头白发，穿着冬季的家居服，脚上踩着的拖鞋也不是新的，甚至有点儿旧，脸上挤满了皱纹，可那神情是那么亲切温和，笑容里看不出一丝作假的意味。

林厌心里一松："谢谢您，不用麻烦了。"

宋余杭抱了一床毛毯出来，让林厌把外套脱了把人裹住，将暖水袋塞进她的怀里。

宋妈妈倒了一杯热水给林厌暖手，见她未落座，又拉着人在火炉边坐下。

宋家没开空调，还是采取的最原始的煤炉取暖，长长的烟囱通向了外边。

火烧得正旺，宋妈妈又加了几块煤炭进去。

"上次在医院见着你哥了，他说你伤得挺重的，好些了吗？"

林厌还是有些拘谨。她习惯了大大咧咧地说话，突然要她装贤良淑德，浑身哪儿都不舒服，坐立难安。

见宋妈妈给她递水，她赶紧站起来单手去接，感觉不妥，遂双手将水接了过来。

"好、好多了……"

"哎哟，这孩子，这么客气干啥？快坐、快坐，给，吃橘子，还有瓜子、果盘、糖，自己拿、自己拿啊。余杭啊，把上次你姐出差带回来的桂花年糕拿出来……"

不一会儿工夫，林厌面前的茶几上变魔法般摆满了形形色色的水果和零食。

宋余杭抽了抽嘴角：我回家您也没这么热情啊。

她拖长了声音道："妈，她还是个病号，肠胃吃不了那些——"

宋妈妈回头，恶狠狠地道："现在吃不了，带回去吃还不行吗？"

林厌一手拿着橘子，一手塞满了糖果，又不敢拒绝，感觉头皮发麻，欲哭无泪："够了、够了，阿姨，太多了……"

她现在这样低眉顺目的模样好像收敛了爪牙的家猫啊，宋余杭忍俊不禁，靠在沙发上低头笑了一下，在林厌恶狠狠的目光看过来的时候又装作一本正经的样子。

"妈，饿了，您别给她了，她真吃不了。冰箱里还有什么菜吗？"宋余杭笑够了，开始给林厌解围，拉着她在身边坐下，把她手里的橘子放了一个在火炉上烘热，兜里的糖果拿出来放在果盘里，只留了几个在她手里给她打发时间解馋吃。

"哎哟，你怎么不早说？这么晚了还没吃饭啊，厌厌也没吃吧？"

楼道灯光暗，她开始没仔细瞧，现在才看见林厌的脸色不怎么好的样子，里面还穿着病号服！宋妈妈母爱泛滥，顿时一脸心疼："我去做、我去做。你也是的，知道人家肠胃不好，大晚上的还不让人家吃饭。厌厌刚出院吧？今晚先垫一垫，明天阿姨给你做好吃的。"

宋妈妈看着林厌坐在那里，个头没宋余杭高，又瘦又小，下巴尖得能削死人，脸也巴掌大一点儿，和自家那个怎么折腾都还活蹦乱跳、身高腿长、肩膀宽阔、胳膊上全是腱子肉的亲闺女形成了鲜明的对比。

宋余杭什么时候能跟人家学学？不说多精致，她起码也要有个女人样吧！

宋妈妈真的是看别人家的孩子越看越喜欢，看自己家的孩子越看越糟心，再加上那天在医院走廊上看到的那一幕，宋妈妈对林厌更多了几分同情。

想来宋余杭深夜把人带回家也有这个原因在里面吧，宋妈妈不仅没计较林厌突如其来的打扰，还甚是热情，这让林厌越发不好意思了，同时听着宋妈妈的话，从进门开始，胸腔里始终流淌着一股暖意。

原来……这就是正常人的家庭吗？

这是和林又元完全不同的说话、相处方式以及对子女无处不在的关心和爱护，宋妈妈甚至爱屋及乌地热情对待女儿的朋友，林厌上一次体会到这种温暖，还是在陈妈妈身上。

林厌想到此，眼眶一热："不用麻烦了，阿姨……"

宋余杭赶在她说完之前，半搂着自己老妈的肩膀一起进了厨房，留给林厌一个安心的眼神，示意她自己先坐会儿。

"妈，我给您打下手吧，清淡点儿的东西就好。"宋余杭说着，打开了冰箱门。

"去、去、去，别在这儿挡路。"宋妈妈把人推开，从冰箱里拿了一把小葱出来洗干净。

"冰箱里还有下午剩下的鸡汤，对、对，就是那个汤盅，拿出来热一热，一会儿还能当下面的汤底。"

宋妈妈先开了火烧水，一边洗菜一边数落宋余杭："你说你怎么不早说今天会有客人来家里呢？妈妈也好早做准备，现在倒好，什么都是剩下的。"

宋余杭把汤锅放到火上，笑了笑："妈，她不会介意的。"

宋妈妈洗着菜突然就长叹了一口气："唉，要我说，你和林舸断了也好，他条件好是好，可终归是豪门——"

宋妈妈压低了声音把那天在医院走廊上的见闻跟宋余杭说了，宋余杭脸上的笑容逐渐淡了下去，拧着眉头，有些心疼林厌。

"你看看，挺好的一个小姑娘，人还生死未卜呢，后妈和亲爸就开始盘算后事了。那后妈比她还小吧？真是……"宋妈妈摇了摇头，往锅里下面条。

"虽然他们不是一家，但这样的豪门咱们不嫁也罢。"

她说这话本意是想安慰宋余杭，怕宋余杭伤心，岂料宋余杭却笑了起来，舀着锅里的汤，偏头看着妈妈："妈，那您觉得林厌怎么样？"

宋妈妈回想着刚刚见面的光景："挺好的，身上没什么大小姐的架子，还有礼貌，就是有些拘谨。”

宋余杭心说：幸亏您没见过她骂人时的样子。

“她第一次来别人家里做客，紧张是难免的嘛。”

宋妈妈笑了笑，往热好的鸡汤里加入新鲜蔬菜：“那倒也是，她是你的同事吧，年轻，长这么好看，还能吃下苦去做警察，不容易。”

一说到这个，宋余杭眉梢眼角间透露出了些许自豪之色：“那可不？她还是搞技术的警察，法医。”

“哎哟，这可了不得，小姑娘的胆子也太大了吧！”宋妈妈比宋余杭还激动，并未对林厌的职业有一丝一毫的厌恶和不解之意。

宋余杭问道：“妈，您忌讳这些吗？”

宋妈妈奇怪地看了她一眼：“这有什么好忌讳的？你爸、你哥的遗像天天摆在客厅中央，也没见你有什么忌讳的啊，这是做好事，积德呢。”

宋余杭蹭到妈妈身边，帮她把煮好的面条捞起来。

听着厨房里隐约传来的说笑声，林厌心里始终是暖烘烘的。她抓了一把瓜子一边嗑着，一边打量着屋内的陈设。

这和她的房子比起来算是有些寒酸和简陋了，却比她的别墅有人气得多。

不过两室一厅的房子，随处可见用心的布置，进门的玄关处是挂钥匙的卡通挂钩，餐厅里摆放着鲜花，沙发小而软，背景墙上摆着几本书，吊兰垂下来添了几分绿意，旁边悬挂着的是全家福照片。

煤炉摆在屋子中间，对面是电视，电视旁边挂着两幅黑白肖像，上面的人穿着警服，和宋余杭有几分相像。

林厌放下瓜子走过去，拿起放在供桌上的檀香点燃，双手合十地拜了几拜，这才将香插进香炉里。

她神情专注，不知何时厨房门打开了，宋妈妈看着这个孩子是越看越喜欢了。

林厌回过神来，见她们都看着自己，顿时脸色一红，向来伶牙俐齿的人嗫嚅着道：“啊……我……”

宋妈妈把手里端的碗放在桌上，眉梢眼角都是笑意：“快、快、快，还愣着干吗，去洗手吃饭了。”

宋余杭拉着林厌进了洗手间，关上门，拧开水龙头，和她一起洗手。

“怎么想起祭奠我父亲和哥哥了？”

林厌将洗手液泡沫冲干净：“啊……看见就去了呗。”

她只是觉得宋余杭的父亲和兄长英年早逝，应该也是尽忠职守、全心全意为人民服务的好警察。

这样的人值得她尊敬。

两个人在餐厅分别落座。

宋余杭挑着自己碗里的面："妈，为什么她有荷包蛋我没有？！"

林厌的碗里鸡汤打底，漂着油花，绿叶蔬菜相衬，还有几块鸡胸肉，上面还卧了两个荷包蛋。

反观她的这碗面，除了鸡汤连块肉都没有。

宋妈妈把围裙脱下来挂在厨房门背后："哎哟，就你这身材，好意思吗？给厌厌吃！"

宋余杭嘀咕："我的身材怎么了？我的身材挺好的，全是肌肉，是您欣赏不来。"

也只有在家里，宋余杭才会格外放松，露出孩子气的一面。

"你们吃，我先去睡觉了啊。余杭，一会儿吃完饭把碗洗了，干净的毛巾和洗漱用品都在浴室的柜子里，一会儿你拿给厌厌。要是冷的话，就把你屋里的空调打开，电热毯我已经帮你开了……"

宋妈妈絮絮叨叨地说着，宋余杭站起来送人："知道了，妈，你快去睡吧，明天不是还要早起和王阿姨去跳舞吗？"

林厌看她站起来，一口面还没咽下去也抹了抹唇站起来道："阿、阿姨早点儿休息。"

"哎哟，这是干吗？你快坐下吃。行了、行了，我看我在这儿你们也不自在，余杭招呼着点儿，明天周末，厌厌就别走了啊，中午阿姨给你做好吃的。"

林厌刚想拒绝，宋妈妈却压根没给她机会，摆了摆手示意她赶紧坐回去吃饭，又笑了笑，关上了自己的房门。

宋余杭扯了纸巾给林厌，看着她碗里的面。林厌坐下来，护着食，一脸警觉地看着宋余杭。

"你吃得完吗？"宋余杭问。

"吃得完。"林厌把碗往自己这边挪了一点儿。

宋余杭失笑道："你别吃太多，晚上不消化。"

"喔。"

林厌不情不愿地看着宋余杭从自己碗里夹走了大部分面条，留下来的都是肉和蔬菜，鸡蛋也分毫未动，这才又心满意足地吃起来。

宋余杭三两口扒完面条："你先吃着，我去给浴缸放水，一会儿你吃完直接把碗放水槽里就好了，我来洗。"

等林厌吃完，浴缸里的水也放好了，宋余杭正翻箱倒柜地找着睡衣。

宋余杭在家基本不穿像妈妈那种冬季的厚家居服，一年四季穿短袖T恤惯了，好半天才找出一件长袖T恤。

"你先凑合着穿，等明天我们去商场买新的。"

"这是换洗衣物，我给你抱过去。"宋余杭踩着拖鞋走进浴室，从架子上取了一双新的拖鞋给林厌，又一一取出洗漱用品，"这是牙刷、牙膏、漱口杯……洗面奶在这里。"

她一一替林厌指明了位置。

"你试试水温合适吗？我没放太多水，毕竟你的肩膀上还有伤，碰着就不好了。"

林厌伸手摸去，水温正好。宋余杭还细心地在浴缸底部套了一层一次性浴缸套。

"我很少用，基本是淋浴，怕你觉得不卫生。"宋余杭挠了挠头笑着道，"那你先洗，有什么需要再叫我。"

折腾了一整天，林厌是真的困了，洗完澡沾上枕头就睡了。

第二天清早，宋余杭起床去洗漱时，宋妈妈已经做好早饭，正摆着碗筷，林厌坐在餐桌旁边。

"你坐着吃，不用等余杭，锅里还有呢。"

宋妈妈对着林厌说完话，又从厨房里端了热好的馒头出来，还有几道凉菜。

"阿姨，您不吃吗？"

宋妈妈解了围裙正要挂到厨房门背后，回头笑道："我起得早，吃过了，准备出门跳舞和买菜去。"

林厌琢磨着，现在才早上八点多而已，宋妈妈昨晚没比她们早睡多久，早上比她们起得早，还做好了早饭。

"阿姨，您是不是有点儿失眠啊？"

宋妈妈怔了怔，林厌接着道："我认识好几个专业医生，对这方面的问题颇有心得，您留个电话号码给我，我替您去约，看您什么时候方便，是上门问诊也好，还是直接拿药都行。"

宋妈妈这失眠的毛病连宋余杭都不知道，一开始宋妈妈只以为是上了年纪睡眠就少了，近些年问题才越发严重，她常常十一二点才能入睡，半夜三更就醒了。

如今被林厌看出失眠的毛病，老人家顿时有些感动："不用、不用，你们都忙……”

林厌咬了一口馒头笑了：“那就这么说定了，您不告诉我，我就去跟余杭说。”

“唉，你这孩子，好、好、好。”宋妈妈无奈，只好从桌上的电话簿上扯过纸笔，颤颤巍巍地写下一串数字给林厌，“到时候多少钱，阿姨再给你。”

林厌把字条收好，关于钱的话题模棱两可地就过去了。

眼看着快到八点半了，宋妈妈换鞋准备出门时，宋余杭从洗手间出来了。

宋妈妈回头看着她俩道：“中午回来吃饭啊，你姐也过来，我现在就去买菜。”

宋余杭赶紧道：“不了，妈，中午我和林厌在外面吃。”

“你说你大周末的不回家吃饭，浪费钱。算了、算了，看你吧，难得见你带朋友回家一次，好好玩，听见了没？”宋妈妈一边数落宋余杭，一边拿起钥匙出了门，宋余杭拖长声音应了一声。

等宋余杭坐下开始吃早餐时，林厌把宋妈妈失眠的事告诉了她。

宋余杭拧着眉头道：“我说我有时候上夜班回来了她还没睡，一直以为她是在等我呢，原来是这样。林厌，谢谢你，约好了医生你告诉我一声，到时候我陪妈妈去。”

林厌搅着碗里的醪糟：“你工作忙，家里又没人，还是得多关注关注阿姨的身心健康。”

像这样亲人接连去世带来的打击，不是一般人承受得住的，宋妈妈是个了不起的女人，却并不代表她心里不会留下什么伤痕。

宋余杭点头：“我知道了，会抽时间多陪陪妈妈的。”

末了，她又小心翼翼地看着林厌问道：“那你呢，林厌，需不需要……再去看一下医生？”

林厌扯了一下嘴角，没正面回答她的问题：“东西凉了，快吃吧。”

宋余杭欲言又止，终是没再开口，吃完饭便去洗碗。

林厌则拉开宋余杭的衣柜，端详着各种各样的衣服，挑一件，皱着眉扔一件，不一会儿床上就堆满了衣物。

林厌泄气了，得，看来今天的第一件事得去买衣服了。

宋余杭洗完碗擦干净手过来，看得好笑：“走吧，林大小姐先随便穿一件，我们出去买。”

“这个、这个，这个我也要，通通包起来。”

林厌试完衣服，看见合适的就买，站在柜台前指点江山。

出了商场后，宋余杭把买好的东西全部塞进了后备厢里，林厌又给宋妈妈买了一些保健品，后备厢被塞得满满当当的。

宋余杭替她打开车门，看她坐进去，自己这才开了驾驶座的车门坐上去，系好安全带，挂挡出发。

林厌问道："你知道去哪儿？"

宋余杭头也未回地道："我猜的。"

林厌把刚买的一束白菊放在了墓碑前。

宋余杭往地上放了几罐可乐，还有一些小孩子爱吃的零食。

两个人并肩而立，风鼓动着她们的衣角，扬起了她们的发梢。

林厌看着墓碑上熟悉的那张脸，女孩子笑得是那样甜。

她本应该拥有更美好的人生，却在美好的年华永远定格。

即使后来他们抓到了凶手，坏人得到了应有的惩罚，可是这也改变不了另外一些年轻的生命永远被剥夺的事实。

墓园的风有些大，林厌的手被冻得有些苍白，她哆嗦着手从钱包里取出名片，看着打火机的火舌一点点地吞没了它。

"我叫林厌，1976 年生人，现年三十二岁，职业是法医，兴趣爱好是解剖尸体，电话号码是……"

她顿了一下，声音变得有些哽咽，"很高兴认识你，白灵。我们……有缘再见。"

她终于完整地对白灵做了一场自我介绍，补上了未完的遗憾，结局却终究算不上圆满。

墓园的风骤然凛冽起来，将她手里残存的纸片吹上了天空，纸片盘旋着飞远。

宋余杭拍了拍林厌的肩膀："走吧。"

祭奠张金海的时候，林厌分外平静。

这消息瞒不了她太久，林厌不是什么涉世未深的小女生，她是心智成熟、专业经验丰富的法医，也有自己的人脉和渠道。

与其等她自己查到这事，不如主动告诉她，况且宋余杭相信，林厌承受得起。

就算林厌承受不起，陷入愧疚的沼泽里，宋余杭也有勇气和信心一点点地将她拉出来。

火光映照着林厌的脸。

林厌沉默地往铜盆里扔着纸钱，宋余杭把手里的最后一沓纸钱交给了她，看着她扔进去。尘埃飞上天空，扬了漫山遍野。

"林厌，这个地方我几乎每年都会来，江城市局的警察也几乎每年都会来，不光是因为每年都有同事牺牲，更因为每年新入职的警察都会在这里对着英雄纪念碑、对着老前辈们，举行宣誓和入职仪式。这里不光是阴阳相隔的地方，也是新旧交替的地方，一代代刑警长眠在这里，一代代年轻的刑警从这里走出去。”

宋余杭拉着她站了起来，看着张金海的墓碑上的照片。

“他在生命的最后一刻也没忘记人民警察的誓言，其实被刀割喉第一下的时候，他已经觉察到了，本来有机会把孩子甩出去交给其他人，可是他没有；在你把余鲸交给他的时候，他也可以把她交给其他人，可他还是没有。”

林厌敛下了眼眸，安静得可怕。

宋余杭知道她想说什么：“你无须自责。你的出发点是好的，他们留在那里，只会有更多人牺牲。世事无常罢了，换了我，也会做出同样的抉择。”

林厌笑了，随后又恢复惯常那副冷冰冰的表情：“所以，你们警察都挺讨厌的，明知道会死还要去。”

宋余杭偏头看向她：“这就是信仰的力量吧，我们生在这里，长在这里，头顶飘扬着五星红旗，无法不爱这片土地和这片土地上的人。”

就像林厌必将为了真相奋斗终生一样，宋余杭也必将为了信仰抛头颅洒热血也在所不惜。

这是她们刻在骨子里的信念，永远无法磨灭。

“你知道吗？我以前真的挺讨厌警察的，也一度对这个世界彻底失望，觉得它不会再好了。”

“可是啊，有某个瞬间——”林厌沐浴在阳光里，手搭凉棚地望向虚空，今天是个好天气，蓝天白云，晴空万里，一行北归的大雁正巧从她的视线中掠过。

她微微眯了眯眼：“我还是觉得，这个世界挺好的，就像现在。也有那么一部分人，执着追求为真相和正义奋斗终生，我相信，星星之火，可以燎原。”

宋余杭笑了，把手举到太阳穴边：“向英雄，敬礼！”

林厌听从她的号令，绷紧了身子，缓缓把手举了起来。

她头一次心甘情愿地做这个动作，一时之间情绪莫名，但不知怎的，想起了考试时临时抱佛脚记的那几句誓词。

为了国家的昌盛，为了人民的安宁，为了神圣的使命，为了牺牲的战友，中国警察，将与各种违法犯罪活动进行无休止的斗争，直至流尽最后一滴血。

林厌微微闭上眼睛，在心中默念着誓词。

这个时候的她们却不知道，“白鲸案”只是一个开始，并不是结束。

真相还远远未到。